ピアノマン

BLUE GIANT
雪祈の物語

南波永人

小学館

PIANO MAN

CONTENTS

装画／石塚真一＋出月 景
ブックデザイン／新井隼也＋ベイブリッジ・スタジオ

ピアノマン

BLUE GIANT 雪祈の物語

序章

沢辺雪祈(さわべゆきのり)は、言葉を覚えるより先に音を覚えた。

場所は自宅のリビングだった。ベビーベッドは部屋の中央に置かれていて、母親と祖母が交替で雪祈の世話をしている。ベッドには吊り下げ式のおもちゃがつけられ、雪祈の頭の上では動物や星や海の生き物たちがゆらゆらと揺れていた。

「レッスンだから、ちょっと待っていてね」

母親がそう言ってリビングを出ていくと、隣の部屋から音が鳴り始める。

ピアノの音だ。

まだピアノという言葉も知らない赤ん坊は、その調べに耳を澄ませていた。

母親の不在を気にする素振りも見せず、不機嫌にもなっていなかった。

音が、次々と頭に入ってくる。彼はその小さな頭で、音を好みながら理解しようとしていた。これは昨日と同じ音の並びだとも、気が付いていた。

中でも、お気に入りの音があった。

——この音!

それはお母さんの、艶々した明るい髪の色のような音だった。

次の音は、おしゃぶりの持ち手や、たてがみがついた動物の色。

これは、部屋のじゅうたんとか外の草の色。

その隣の音は、おばあちゃんの柔らかい手の色……。

まだドレミという音階名も色の名前も知らない乳児は、そうやって音と視覚を結びつけて、さらにその小さな脳でイメージを膨らませていた。

音がカンカンしていくと、色が明るくなっていく……。

反対にボンボン響く音だと、夜っぽくなる……。

大きな音だと色も大きくなって、小さい音だと色は点みたいになる……。

音がきれいに並ぶと、色もきれいにつながっていく。目の前に広がる草の上に、太陽が乗った。

その横から目がチカチカする色の車が現れて、それが溶けたと思ったら哺乳ビンの色が全部を縁取った。また草の色が敷き詰められて、真ん中に晴れの日の雲が出たと思ったら、たてがみの動物がやって来て、それが鼻の長い動物の色に変わっていく。鳥の色がベビーカーの色になって、お父さんのメガネの色になっていく――。

でもやっぱり、一番のお気に入りはお母さんの髪の音だ。彼は思う。そう、この色をもっと……。

「あー」

それなのに、これしか言えない。

「ああー」

手足をバタつかせることしか、できない。

隣の部屋での演奏は徐々に音量を増しながら続いている。

頭の中の色も、広がっていく。

今、おばあちゃんのシャツの色が見えた……。それが天井の色になったところで、ベッドの木の色に変わって、おくるみの色が出てきた。今度はベビーカーの色だ。産まれたところの壁の色、お腹（なか）の中にいた頃の明るい水の色が広がっている。それに、太陽が隠れる時、出てくる時の色も見える。それに、なんだろう、知らない色まである。

色が生まれて混ざって広がってる。今まで見たものが、全部入ってる。もしかしたら、これから見るものも。

目を閉じても、音があれば寂しくない。だって、こんなにきれいだから。

ずっと、これが続けばいいのに――。

意識と無意識の間で、雪祈はそう考えていた。

第1章

1

「ほら、弾けるかなあ?」

やっと座れるようになった雪祈の前に、母親がおもちゃのピアノを置いた。

かなり小さいがグランドピアノの形をしていて、三十二の鍵(けん)がついている。対象年齢は三歳以上。気の早い親戚が贈ってきた品だ。

しばらくジッと見ていた生後八か月の男の子は、それが隣の部屋にある大きな楽器と同じ種類のものだと認識していた。

だって、白と黒の細い棒がたくさんついている……。これは、きれいな音を、きれいな色を出すものだ。

母親が細い指を一本立てて、「こうするのよ」と白鍵を押した。

音だ!

今まで聴いたのと、ちょっと違うけど、あの色が出ている！

鼻が長い動物の色も！

草の色もだ！

雪祈は体を前後に揺らして反応した。

母親はその小さな手をとって、鍵盤の上に置いた。

「はい、どうぞ」

雪祈はどうしようもなく嬉しくなって、両手を鍵盤に振り下ろした。口から涎が飛び散ったが、気付いてもいなかった。

音が、出てる！　色が、いっぺんにいくつも出てくる！

「すごい、すごい、熱演よ！」

両手を振り回す赤ん坊の姿を見て、母親と祖母は手を叩いてはしゃいだ。

だが、小さな手はピタリと止まった。

——不満だった。

こうじゃないんだ。

ぜんぜん、違う。

変な色しか、見えない。

お母さんの指だと、きれいに出てきたのに……。

雪祈の手は、まだ握るか開くかしかできない。だから鍵盤を同時にいくつも押してしまう。当然、単音が出るはずもなくその音は濁っていた。

「あっ、また弾き始めるよ！　録画しよう！」

赤ん坊が、また手を動かした。

もっと叩いてみるしかない！

こっちからも、あっちからも押してみる。今ので、ぜんぶのところを押したはずだ……。

雪祈は他の乳児と同様に、全てができて、何もできなかった。

きれいな色が出ない。

こんなに出したいのに。

こんなに、このおもちゃが気に入ってるのに……！

2

手には、黄色いブロックがある。

それを握り締めながら、夕方のアニメ番組を観ていた。

全身黄色の主人公が今日も画面の中をハチャメチャに飛び回っている。

相棒はピンク色で、いじわるな二人のキャラクターは赤と水色。色が悪いわけじゃないけど、この番組を観た後は赤と水色がちょっとだけ苦手になる。

ひとしきり笑うと、テレビからエンディングテーマが流れてきた。

突然テレビの画面が消されて、母親が目の前に座った。いつもより、ちょっとだけ真面目な顔になっている。

「どうしたの……？」

「ねえ、雪祈。同じ三歳の子がね、教室に入るのよ」

「そうなんだ……」

母親がピアノ教室を営んでいることを、雪祈はもう理解していた。

——毎日生徒さんが三人ぐらい来て、家でピアノを弾いていく。上手な人もいるし、下手な人もいる。上手な人が来たら嬉しい。いい音が聴けるし、綺麗な色が見えるからだ。下手っぴな人には、もっと上手になあれとお祈りする。だってその人も、濁った色なんか見ていたくないだろうから。

お母さんは昔、オンダイとかいうところで勉強して、他の人よりピアノが上手だから教えている。もっと生徒さんが欲しいとか言っているけど、それでも結構楽しそうだ。

そうか。同じ年の子が来るんだ……。

「あなたももうすぐ四歳だし、そろそろちゃんと習ってみる？」

母親が首を傾げて訊ねた。

「……ちゃんと習うって？」

「メロディーを弾こうとするってことよ。ちょっと早いかもしれないけど、あなたはピアノ触るのが好きだから、いいタイミングかもって思って」

おもちゃのピアノはずっと触っている。それに、大きなピアノもだ。

あれで弾くと、おもちゃより大きな色が出る。音が大きいからだ。音が綺麗だから、色も綺麗に出る。

「でも……早過ぎるかもしれないし、いいのよ、無理しなくて」

母の顔が、ほんの僅(わず)かに曇っていることに気付く。

まるで……苦(にが)いものを初めて食べさせようとする時の顔だ。

なんでこんな顔をするんだろう。あんなに綺麗な音が出るピアノをならう。お母さんは教えるのが得意だし、何も心配はないはずなのに……。

「ぼく、やるよ」

少しだけ顔に不安を浮かべながら答えた息子を見て、母親は笑顔で彼の手を取り、ピアノ部屋に誘った。

「ご飯が炊(た)けるまで、少しだけやってみようか」

二人でピアノ椅子に並び、鍵盤蓋(ふた)を開ける。

雪祈は、ちょっとだけ緊張した。今までは好きなようにピアノを触らせてくれていたのに、今日はちょっと雰囲気が違う……。

母親が、人差し指を丁寧に鍵盤に置いた。

音が、響く。

これは、あの音――!

そう思った雪祈は母親を見た。正確には、母親の髪を見た。髪が横に揺れて、母親と目が合う。

その口から、信じられない言葉が出た。

「これが、ドよ」

「……ド?」

何を言っているか分からない。

「そう、ドレミのド。次はレね。それでその次がミ」

細い指が、三つの白鍵を繰り返し押していく。

おかしい……。なんかおかしい——！

「それ、ヘンだよ！」

雪祈が、大きな声で主張する。

母親は手を止めた。

「ヘン？　何が変なの？　だってこれがドレミなの」

だって、なんだか……。とってもイヤなんだ。

「だってこの音、ドなんて聴こえない！」

「ああ、確かにね。でもね、この音をドって呼ぶの」

「聴こえないのに、そう呼ぶのっておかしいよ……！」

犬がワンって吠えているのに、ピーポーって言われているみたいだ……。

「音にもね、名前があるのよ」

四歳の誕生日を一か月後に控える雪祈は、物や人に名前があることを知っている。

それでも、その音の名前には納得がいかない。

ドという響きそのものが、濁っているからだ。あんなに、艶々した色なのに……。

母親が困った顔のまま立ち上がり、棚から楽器を運んできた。

「これは、キーボードっていう楽器なんだけど」

そう言いながら、ピアノと同じ位置の鍵盤を押す。

ドが、電子音で出た。

雪祈の頭に、ピアノの柔らかい茶色とは別の、硬い茶色が浮かんだ。

「ほら、これとさっきのは同じ音でしょ。色んな楽器で同じ音を出さなきゃいけないから、みんなでこの音をドって呼ぶことにしたのよ」

頭がぐちゃぐちゃになりそうだった。

「ぜんぜん同じじゃないよ」

「もう少ししたら雪祈も同じ音って分かるようになるわよ」

違うんだ。さっきのは温かい色で、今のは冷たい色だ。

そう思った雪祈は、疑問を口に出した。

「……お母さん、この音は、茶色じゃないの？」

母親が、目を丸くして息子の顔を覗き込む。

イケナイことを言ったのかもしれない、雪祈はそう思った。

「あなたは、この音は茶色っぽいと思うの？」

でも、母親の口調に叱るようなニュアンスはない。

「……うん」

ピアノ歴三十年、レッスン歴六年の母親は、手入れされた指で何度も顎を擦った。

雪祈の目には、母親のその仕草が、何かを真剣に考えているように映る。

「……じゃあ、他の音は何色か教えてくれる？」

そう言って、鍵盤を一つずつ押していく。

雪祈は一生懸命に色の名前を言った。

茶色、緑色、水色、黄色、オレンジ、もっと白に似た黄色、靴の色、隣のお兄ちゃんが行っている幼稚園の制服の色、向かいの家の犬の色、三輪車の色、お父さんの枕の色、今日のタオルの色、電柱の色、草の色、雲の色……。

うまく言えない色も、何とか全部伝えた。

二十個ほど言った時、母親が、聞こえないぐらいの声で言った。

「たしかに、黄色い声とか言うもんね……」

……なにか、フシギなことにでも出会ったみたいだ。

雪祈には、どうして説明しなきゃいけないのかが、分からない。

これはフツウのことじゃないの……？

「音が高くなると、色は明るくなっていくのね……」

高い？

「高いって、いいこと？」

「そういうわけじゃないの」

指が、鍵盤の右側を差した。

「こっちが高い音で」

次は、左側を差す。

「こっちが低い音。ただ、それだけなの」

「低いって、悪いことみたいだよ」

雪祈の小さな胸が詰まって、苦しくなった。

ドも分からないし、高いも低いも分からない。

なんでそんな乱暴な分け方をするんだ……。

じゃあ！　と母親がピアノの上に置かれていた本に手を伸ばす。

「これを見て」そう言って本を開いた。

「並んでいるオタマジャクシのこれが高い音で、こっちが低い音。こうやって見ると分かりやすいでしょ」

——こんなの綺麗でも何でもない！　ただの黒い丸だ！

音って、本当はこんなものなのか……。

今度は、気分がどんよりと曇った。

母親が、努めて明るい声を出した。

「とにかくさ、しばらくはドレミとか高い低いじゃなくて、色の名前で弾いてみよう！　その方が楽しいでしょ」

失敗した時に、ダイジョウブって言ってくれる感じだ。

雪祈はなんだか、悲しい気持ちになっていた。

それでも小さな人差し指で、ドだと言われた鍵盤を押す。

頭の中に茶色が広がって、輪郭が揺れて、消えていく。
ド、と、ちっちゃな声で言ってみる。
これは、ド、なんだ……。

「この子ね、音を色で感じてるらしいの！」

夕食の皿を並べながら、母親が言った。

「最初はびっくりしたけど、もしかしたら凄い感性かもしれないって思って！」

ついさっき帰ってきた父親が、ビールを飲みながら答える。

「色かあ。音色っていう言葉があるぐらいだから、そういうものかもね」

「ああもう、素人はこれだから！　全部に色がついてるの。つまり、音を聴き分けているのよ」

「幼児の脳は凄いっていうからね。ほら、無意識のうちに他言語を理解するとか何とか」

「そういうことじゃないの！　この子は言葉を覚えるより先に音を覚えたのよ！　ドレミっていう言葉を知らないから、目から入る情報で区別したのよ！　ああもう、ホントにいやだ。なんでこんなセンスのない人と結婚しちゃったんだろう」

「そんなこと言うなって、ごめんごめん。雪祈は感性が豊かなんだな。そうか、色かあ」

ビールの缶を持った父親が、反対の手で息子の頭を撫でた。

でも、その頭の中には色ではなく、オタマジャクシがいる。

そのオタマジャクシは、光沢もなく、動きもせず、可愛くもなかった。

ただ、黒いだけだった。

3

失敗すると、悔しい。

ドレミファソラシドという呼び方には、ゼンゼン慣れない。

オタマジャクシと鍵盤の関係は分かったけど……。

色は、自分にしか見えないし――。

ピアノを弾く時、雪祈の頬はいつも膨らんでいた。

「もう一年経(た)つね、雪祈。……嫌だったら、止(や)めていいのよ」

母親が不満げな息子に優しく言った。

でも、四歳になった幼児の膨れた頬の中身は、不満だけではなかった。

楽しいんだ……。指で押しただけで大きな音が出るのは、やっぱり凄い。

ちゃんと順番通りに弾けたら嬉しくなるし、難しいことができるようになった時は、ナゾナゾを解いた時みたいに誇らしい。

お母さんの嬉しそうな顔だって、見られる。

ちょっとでも上手(うま)く弾いたら、上手ねってホメてくれる。拍手もしてくれる。

テレビを観ててもゲームをしてても見られない笑顔だから。

自分が初めて歩いた時の動画を観たら、おんなじ笑顔があった。

ピアノは、そんな顔をたくさん見ることができる楽器なんだ。

ただ、そのためには、ちゃんと練習しなきゃいけない。

上手にならなきゃ、いけない。

黒いピアノに、自分の顔が映ってる。

ふくれっ面が映ってる。


ある日、後ろに気配を感じて振り向くと、女の子の姿があった。

糊が利いたスカートを穿いて、フリル付きのブラウスの上に丸い顔がのっかっている。その大きな目を真ん丸にして、ピアノを弾く雪祈を見ていた。

小学校二年生ぐらいに見えるその子は言った。

「あっ。ごめんね。続けて」

初めて見る子だ……。

ちゃんとした服を着てるから、教室に入るあいさつに来たんだ。きっとリビングでお母さん同士で話しているんだろう。

それにしても、目玉が飛び出そうになっている。手もウズウズって動いてる。ピアノに触りたくて仕方ないみたいだ。

「ぼくは、もういいから……」

そう言ってピアノ椅子から降りると、女の子がすかさず飛び乗った。

「じゃあ、借りまーす」

いきなり、弾き始めた。

上手くは、なかった。

それでも前に後ろに、ブランコに乗っているみたいに揺れながら弾いている。

音を出すのが嬉しくてたまらないというように。

三曲目になった頃、雪祈の目には、彼女がまるで大きな犬とでも遊んでいるように見えてきた。

体ごと抱きついて両手で激しく毛をまさぐり、犬の手を持ち上げて、顎の下を撫でたと思ったらもう頭を擦っている。白い鍵盤が毛で、黒い鍵盤が肉球だ。

このピアノと、仲良くなろうとしてるんだ……！

そう思って横から覗くと、彼女は満面の笑みを浮かべていた。

十分ほど弾くと、女の子は椅子の上でくるりと回転して振り向いた。

「可愛いピアノだねえ。いっぱい弾かれているからかな、音がいい気がする。お名前は？」

「ぼくは、ユキノリ」

「あっ……そうか、ゴメンゴメン。私は、アオイ」

何を謝っているのか、分からない。

「なにがゴメンなの？」

「ユキノリ君の名前じゃなくて、ピアノの名前を先にきいちゃったから」

「ピアノの、なまえ……？」

名前なんかない。みんなも、ただピアノって呼んでる……。

「このピアノ、名前ないの？　私は家のピアノにクロちゃんて名前つけてるんだ。黒いから」

答えられずにいると、アオイちゃんが続けた。

「名前を呼んであげると、もっと仲良くなれると思うんだ。ね、ユキちゃん？」

アオイちゃんはそう言って、またピアノを弾き始めた。

お母さんたちが入って来るまで、今度は体を横にも動かしながら弾いた。

他の生徒さんの誰より、楽しそうで嬉しそうだった。

ふくれっ面の自分とは、まるで逆だ。

その姿が、とっても、かっこ良かった。

五歳の雪祈は、その日から彼女を尊敬し始めた。

4

最初は、横断歩道のメロディーだった。次はテレビのＣＭソング。幼稚園を卒園する頃、雪祈の耳は、音がドレミで聴こえるようになっていた。

電子キーボードでアニメのエンディング曲を弾くと、キッチンにいた母親がバッと顔を出した。頬を赤くしている。

「今、レンジャーの曲を弾いたわよね？」

「うん」

「楽譜、見たことあるの？」

「ないよ」

「ええっ、じゃあまさか耳コピ？　凄い！」

「耳コピって？」

「聴いただけで弾くこと！　うわあ、凄い！　どうしてできるの？」

「だって、聴けば音の並びが分かるから」

「じゃあ、あれは？」

母親がテレビを指さした。バラエティー番組のオープニング曲が流れている。

「えっと……レミファ、ソシラファ……」

「おお～、合ってる！　合ってるよ！」

とっても、嬉しそうな笑顔だ……。

母親がテレビのリモコンを押して、これはこれは？　とどんどん訊いてくる。

ちょっと考えて鍵盤を押すと、今度は手を叩いて喜んだ。

その時、窓の外から救急車のサイレンが聞こえた。

すかさずテレビの電源を落とした母親が窓を指さす。

この前まで、ピーポーピーポーだったけど……。

「……シソ、シソ」

「わあ！　絶対音感！」

「ぜったいおんかんって？」

「聴いただけで音の高さが分かるってこと！　全部の音がドレミで言えるの！　包丁でキャベツを切る音だって！」

母親が子供のように飛び上がっている。

見ている雪祈の方が、何だか恥ずかしくなった。

「こんなの……ふつうだよ」

そう言いながら、初めて本当に褒められた気がしていた。

……今までは、もっとピアノを好きにさせるために褒めている感じだった。

他の生徒さんに向けるのと、おんなじ笑顔だったから。

でも、これはそうじゃない。

本当に、喜んでくれている。

たくさんピアノを勉強して、たくさん練習したから、ゼッタイオンカンというやつを手に入れたんだ。きっと必殺技みたいなやつだ。

「となると、次は何を教えよう？」

お母さんは、悩むのも嬉しそうだ。

「ちょっと、おしっこしてくる」

照れた顔を見られるのが恥ずかしくて、トイレに行った。

それと、もう一つ。

寂しい顔を見られないように。

いつの間にか、見えなくなっている。

あの茶色もオレンジも緑も、どこかに行ってしまったから――。

「ねえ、ユキちゃん、聴いて――」

週に二回やってくるアオイちゃんは、五年生になっても変わらなかった。

皆が緊張する発表会でもアオイちゃんは楽しげに、それにいつも鼻を高くして弾いていた。今日も新しい指運びをピアノと一緒に披露できる嬉しさを隠そうともしていない。

自分ももう小学三年生になってるから、アオイちゃんが特別だってことがよく分かる。

今まで色んな生徒さんを見てきた。飽きてすぐ辞めちゃう人もいれば、中学校から運動部に入るといって卒業するお兄ちゃんも、サイノウがないと言って十年も続けてきたピアノをすっぱり諦めちゃう高校生もいた。

みんな、入ってきては、辞めていく。

街で元生徒さんにバッタリ会った時には、訊くことにしていた。

「ピアノ、弾いていますか？」

だって、続けていて欲しかったからだ。

返事は、だいたい同じだった。

「全然弾いてないなあ。もう指が動かないよ」

みんなが、そう答えながら笑っていた。

あんなに一生懸命だったのに、弾かなくなって、笑っていた。

元生徒さんと離れた後で、お母さんに尋ねたことがある。

「ピアノは、続ける人の方が少ないの？」

「うーん、音楽はね、色んな条件が整わないと続けられなかったりするのよ」

「じょうけん？」

「練習する時間とか楽器もいるでしょう。それにお月謝のお金とか」

「そっか……」

たしかに、クラスのほとんどの子は家にピアノなんてないって言っていた。スイミングや空手や塾とかで忙しい子も多い。

「でも、一番大事なのは、やる気だけどね」

「やる気……」

「もっと上手くなろうとする気持ちよ」

じゃあ、みんなは、やる気がなくなったのか。

なのに、なんであんな風に笑っていたんだろう……。

今、目の前のアオイちゃんは難しい曲に挑戦していて、結構間違えちゃうのに、それでもとっても楽しそうだ。テレビのレンジャーが失敗した時みたいに歯を食いしばったりもしないし、もともと誰とも戦っていない。

ただ、もっとピアノと仲良くなろうとしているんだ……。

「どう、ユキちゃん？」

一曲弾き終えたアオイちゃんが、いつもと同じように訊いてきた。

いつも通り、こう答える。

「カッコよかったよ、アオイちゃん」

アオイちゃんに、上手いなんて言葉は似合わない気がしていた。カッコいいが、一番合っていると思っていた。

「ありがとう」

アオイちゃんが、右手を大きく振って鍵盤をさっと撫でた。

そして、いつもと同じように胸を張って、エヘンと鼻を上げた。


次の日の夜、晩ご飯もお風呂も済んだ時間に、アオイちゃんがやって来た。母親と玄関で話している。

レッスンの時間なんてもうとっくに終わっている。なにかヘンなことが起きたのかもしれないと思って、階段の上に隠れて、二人の話を聞いた。

盗み聞きは悪いことだと知っていたが、聞いておかなきゃいけない気がしていた。

雪祈の耳に、いくつかの単語が届いた。

ふわたり。ひっこし。とうさん。よにげ。しんせき。とおいところ――。

どれも、イヤな響きを含んだ言葉だった。

階段の上からそっと顔を出してアオイちゃんの顔を見ようとした。もしかして、もう見られなくなる。そんな気がしたから。

昨日、鼻を高々と上げていたアオイちゃんは、真っ直(す)ぐ前を向いて喋(しゃべ)っていた。

泣いてもいないし、うつむいてもいなかった。

話を聞き終わった母親が、言った。

「でも……ピアノ、続けてね、アオイちゃん」

その言葉が、雪祈の胸に刺さって熱くなり、体中に広がった。

最初はその感情が何なのか分からなかったが、すぐに思い当たった。

自分は、怒っている……。それに、とっても、悔しくなっている。

お母さんは、どうしてそんなことを言うのか。言ってはいけないのに！　悪いことが起きたから、いなくなっちゃうのに！　悪いことが起きたらピアノは弾けなくなる。じょうけんとかいうヤツが、うまくいかなくなっちゃうから……。それなのに、生徒さんの中で一番ピアノが好きなアオイちゃんに、続けろって言うなんて……。

かわいそうだ。

ぎゅっと握った手が、震える。

アオイちゃんも同じ気持ちだと思って、玄関を覗いた。

アオイちゃんは、笑顔だった。

でも、ピアノを弾く時とはぜんぜん違う笑顔だ。大きなはずの目が、細くなっている。唇のはしっこだけが上がっている。元生徒さんみたいな笑顔だった。そしてその顔のまま、母親に言った。

「はい」

アオイちゃんが、急に階段の上を向いた。

思わず、頭を引っ込めた。どんな顔をしたらいいのか、何を言えばいいのか、分からなかったからだ。そこにアオイちゃんの声が降った。

「じゃあね、ユキちゃん」

玄関のドアが閉まる音がして、リビングに戻っていくお母さんのスリッパの音がした。

静かになると、頭の中に、声が残った。

部屋に入って頭から布団を被った。

それでも、聞こえた。

「じゃあね、ユキちゃん」という声が、ずっと聞こえている。

どんどん、悲しくなっていく。

言葉に意味なんてなければいいのに、と思った。

意味が消えたら、いなくならないかもしれない。

なかったことになるかもしれない。

だから、音階にした。

じゃあねユキちゃんという声を、音階にした。

5

松本（まつもと）市は、山に囲まれている。

春になれば桜がお城の周りを淡い桃色にして、夏には睡蓮（すいれん）の葉っぱの鮮やかな緑色がお堀に浮かんで、秋にはカエデやナナカマドの赤や黄色が山を染める。寒さが肌に突き刺ってくる冬は北アルプスが白い雪に包まれる。

季節によって、世界が変わる。

ピアノ部屋からもそれが見えたが、ピアノはいつも黒く光っていて、四季になんか目もくれず、もっといい音を出せと言っているようだった。

練習の成果は半年に一度の発表会で披露し続けてきた。小学五年生は発表会でもちょうど真ん中ぐらいの年齢だけど、もう中学生向けの曲を弾いているし、もっと年上の人向けの曲も、かなり弾けるようになっている。

「凄いわねえ。もうショパンのスケルツォを弾くなんて」

「一緒に写真撮って！」

「ピアノの貴公子じゃん」

「どんどんイケメンになっていくし」

「さすが先生の息子ねえ」

「やっぱり、ツィメルマンみたいになるの？」

「ホンットに上手」

生徒さんの親から掛けられる褒め言葉に、照れて顔を赤くすることも、もうなくなった。

ありがとうございます、と大人みたいな顔をして返していく。

そんなことを訊いてくる人も何人かいた。その質問へのいい返事は見つけていなくて、その度に

「こんなに上手いのに、どうして大きなコンクールに出ないの？」

えっと……と、戸惑った顔を見せてしまう。

たしかに、ピアノを習っている同級生より腕があることは自覚していた。合唱コンクールの伴奏でも他の子に負けているとはまったく思わなかったし、実際、女子たちは自分の演奏に目を輝かせていた。ピアニストになるのかと訊かれもした。でも、答えられなかった。

とにかくピアノが好きなのねと言われて、まあと返すのがやっとだった。

自分がどうなりたいのか、さっぱり分からなかった。

「ねえ、あんなに褒められたのに、どうして喜ばないの？」

家に帰ると、母親が心配顔で尋ねてくる。

最近、自分を心配していることは分かっていた。同い年の男子はサッカーや野球チームに所属している子が多いのに、自分の息子は家でピアノを弾くかピアノ動画を見て過ごすかだ。ゲーム機で遊びもするが、外で遊ぼうとはしない。運動神経が悪いわけでもないのに。

「だって、まだ上手く弾けてないから」

「よく弾けてたわよ。大きなミスもなかったし」

確かにそうだ。小さなミスは三つあったけど……。

「こないだ連れて行ってくれた文化ホールの、あのピアニスト、凄かった」

「そりゃそうよ。あの人は世界的なピアニストだもん」

「手が大きくなったら、あんな風に弾けるかな？」

「……あんな風って？」

「弾いてるっていうより、最初からそういう音が出るって決まってるみたいだった」

「そうね、上手すぎてそう見えたのかも。雪祈もあんな演奏がしたい？」

思わず、首を傾げた。

オーケストラと演奏していたあのポーランド人はピアノ界の頂点にいる一人だ。演奏は、もう完璧だった。モーツァルトを、ショパンを、リストを弾いて、クラシック好きの大人たちを魅了していた。満員の観客が総立ちで拍手を送っていた。きっと、世界中どこに行ってもあんな風に拍手される人だ。

ただ、ああなりたいかと訊かれると、分からない。同じように世界中のホールで演奏したいのか……あんな拍手が欲しいのか。

一つ確かなのは、あの人は自分よりはるかに上手くピアノと付き合っていたということだ。音符が体の中を流れているみたいで、それを指から楽器にしっかり伝えて、完璧な音にして会場全体に響かせていた。

自分も、今よりもっとピアノを使いこなすべきだ。そうすべきだし、そうしなきゃいけないような気がずっとしている。

少しでも長くなるように、右手の指を左手で引っ張りながら、言った。

「うん……ああいう演奏がしたい」


「雪祈くーん、遊ぼ！」

インターホンの画面に帽子のロゴが映った。

今日はスワローズか。昨日いい試合したんだな、と察しながら通話ボタンを押す。

「賢太郎、なに？」

「ちょっと外でようぜ、雪祈」

近所に住む加瀬賢太郎は幼稚園からの同級生で、軟式の少年野球だけでなく、リトルリーグで硬式野球も掛け持ちしている運動少年だ。自分とはまったく逆のタイプで、画面にはこんがりと日焼けした顔が映っていて、そこから白い歯がこぼれている。

「まあ、ちょっとならいいけど」この顔を見ると、どうも断れない。

玄関を開けると、賢太郎の手にはバットと二つのグローブがある。

「俺、今さ、ボールの回転数増やしてるんだ。ちょっと受けてくれよ」

公園まで歩きながら、賢太郎は知ってるか？　といって話を振ってくる。内容は同学年の男子女子のとりとめもない噂話だけど、学校からすぐ帰宅する自分にとっては友達の多いこの野球小僧は貴重な情報源だった。

「そういえば雪祈、この前、二組のヤツともめたらしいな」

「ああ、あれな」

ドッジボールの授業を見学した自分を、クラスの男子三人が揶揄してきた。指がそんなに大事かよ。ピアノって女が弾くもんだろ。授業ボイコットって何様だよ、と順繰りにまくしたててきたのだ。大して悪意がないのも分かっていたが、あとあと引きずっても困るから、きっちり反論した。

「バーカ、メジャーリーグの一流ピッチャーもドッジボールはやんねえよ、って言ってやった」

「ハハハ！　よく言った！　気が強えなあ雪祈は。まあキャッチボールはグローブつけてりゃ突き指はしないから安心してやろうぜ」

大きく口を開けて笑っている賢太郎の横顔が、優しい。

自分が授業を休んだ意味と、その時の気持ちを分かってくれている。

公園に着くと、キャッチボールが始まる。

山なりの緩い球から始まって、少しずつ距離を取りながらボールの勢いが増していく。最初はしゃべっていたのに、次第に会話がなくなって、捕球音しか聞こえなくなる。

賢太郎の球はだいたい胸の位置に来る。自分も胸に投げ返したい。

自分の球がまた山なりになっていく。賢太郎の球は勢いがあって直線的だけど、それでもだいぶ手加減してくれていることは分かる。

もっと外に出ろ、仲間と遊べよ、という気持ちが伝わってくる。

ああ、分かったよ、そう思いながら投げ返す。

そうやって無言でおしゃべりする。

ひとしきりキャッチボールをした後、バットを手に取った賢太郎が、「ちょっと見てくれよ」と、素振りをした。

「あれ？　左じゃん。賢太郎、右利きだろ？」

「そうなんだよ！　お前、ゴジラ松井(まつい)知ってる？」

「たしか、左打ちだな」

「あの人さ、右打ちだったのに、子供の頃に左打ちに変えたんだって。その理由が、あまりに打ちすぎるから左で打てって年上の子に言われたかららしい」

「マジか。じゃあ、メジャーでもまだ本気出してなかったのか」

「そうじゃねえよ！　その一言で左打ちになったからメジャーでも活躍したってことよ。俺もこっちに変えようと思ってよ」

賢太郎は左打ちの素振りをしながら、野球は右ピッチャーが多いからとか一塁ベースが近くてとか、まくし立てている。

その横で、グローブをはめた左手を見ていた。

ただの野球の話には聞こえなかった。たしかに左手が右より動くようになれば、一気に上手くなる。

賢太郎の素振りは、まだ不格好だ。でも、賢太郎なら上手くなるはずだ。

その夜から、ドッジボールをしない代わりに、左手で箸を持って、左手で文字を書く練習を始めた。

6

着慣れない制服に身を包んで、聴き慣れていない校歌を歌っている。

歌詞は頭に入ってこない。

音楽の先生が弾くピアノの音階だけを追っていく。

二番が終わった時、もう弾けると思った。

中学校の入学式が終わって、体育館を出る時、後ろから声がかかった。

「雪祈、部活どこに入るんだ？」

振り向くと、大きめの学生服の上に坊主頭がのっている。

「中学入ったら苗字で呼べって言っただろ、賢太郎。じゃなかった、加瀬」

「あっ、悪い、雪祈」

「だからさあ」溜め息をつきながら、友人の悪びれない顔と頭を見る。

「似合ってるな、その頭」

「気合い入れました。ラッキーなことに野球部の先輩たち、そんなに怖くないらしい」

日焼けした肌に、青々とした五厘刈り。

賢太郎は好きな野球に、気持ちも外見も真っ直ぐに向けている。その姿がすがすがしくて、うらやましく見えてくる。

「雪祈は背が高いからバスケとかバレーとか……って、やっぱり球技はやらないか」

「ああ、球技はやらない」

「じゃあ陸上部もいいぞ。もしくはストレートに吹奏楽部か」

「ちょっと考えるよ」

中学に入るにあたって、実際悩んでもいた。相変わらずコンクールに出たいとは思っていない。プロのピアニストを目指すとなれば、その道は険しくて果てしないことも分かっている。趣味として続けるのなら、そう決めてもいい年頃のはずだ。

だけど、もっとピアノを突き詰めたいという気持ちが胸にある。

それも、結構強く。

「ピアノもいいけど、大人になっても弾けるだろ。中学の部活は中学にしかないんだからな」

「分かってるよ」賢太郎の言う通りだ。

だけど、今ピアノを弾けばもっと上手くなる。指を止めたら、もう指が動かないと寂しい笑顔を浮かべる人になる。

何より、今、自分は好きなだけピアノを弾ける立場にいる。

「ところで、中学ではどっちで打つんだ？」

「左。ずっと左で打つって決めたから」

自分もまだ左手で箸を持っている。効果も感じている。

「……加瀬、野球頑張れよ」

俺も頑張るから――。

口に出さずにそう言った。


結局、毎日自宅のピアノの前に座ることにした。

吹奏楽部にも陸上部にも入らなかった。

最近、家のピアノが空く時間が増えたのも理由の一つだ。近所に全国チェーンの音楽教室がオープンしたせいで、生徒さんが減っていた。

あまり弾かれないピアノは、なぜか寂しそうに見える。だから学校から帰るとすぐに着替えて、鍵盤を叩いた。

音に囲まれていれば、寂しくない。ピアノだって、きっとそうだ。

「雪祈君は、黒い服ばっかり着てるね」

ある日、高校二年の生徒さんに言われた。

「え？　変ですか？」

「イケメンだから、よく似合ってるけど」

たしかに、いつからかモノトーンの服ばかり着るようになっていた。母親にも黒か白の服を買ってくるように頼んでいる。

もしかするとオーケストラの影響かもしれない。指揮者も奏者も黒のスーツに白いシャツばかりだ。楽器は木肌か金色で、赤や青や緑色はない。奏者たちからも、照明が当たらない客席は暗くて、華やかなワンピースもネクタイもきっと目には入らないだろう。

「それ、バンドTシャツですか？」生徒さんが着ている服が目に入る。

「そう、去年のライブの。良かったよ〜」

白地に赤と緑のポップなイラストがプリントされたそのTシャツは、魅力的には見えなかったが、色鮮やかではあった。

「今度、聴いてみます」

「うん、たまにはクラシックじゃないのもいいかもね」

その夜、母親から、意外な誘いがあった。

「雪祈も中学生になったから、お母さんと一緒に行ってみる？」

松本で行われるクラシックのコンサートやリサイタルには、もうかなり行っている。

「なに？　小学生じゃ行けないとこ？」

「そう。東京の一番いいジャズクラブ」

母親が珍しくテンションを上げて出演アーティストの説明を始めた。十年前から注目しているジャズピアニストと、今名を上げているトランペット奏者の組み合わせだと言う。

「あのジャズピアニストさ、雪祈にもアルバム聴かせたことあるじゃない」

確かに一年ぐらい前に聴いたことがある。主にクラシックばかり、たまにポップスを聴くだけの自分の耳には支離滅裂に響いて、興味をそそられなかった覚えがある。ジャズ自体は小学校生活の中で何度か遊びで弾いてみたことがあったが、どうも合わなかった。

「いいよ、俺は。ジャズなんか」

「じゃあ音響の勉強のために行こう。あの店は音が素晴らしいのよ。音響スタッフ(PA)さんも超一流だし、調律師さんも凄いのよ」

ジャズなんていうマニアックな音楽を、どうしてわざわざ東京まで行って聴こうとするのか。世界的なピアノコンクールはテレビに取り上げられる。オーケストラの演奏も放送されている。著名なバイオリニストが番組に出演することもある。だけど、ジャズは全然画面に出てこない。クラシックでさえロックやポップスやヒップホップに押されていて、同級生たちも全然知らないのに。

それなのに、もっと注目されていないジャズを？

ただ、東京に行くのは悪くない。

ピアノメーカーの大きなショールームもあるはずだ。

御茶ノ水(おちゃのみず)とかいう場所にある楽器街も歩いてみたい。

東京土産(みやげ)を指定する父親の横で、ぼんやりとそう考えていた。


青山(あおやま)という場所にあるジャズクラブの外観は、まるでガレージだった。

建物には奥行きも高さもない。品がいいデザインの、一軒家ぐらいの建物だ。

そこに「So Blue(ソーブルー)」という看板が掲げられている。

「ここ？」

そうよ、と答えた母親はドア脇の出演アーティストポスターの前に自分を立たせて、写真を撮った。

「さあ、入ろう！」

クラシックのコンサートでは見せない浮かれた顔で、母親が扉を開けた。

現れたのは階下に続く階段だった。その左右をアーティストの大きなモノクロ写真が囲んでいる。

地下一階のカウンターで受付を済ませて、細い階段でさらに地下二階に降りる。

目の前に突然、二百人以上が座れる巨大なレストランが広がった。

しかも、見たこともないほど高級な造りだ。ダークな木目のテーブルの上にロウソクが揺れていて、見るからに高そうな革張りの椅子が並んでいる。ウエイターたちの髪も身なりも、隙なく整っている。

高い天井からはライブ用の照明が何十個もぶら下がっていて、それらが全部、中央奥にある小さなステージに向いている。客席とステージの間にあるのは低い段差だけ。手を伸ばしたら届くような距離だ。

クラシックとは、全然違う環境だった。

母親は客席中央付近の席に着くなり、手際よく二人分の飲み物と料理を注文した。

「酒なんか飲むの？」

今まで、生演奏を聴きながら飲食なんかしたことはない。せっかくこんな格好いい空間でライブを観るのにアルコールで耳が鈍ってしまうのではないかと、母親をたしなめるような気持ちになっていた。

「ジャズはね、いいの。楽しむのよ」

周囲を見回すと、大人たちは皆ビールやワインを飲んでいた。どの顔も、リラックスしている。仕事帰りのスーツ姿があって、ジャケットを着た老紳士がいて、すこしドレスアップした女性がグラスを傾けていて、パーカにジーンズの若い人もいる。

綺麗に盛り付けられた料理が運ばれてきた直後、照明が落とされた。後ろの方から拍手が鳴る。拍手は会場全体に広がって、一人の客が立ち上がって演者を迎えている。客席の間をステージに向かって歩く四人のアーティストは、てんでバラバラの服装をしていた。先頭のピアニストは真っ赤な大きめのシャツをTシャツの上から羽織っている。トランペットを持った黒人は紫のシャツの上に茶色いジレ。手にスティックを持ったドラマーは長袖のTシャツを着て、最後尾を歩く背の高い白人は黒いジャケット姿。

何が始まるんだ——。

いきなり、五メートル先で、演奏が始まった。

音が粒になって顔にぶつかってくる。

肌が、震える。

比喩ではなく、実際に肌が震えた。難解で穏やかな音楽だと思っていたジャズが、大音量で露出した体表と鼓膜を揺らしてくる。

何だ、これ……?

大きなメロディーが四つの楽器から放たれている。音を追おうとしたが、何の曲を演奏しているか知らないし、知っていても無駄な気がした。

それぐらいダイナミックで複雑で自由だった。

まだ開始三分なのに、四人のプレーヤーの額に汗が見える。ピアニストは全身で鍵盤を叩いて、ドラマーは見えないほど速くスティックを振り、ベーシストが激しく弦を揺さぶって、トランペッターが天井を揺らすように音を出している。全力で演奏していた。

「今演奏してるのが、テーマ」

母親が耳打ちで教えてくれる。演奏中なのに喋ってもいいのかと戸惑いながら、小声で聞き返す。

「テーマじゃないところもあるの？」

「見てれば分かるわ。ソロ、アドリブね」

アドリブ……たしか、即興だ。

バンドの中央にいたトランペッターが、小さなステージの上で一歩後ろに下がった。

その瞬間、周囲が暗くなり、強い照明がピアノを指し示す。

ピアニストが、今は自分だけが主役だという態度と姿勢で演奏を始めた。これまでのメロディーとはまったく別の短いフレーズを重ね始めている。

一体、何をしようとしてるんだ？

これは、音楽なのか？

いつの間(ま)にかドラムの音は小さくなっていて、リズムだけを保ち続けている。

突然、ピアノの音が速く、大きくなった。ピアニストは集中して一点を見つめ、左右の手は何かが乗り移ったかのように動いている。考えていては間に合わない速度に見えた。ピアノの音の粒が前後に繋(つな)がり始めて、波のようにエネルギーを高めていく。

「イエア！」突如、大声が後ろの席から発せられた。

思わず振り向いて、声の主を見る。この極度に集中した人間に大声をかけるなんてアリなのか？

声を出した客は目が合った瞬間、ニヤッと笑った。

次の刹那、ピアノの音がさらに温度を上げた。邪魔されたどころか、声に押されてテンションが一段階上がったようだった。

なおも客から声がかかって、反応したピアニストはいつの間にか目を鍵盤にくっつけるように弾いていた。歯を食いしばっている。汗が、光っている。

何を見ているんだろう。

今、この人はステージの上で、音楽を創っている。

ピアニストが全身の重みを指からピアノに伝えている。しかも凄まじいスピードで何分間も。彼が限界を迎えようとしているのが自分にも分かった。いつの間にか心配にさえなっている。この人は、どこまでいってしまうのか、どうなってしまうのか……。何らかのピークを迎えようとした瞬間、ピアニストが顔を上げてステージを見た。

耳が、野太い破裂音を捉える。

演奏がトランペットに移っていた。

トランペッターが、楽器を真っ直ぐ客に向くように姿勢を保ちながら音を紡ぎ始める。ピアノが創ったテンションを落とさないように、速く大きく音を出しているようだ。だけど、ピアノのように隙間なく音は来ない。そうか、息継ぎがいるんだ。

使い古されたトランペットが、すかさず息を吹き込まれて唸る。このために作られたんだと叫んでいる。

ストレートに放たれる音があって、捻(ねじ)れた音があって、裏返るような音があって、その一つ一つが鼓膜を打つ。客から声が上がる。奏者の肺から出た空気が楽器を通って音楽になって、客席にいる自分の体の芯まで響いてくる。しかも、アドリブで創り出している生(なま)の音が。

店の中は不思議な興奮状態だった。客は座ったまま、固唾(かたず)をのんでステージを見つめている。そうしながら、酒をあおる人も料理を口に運ぶ人も声を出す人もいる。その中心で中学一年生の自分は、震えている。

音の粒が緊張度を上げてメロディーがうねり始めた。汗がステージに落ちる。体は前後左右に振られ、楽器も大きく動いている。全力でもう何分吹いているのか。肉体的な限界が近いはずだ。なのに、プレーヤーは止まらない。体が壊れようと、さらに新しい音を、もっと凄(すさ)まじい音を出そうとしているのだ。

彼の頭か体、どちらかが壊れてしまう、もうやめてくれ！　そう思った次の瞬間、ピアノとドラムとベースが大きな音を出した。

メロディーを、四人で演奏している。テーマに戻ったのだ。

椅子から、腰が浮きそうになった。

あれほど狂気のような演奏をしていたのに、決められたタイミングで他の三人とピッタリ合わせたのだ。

「イエア！」という幾つもの声と大きな拍手がステージを覆(おお)った。

客たちは皆、嬉しそうな顔をしている。この顔のために、彼らは倒れそうになるまで演奏した。

それが、自分の胸を打っている。

クラシックやポップスとは、まったく別の衝撃だった。

一体、どうやったらあんな演奏ができるのだろう。技術であって、メンタルであって……でもそれだけではパフォーマンスに終わってしまう。

自分は叫ぶような音の繋がりに心を揺さぶられたんだ。

あの源は、おそらく——。

目の前に、女の子の姿が浮かぶ。

自分より年上の、小さな女の子。

記憶の中で、その子はいつもピアノを弾いている。いつも、自分らしく弾いている。

照明の色が水色から、暗い紫に、そして赤になった。

松本には、ない色だった。


クラシックとは別のリズム。コード。キー。フレーズ。スピード。曲構成と曲展開。

カルテットの編成。リーダーの役割。

テーマ演奏。そしてアドリブの長さと回数。

その全部の凄さを、一つも忘れないように——。

帰りの新幹線で、携帯電話にメモをひたすら書き込んだ。

翌日からピアノの練習を中断して、母親がコレクションしていたジャズのＣＤを片っ端から聴いて、ひたすら動画を観た。

そして半月後にピアノを再開した。練習というより、研究であって探検だった。

学び始めたジャズは決して古い音楽ではなく、驚くほど新鮮で、なおかつ底が知れなかった。目と耳からインプットした大量の音を、一つ一つ丁寧に指から出力する。ゴールは全然見えないのに、いつまでも続けられる気がするほど熱中した。

母親は「分からないことがあったらいつでも訊いてね」と目を細めた。そして、「ちゃんと勉強したことないから、奏法とかはあまり詳しくないけど」と付け加えた。

三か月が経った頃、帰宅した父親が言った。

「雪祈は最近ちょっと顔が変わったな」

「あー、そういうの良くないよ。デリカシーがない」

「いや、いい意味だって」

「俺は成長期で思春期なんだから、ほっといて」

「うーん、褒めるのも難しいな」

父親がスーツを脱ぎに寝室に向かうと、キッチンから母親が続けた。

「私もそう思うよ、雪祈」

「だからさ……」

「変わるのはいいことよ。幾つになっても。私は売れないピアニストからピアノ教室の先生になったけど、とっても良かったと思ってるの。あなたも、クラシックからジャズピアニストになろうとしてる。楽しく変わるなら、いいじゃない」

確かに自分は楽しんでいる。

でも、楽しんでいるだけじゃダメなんだ。

「晩ご飯はオッソブーコだからね。さ、手を洗ってきなさい」母親が、最近凝り出したイタリア料理の名をあげた。

今の自分はそれと同じだ。ジャズをかじり始めたばかりで、新しいことを知るだけで面白い。ずっとクレヨンばかり使っていたのに、突然絵の具を与えられた時みたいだ。絵の具をチューブから出すのも、水で溶かすのも、色を混ぜるのも、何もかもが楽しかった。

でもそれが美術大学やプロの画家を目指すとなったら、まったく話が変わってくる。

洗面所で手を洗いながら、ふと前を見る。

鏡には、ずっと楽譜通りに弾いてきた自分が映っている。

その後の三年間、発表会ではジャズを演奏した。

客席にいた大人たちは、クラシックをやめたのかと残念がりながら演奏を褒めた。

「雪祈君は何弾いても上手ねえ」

「ジャズって明るくていいな」

「うちの子にも弾かせようかしら」

「けっこう複雑よ。クラシックより才能が要りそう」

「でも、聴いてて楽しいわよ」

保護者の耳にジャズは独創的で刺激的に響くようだった。それに皆が重厚なクラシックを演奏するなかで、自分のジャズは一服の清涼剤のように捉えられていた。

逆に、自分は必死だった。

経験と技術が足りなかった。

まずリズム感だ。ジャズとクラシックではリズムの取り方が違う。でも頭と指にはまだクラシックが染みついていて、もっとスウィングしなくてはいけないのに、どこか硬くなってしまう。それに、超一流プレーヤーなら可能だが、ジャズという音楽が持つ立体感をピアノだけで表現するには、絶対的に腕が足りない。どうしても薄っぺらい音になってしまうのだ。ドラムやベースがいてくれればと思うが、母の教室の発表会でそれは望めない。

そして、もう一つ。

インプロが難しい。

インプロビゼーション、アドリブ、つまり即興だ。テーマから離れて、楽譜にはないメロディーを繰り広げる時間。とにかく自由に、その場で音を繋げる。

それが、まったくできない。三年近くやっても、まだヒントも摑(つか)めていなかった。楽譜通りに弾く体質になってしまっているから、自由になれないのだろうか。

その代わり、あらかじめ作り上げたメロディーを披露する。あくまでインプロっぽい演奏だ。今はこれでしのぐしかないから——。

演奏が終わると、大きな拍手が聞こえてくる。客席の皆の顔に、楽しげな表情が見える。

だけど、これは求めているリアクションじゃない。

ホントは、驚かせたい。

ソーブルーでの自分のように、驚いて欲しい。

そう思いながら、客席に向かってお辞儀をする。

青山で見たように、仲間とがっしりと肩を組んで歓声を浴びる日はいつになるのか。

それまで一人でやり続けるしかない。

ステージを降りて、他の生徒さんの演奏を聴くために客席後方に向かう。

一人の男の子が近寄ってきた。五歳ぐらいの見たことがない子だ。誰かの弟だろうか。

「おにいちゃん」自分を見上げている。

「ボク、どうした？」腰を落として目線を合わせる。

「さっきの、なに？」

疑問に思うのも当然だ。この年頃なら聴いたこともないだろうから。

「あれは、ジャズっていう音楽なんだ」

「そっか」そう言って少年は目線を落とした。

「どうだった？」

めちゃくちゃな音楽に聴こえたんだろうと思って、訊いた。

少年が、顔を上げた。

「めっちゃカッコよかった」

そう言って、去って行った。

7

「雪祈、やっぱり部活入らないのか？」

振り向くと、幼稚園の頃からちっとも変わらない笑顔がある。

「加瀬はもう入部届、出したのか？」

「ああ、明日から来ていいってさ」

賢太郎は中学三年の夏まで白球を追い続けて、県大会の準々決勝で負けた。部活を引退した後も、受験勉強をしながら公園での素振りを欠かさなかった。

月に二度はグローブを持って家にやって来て、自分をキャッチボールに連れ出した。良いフォーム！　とか、長身だから球が速い！　とか、センスいいな！　とおだてながら、硬球を投げ込んでくる。

「なあ、なんでまた俺となんだ？　野球部のヤツとやれよ」

「雪祈、ピアノって個人競技だろ」賢太郎が珍しく真剣な顔を見せた。「お前もやっといた方がいいと思うんだよ。キャッチボールは、これでも一応チームプレーだから」

長野県にある野球強豪校は県外の生徒を集めていることが多い。賢太郎にはそんな高校からの誘いはなく、どうせ勉強するならなるべく偏差値の高い学校に行って、そこで甲子園を目指すと言った。

勉強の合間のキャッチボールは入試の二週間前まで続いた。そして二人とも同じ高校に合格した。

自分の合格よりも賢太郎の合格が嬉しかった。

「で、どうなんだ？　野球部の三年生とか二年生とか」

「今年のチームはそんなでもないけど、来年は結構強いかもって。それより、同じ一年に東中のエースがいるんだ。県外のスカウトとかも見に来てたピッチャーだから、こりゃ俺らの代は、あるぞ」

「あるか？　ここは普通の県立校だぞ？」

「連れてってやるよ、アルプススタンド」

「期待はしない」

賢太郎が肩にグッと拳を当ててくる。じんわりと、熱い。本気で甲子園に行けると信じていることが伝わってくる。

「まあ見てろよ。で、雪祈は？」

「音楽室に、デカいピアノがあるんだよ」

向こうから来る女子たちが自分の顔を見上げる。指よ長くなれと願っていたら背まで伸びて、他人からするとなぜか顔も整って見えるらしく、自分は新入生の中でも目立つようだった。

「おー、あいつら珍しいもの見られたな。よっぽど良いピアノなんだろうけど、お前そんなストレートな笑顔はなかなか見せねえからな。まあ、クールなピアノマンだって知られたら、もっとモテるんだろうけど」

「別にモテたくねえから」

「あー、くそ。言ってみてえ、そんな言葉」

「モテないヤツでも言えるぞ？」

「うるせえよ。とにかくその顔は悪くない。よく笑えよ、雪祈」

「……そろそろ沢辺って呼べよ、加瀬」

「ま、お互い頑張ろうや」そう言って、坊主頭は教室に吸い込まれていった。

よく笑え、か。そうなるといいけど。

高校生時代の自分を誰かが天から見ていたとしたら、三つのピアノの間をぐるぐる回る猫みたいに映っただろう。

それぐらい、弾いた。

一つは、家のピアノ。

二つ目は、自室に置いた電子ピアノだ。ヘッドフォンをかぶって弾き、演奏を録音して、聴いては分析してまた弾く。セロニアス・モンク、ハービー・ハンコック、キース・ジャレットの模倣もした。その度にレジェンドの指使いには遠く及ばないことを痛感して、一ミリでも近づくために深夜まで椅子に座り続けた。

三つ目は、高校の音楽室のピアノだ。

グランドピアノでも大きな部類に入るそれは、音量も音の奥行きも別格だった。練習するにもいい楽器であればあるほどいい。音楽室は放課後になれば吹奏楽部が使うが、朝と昼には誰も訪れなかった。鍵がかかっていないのをいいことに、授業前と昼休みに弾く。

ピアノ男子の噂は瞬く間に広まって、水やジュースを差し入れる女子が何人か現れた。だけど、自分の技術や音楽性を評価されているとは思えなかった。きっとピアノ越しに見える男子のストイックな表情が珍しいだけだ。

集中する時間を確保するために、朝七時半に登校するようになった。

朝のグラウンドには、野球部員の姿があった。

朝の自主練をしているのは三人ほどだったが、その中に必ず賢太郎がいた。

「おはよう、加瀬」そう声を掛けると、賢太郎が駆け寄ってくる。

「おう、雪祈。ある？」

「上物、入ってます」そう言って前日買ったジュースを渡すと、賢太郎は勢いよくキャップを開ける。

「ゴチ！　いただきます」

がぶがぶと飲む賢太郎の顔には汗が浮かんでいる。全力でバットを振った証（あかし）だ。顔は真っ黒になっていて、グローブを付けている左手だけが白い。

「なあ、雪祈。朝練はいいけど、ジャズと朝練ってなんかしっくりこないよな」

「ほっとけ。で、夏の大会はどうだ？」

「セカンドがもらえそうだ。俺らの代でレギュラーは二人だけかな。打順は五番が濃厚」

「そりゃ悪くないな」

「あのな、悪くないどころじゃなくて、最高なんだよ。ジャズばっかりやってるからかあ？　そういう言い方増えたよな」

確かに、いつの間にか斜に構えることが増えた気がする。ジャズの変則的な奏法やジャズマン特有の言い回しを学んでいるせいかもしれない。ジャズ業界でＢＡＤは、とても良い、という意味らしい。言葉遣いまで一筋縄ではいかないみたいだ。

だから一層、賢太郎の日焼けした肌がまぶしくも見える。

「最高か。真っ直ぐそう言う加瀬が羨（うらや）ましいよ」と言いながら、この言い方さえも皮肉っぽいだろうかと不安になっていくる。

「いや、お前もすげえ真っ直ぐだろ」

「え？　俺が……？」

意外な言葉に戸惑っているうちに、「これ、ありがとうな」と飲みかけのペットボトルを掲げて、賢太郎はグラウンドに戻っていった。

この年でジャズを弾いている自分は、どこかひねくれていると思われている自覚がある。かっこつけているとか、大人ぶっているとか……。

なのに、賢太郎は真っ直ぐだと言った。

真っ直ぐなら、自分にはやるべきことがある。

松本市内に、ジャズを流す店はいくつかあった。ジャズ喫茶、ジャズカフェ、そして生演奏を聴かせるジャズバー。

ネットで調べて考えた挙句、中でも最も大きなジャズバーの前に立った。

大きいと言っても客席数は三十に満たない店で、目の前のドアも頼りないぐらいに薄いが、取っ手に手をかけると、とてつもなく重く感じる。

しかも学校帰りで制服姿だ。ものすごく場違いに思えてくる。

それでも、真っ直ぐドアを押す。

「すみません」

まだ開店前なので、客の姿はない。一拍おいて、店長らしき人がカウンターから顔を出した。ジャズ業界の人と初めて会話すると思うと、身が硬くなる。

「えっと……業者さんじゃなくて、それ北高の制服だよね。何の用だろ?」ぼさぼさの髪の下に、怪訝な表情が浮かんでいる。

カウンターに歩み寄って、あらかじめ用意していたセリフを言う。

「突然すみません。北高一年の、沢辺と言います。ここでバイトさせてもらえませんか。何でもしますんで」

「えっと……募集してないし……募集する予定もないんだよね」

そう言う店長のシャツの襟に何度も修繕した跡が見える。たしかに新たに人を雇う余裕はなさそうだった。

だからといって、そうですかとすぐに帰るわけにもいかない。

今度は、用意していないセリフを言った。

「……ジャズを、勉強したくて来たんです」

「そうか。来てくれて嬉しいんだけど、えっと……ウチは夜遅めに盛り上がるから、十五、六歳だと無理なんだ」

次に何を言うべきかと考えていたら、奥にある木目のアップライトピアノに目が吸い込まれた。使い込まれて、傷やグラスの染みが無数についている。

それが、なぜか輝いて見える。

「えっと……ピアノ、弾くのかな?」中学を卒業したばかりの少年が勇気を振り絞ってここに来て、言いたいことの半分も言えずにいる。もしかしたら店長はそう思ったのかもしれない。

「はい、弾きます」

「バイトは無理だけど店には来ていいよ。今度セッションもやるから見に来なよ」

十時前には帰宅ね、親の許可を貰ってね、という店長の言葉が頭を通り過ぎていく。とどまっていたのは、セッションという単語だ。

ジャズプレーヤーが集まってステージに上がり、腕を磨く演奏方式――。

「ありがとうございます。必ず来ます」


その店でのセッションは毎週土曜日の夜に行われていた。

家で早めの夕食を済ませて、開店時間きっかりに店に入る。

「えっと……来たんだね。いらっしゃい」

「はい、勉強させてもらいます」

微妙に顔をほころばせた店長にコーヒーを頼んで、ステージから一番離れた席に座った。

ここから、セッションとジャズの作法を学ぶ。

徐々に人が入ってきた。ほとんどが顔見知りのようで、軽い挨拶を交わしてから店の雰囲気にそぐわない自分を一瞥する。その度に小さく会釈して、コーヒーに口をつけた。そうしているうちに、楽器を持った人が次々にやってくる。

半数ほどがプレーヤーで、残りが純粋な客のようだった。

開店から一時間後、酒を一、二杯口にしたプレーヤーたちが申し合わせてステージに上がり、短い話し合いで曲、テンポ、ソロの順番と長さを決めて演奏を始めた。その音はソーブルーで聴いたものとはだいぶ違っていて、いってみれば庶民的なジャズだった。だけど、狭い店内に響くジャズは大音量でかなり迫力がある。

ステージにはドラマー、ピアニスト、ベーシストが必須で、ギタリスト、サックス奏者、トランペッターが入れ替わって演奏した。腕前を測ろうとしたが、初見なのでよく分からない。とにかく皆がセッションに慣れていることだけは理解できた。真剣に音を合わせて、良い演奏があれば笑顔を交わして、ほぼ満員の客たちも盛り上がる。

追加注文したコーヒーを飲みながら、二時間見学した。

大学生らしきピアニストが疲れて体を伸ばした時、椅子から腰を上げた。

今行かないと、ずっと行けなくなる。そんな気がした。

ステージに向かって歩み出る。

客たちの目が、自分に注がれる。

心臓が、飛び出しそうになる。

それでも、言わなくちゃいけない——。

裏返らないように気をつけながら声を出す。

「あの、俺も、弾いていいですか？」

ステージ上のプレーヤーと店内の客たちが、一斉にカウンターに顔を向ける。

まさか自分が参加を申し出るとは思っていなかったのだろう、驚きを顔に浮かべた店長が何拍もおいて、答えた。

「えっと……いいんじゃないかな」

それを聞いた大人たちが、また一斉に自分を見る。

意外にも、嬉しそうな顔をしていた。

でも、その目には心配の色も浮かんでいる。この子、大丈夫か——？　という心配だ。

その数百倍は自分自身を心配しながら、小さく会釈してステージに上がる。

初めての、ジャズのステージだ。

板張りなのに、足が、沈んでいくようだった。

ピアノ椅子に座ると、もっと生きた心地がしなくなった。

発表会や合唱コンクールの伴奏とは、まったく別種の緊張だ。あの時の方が、遥かに観衆は多かったのに。

三十代のベーシストが、曲名をあげた。

「オール・ザ・シングス・ユー・アー、イケるかい？」

スタンダードと呼ばれるものの一つで、楽譜なしで弾けるようにかなり練習した曲だ。

唾を飲み込みながら、頷く。それなら何とかなるはずだ……。

いや、何とかするしかない。

「キーはA♭。で、速さはこれぐらいね」

四十代のドラマーが指を鳴らしている。かなり遅めのテンポだ。気を遣ってくれているのが分かるが、礼を返す余裕もなく、集中して頭に叩きこむ。テンポを違えたら音楽にならない。もちろん、出す音を間違えてもいけない。

店にいる三十人超の目が全て自分に集まった。排他的な視線ではなく、どうかジャズの入り口でつまずかないように、どうか途中で泣き出さないようにと願っている。

ピアノ発表会でよく見た保護者たちの目だ。

それが、胸に痛い。

そう思わせていることが、恥ずかしい。

たまらなく、いたたまれない。

この空気を変えなくてはならない。

だからこそ、出だしだけでも、絶対に合わせる。

それさえできれば、後は――。

「じゃあ、行くよ。ワン、ツー、ワンツー」

鍵を、押した。

スタートは、ピッタリと合った。

指が痛いほど硬くなっているのが分かったが、ほぐす余裕なんかない。遅れないように、間違わないように、なおかつ他の楽器に掻き消されない音量を出さなきゃいけない。

とにかく弾かなきゃ。

とにかく――。

二分ほど経った時、ふいに耳にベースの音が届いた。ギターの音も聴こえる。今まで緊張してドラム音しか聴こえていなかったと気付く。

耳を傾けなきゃいけない。やっと他人と演奏できているんだから。

そう考えているうちに、もうテーマが終わる……。

そこで、初めて鍵盤から目を上げた。

横にいるギタリストと、目が合った。

髭面(ひげづら)のベーシストが、自分に向かって頷いた。

一番奥にいるドラマーが、自分に笑顔を向けている。

その顔が、弾けているぞ、と言っていた。

喉(のど)の奥から何かが込み上げてくる。

ああ、くそと思いながら呑み込んで客席に目を移すと、そこには安堵(あんど)の笑顔が並んでいた。皆が、自分に向かって微笑みながら拍手をしていた。

ギターのソロが始まった。

両手を離して、鍵盤を見る。

白と黒の鍵盤は、どのピアノでも同じだ。

だけど、もうこんな気持ちにはならないだろう。

恥ずかしさ——。

感謝——。

嬉しさ——。

そして、涙をこらえる気持ち——。

俺のジャズの出だしは、成功したんだ。

ベースのソロが聴こえる。

もうすぐテーマだ。

それ以来、セッションがある土曜日には必ず店を訪れた。

ソロの時間も貰って演奏し、ステージを降りたら大人たちと話して、ジャズの仕組みと現状を、ジャズマンたちとの会話を身につけていった。

高校二年になると、近隣の大学ジャズ研のどのピアニストにも引けを取らないプレーができるようになった。大人と組んで小さなジャズフェスに出演すると、近県のジャズコミュニティーにも少しずつ名前が浸透して県外のプレーヤーとセッションする機会も増えていた。

ある夜、ステージを降りた後、関東で活動しているセミプロのベーシストがグラスを傾けながら言った。

「沢辺君、上手いなあ」

「ありがとうございます。そんなこと言ってもらえて嬉しいです」

コーラのグラスを持ちながら、最近身につけた如才ない話し方で答える。

だけど、最近よく言われるその褒め言葉に、ひっかかり始めてもいた。

「あの……その上手いっていうのは、どれぐらいの褒め言葉なんでしょうか」

「どれぐらいって？」

「高校生にしては、という感じですか？　それとも、ジャズプレーヤーとしてやっていけそうという感じですか？」

「まさか君、プロを目指しているの？」

まだ誰にもされたことがない質問だった。なぜか賢太郎の顔が頭に浮かんでくる。

きっとあいつならハッキリ答えるだろう。

「ジャズをやるからには、はい」

動きを止めて、急に黙り込んだ。

ベーシストが額に手を置いて、カウンターの中を虚ろに見ながら、何かを考えている。

プロという単語が、重力を持って地面にめりこんでいくようだった。

無限にも思える時間が過ぎて、ベーシストは口を重たげに開いた。

「……プロにはなれる。プロだと名乗ったら、その日からプロなんだ。だけど、本当のプロには上手いだけじゃなれない」

そう言ってバーボンをちびりと口に運んだ。

「才能ってヤツ、ですか？」

ロックグラスの中の氷は、角を失くしていた。

「そうだな、才能かもな」

おかわりを受け取った三十代後半のセミプロは続けた。

「俺はさ、左の耳が聞こえづらいんだ。なんでか分かる？」

すみません、分かりませんと答えると、男は明るさを取り戻したように言った。

「ずっとドラムの右側にいるからだよ。ベーシストには多いんだけどさ」

ハッとした。

横にいるのは、肉体も、時間も、ジャズに捧げてきた人だ。

「そこまでやっても、俺は芽が出ないんだ。なんでだろうな」

さっきまで頭に浮かんでいた質問を、ぐっと呑み込む。

僕には、才能がありますか？

とてもじゃないけど、訊けなかった。

「たくさん聴くんだ。そしてたくさん弾く。曲を作る。たくさん、他の人と演奏する」

その目は、どこか遠くを見ていた。

何かを思い出している。

きっと、口に出せない種類のものだ。

ベーシストが遠い目をしたまま、ベースのような低音で言った。

「それと、誰と組むかが大事なんだ」

8

三年生になると、賢太郎はグラウンドの横を通る自分に気付かなくなった。

正確に言えば、気付いている場合ではなくなっていた。

二年前は三人しかいなかった朝の野球部員が、四十人に増えている。新チームが春の大会で県ベスト4に入ったことで、甲子園出場が現実味を帯び出したのだ。

賢太郎がセカンドでノックを受けている。

一人で素振りをしていた時とは、まったく別の表情だった。

公園でキャッチボールをした時の顔とも違っている。

目標を、しかと捉えた顔だ。

土の上ではいくつもの野太い掛け声と甲高い指示の声が交差している。

その横を通りながら、うまくいってくれと、賢太郎が目標に辿り着くことを叶えてくれと、何かに祈っていた。

三か月後、野球部は県営球場で夏の甲子園、県大会の準決勝を戦った。

相手はレギュラーのほとんどが県外出身者の強豪校で、下馬評では賢太郎のチームが勝てる見込みはほとんどないとされていた。

それでも勝利を願う生徒とOB、OGたちが球場に駆けつけた。

相手校の吹奏楽部が圧巻の演奏を見せつけてくる。

こちらの吹奏楽部が即席で練習した演奏で、健気に対抗する。

スタンドにいる相手校の野球部員が、統率された動きで踊っている。

こちらの野球部員たちが、バラバラに、必死に声を出している。

その横で、渡されたメガホンを持って試合を見守る。

試合は、初回に失った三点を追う展開になった。

セカンドで賢太郎は、ずっと声を張っていた。

エースは、何度もセカンドに、ベンチに向かって頷いた。

一、二塁間に飛んできた打球に、賢太郎は必ず飛びついた。

スタンドから見ても届くはずがないと分かる球に、横っ飛びしていた。

チーム全体も同じように、懸命に守っていた。

四番を打つ賢太郎は打席で闘志をむき出しにして、中盤までに二安打をものにした。だけど、得点には結びつかなかった。

九回一死、ランナー一塁という状況で、温存されていた相手のエースがマウンドに立った。

四番を務める賢太郎が、打席に向かう。

ダブルプレーになれば試合は終わる。ランナーを貯めれば、安打で繋げば、まだ追いつく可能性はある。

統率の取れていない応援席では、各々が叫んでいた。打てという声を頼むぞという叫びが掻き消している。異様な興奮状態だった。

隣の生徒が言った。

「ああっ、加瀬！　なあ、沢辺の友達だろ、打ってくれるよな？」

賢太郎が、左打席に立った。

脳裏に、半ズボン姿の賢太郎が浮かんでくる。プラスチックのバットを持って走っている。それをピアノ部屋から見ている自分の姿も見える。

速球がミットに吸い込まれ、ワンストライクが宣告された。

キャッチボールをしている。見当違いに高く投げてしまった球を、賢太郎が飛び上がって捕球する。自分が公園を後にしようとすると、残ると言った賢太郎が素振りを始める。

変化球が外れ、審判がボールだと体で示した。

中学の部活壮行会で、賢太郎がスピーチしている。応援してくださいと、全校生徒に向かって深々と頭を下げている。

直球が、外角に外れた。

フェスを観に行けなかったことを詫びる賢太郎のＳＮＳの文面が浮かんでくる。朝練の後、グラウンドを丁寧に均す賢太郎が浮かんでくる。音楽室から、自分はそれを見ている。

賢太郎のバットが金属音を放つが、球はバックネットに当たった。

エースを、仲間を、表でも陰でも褒め続けた賢太郎の言葉が蘇ってくる。

公園で、朝のグラウンドで、どうしてそこまでと思うほど素振りしていた賢太郎。

見事に、頑張ってきた賢太郎。

それをピアノとともに見てきた俺。

相手エースのフォークボールに、賢太郎が出しかけたバットを止めて、審判がボールを宣告する。

球場が、どよめいている。

賢太郎の顔が汗だらけになっている。

それでも、白い歯を見せている。笑おうとしている。

両手を、口に当てた。

「賢太郎！」

思わず下の名前で呼んでいた。

突然の大声に横の生徒がビクッと身を震わせた。

「賢太郎！」

構うことなんか、なかった。

「賢太郎！　賢太郎！　賢太郎！」

名前しか出てこなかった。
叫ばずにいられなかった。
六球目。
賢太郎が強振した。
バットの芯で捉えた、キンという甲高い音が鳴る。
次の瞬間、バンという捕球音がした。
グローブにボールを収めた相手の三塁手が、抜け目なくランナーを見る。
ライナーになった打球は、サードの真正面に飛んでいた。
歓声が起きる前に、落胆の声が上がった。
それほど、一瞬だった。
滑り込むこともできずにアウトになった賢太郎が、空を仰いだ。
その二分後、試合終了がコールされ、賢太郎は泣いていた。
野球が好きで、ひたむきに鍛えて、戦って、負けた。
甲子園という目標を、取り上げられた瞬間。
もう、賢太郎は目指すことさえ許されない。
応援席は、まだ夢から醒(さ)め切れずにいた。
頭を抱えて座り込んでいるOBがいる。
泣いている女子生徒もいる。頽(くずお)れている野球部員もいる。
落胆の表情を浮かべたままの生徒たちが、労(ねぎら)いの拍手を送り始める。

冷静さを取り戻した隣の生徒が言った。

「沢辺があんな声出すなんて、びっくりした！　ジャズマンもあんなに熱くなるんだな」

隣の男子の言葉に、女子も同調する。

「沢辺君、すごくクールだと思ってたから、ホントイメージ変わったわ」

帽子を脱いだ選手たちが、応援席に近づいてきた。

嗚咽(おえつ)しながら歩いてくる賢太郎が遠くに見えた。

いい意味でね、と付け加えた女子に向かって、いつもの顔を作って、言った。

「バーカ、ＴＰＯだよ。場面に合わせただけだ」

選手たちに背を向けて、スタンドを後にする。

近くで見たら、泣いてしまうから。

振り返らずに球場を出る。

それでも涙が出たが、拭かずに歩いた。

賢太郎は、やり切った。

俺の友達は、心底やり切った。

それを見せてくれた。

次は、自分の番だ。

目標は、東京のソーブルー。

世界的なプレーヤーだけが招かれるジャズクラブだ。

ジャズを知るほど、あのステージに立つ難しさを痛感している。もしかしたら甲子園より難しいかもしれない。一生をかけてもいいぐらいの高い目標だ。実際、今まで一緒に演奏した大人たちも、いつかあそこに立ちたいと口々に言っていた。

くすぶっても、老いても、夢は語れる。

でも、それじゃ駄目だ。

時間に甘えたら、いつの間にか本当の目標ではなくなってしまう。

夢になってしまう。

甘えも、言い訳もあってはいけない。

素振りを繰り返して朝練して泥にまみれて、自分は、あの打球を勝ちに繋げなきゃいけない。

「十代で、必ずソーブルーに辿り着く」

涙を拭く前に、あえて口にした。

9

名前が売れるにつれて、上がるステージが大きくなっていった。

長野市や上田市、信州のジャズフェスにも出演した。

かなりセッションの場数を踏んだおかげか、百人を超える客の前でもあまり緊張することはなかった。即席バンドのメンバーは地元の大学生や中高年プレーヤーだったが、誰と組んでも引けを取るようなこともなかった。毎日、バンドの誰よりも練習していたし、知識も経験も増えていたからだ。ただ、本物のインプロの手掛かりはまだ見つけられていなかった。

「よう、雪祈！　来たぞ。やっと来られたぞ！」

振り向くと、すっかり髪が伸びた賢太郎がいた。夏の終わりだというのに、あまり日焼けもしていない。流行りのシルエットのTシャツを着て、ジャズフェスの会場にしっかり溶け込んでいる。

しかも、横に女子の姿があった。

「おお、加瀬。ありがとう……」

目が思わず女子の顔に行く。一年前まで自分に差し入れをくれていた子だ。

「えっと……」名前を覚えていたけれど、知らない振りをする。

「高橋さん！　俺の彼女！」賢太郎がこぼれそうになるくらい白い歯を見せた。

「彼女かよ」

「どうも」と高橋さんが、微妙な笑顔を向けてくる。

「やったな、加瀬」

賢太郎は少し照れながら、答えた。

「まあ、これからは充実した高校ライフを送るのよ。それにしてもすげえ人だな、千人以上いるぞ」

「これぐらいの人数にも慣れてきたけどな」

「そうなのかよ！　さすがだなあ、雪祈は！」

ねえ、と賢太郎が促すと、高橋さんはそうだねと返事をして続けた。「音楽好きの小松っちゃんたちも誘ったんだけど、忙しいって。こんなに盛り上がってるって知ってたら来たかもなあ」

それも、仕方がないことだ。

ジャズフェスに出演する高校生がいないように、会場に来る高校生もほとんどいない。その代わりロックフェスとなれば、皆が一斉に盛り上がる。敵情視察のためと思って、数十万人規模のロックフェスに足を運んだこともあった。巨大なスピーカーから爆音と歌声が流れ、大人数でそれを聴くシステムはダイレクトに刺激的だった。

観客たちが熱狂する理由も分かる。

だけど、音楽としてジャズが負けているとは思えなかった。

「まだ、小松あたりにジャズは早いんだよ」

「そうかもしれないね。じゃあ沢辺君、頑張って」

賢太郎と高橋さんが人波に消えていく。

後ろを振り返りもせず、笑い合っている。賢太郎はバットとボールを手放して、新しい関係を築き始めていた。

自分もかつて女子と付き合ったことは何度かあった。だけど、どの人とも長続きはしなかった。女子たちはピアノに向かう自分のストイックな姿に惹かれ、想像以上のストイックさに引いていった。

辛いとは思わなかった。いつもどこか本気ではなかったから、相手が自分が取り組んでいることを深く理解してくれていると思えなかったからだ。

本当は、知ってほしかった。上手く弾くだけでは駄目なこと。もっと先にある段階を探していること。本物のソロを弾こうとしていること。流れるような即興を実演したいこと。自分に才能があるのかないのかを知るのが怖いこと。その怖さに目をつぶっていること。目をつぶりながら、あると思い込もうとしていること……。

「沢辺君、行くよ」

即席で組んだバンドのリーダーが、出番を知らせる。

ステージの前には大勢の人たちがいる。

賢太郎も、高橋さんもいる。

なのに、ほんの少し、寂しい気持ちになっていた。


「東京の大学に行こうと思ってる」

高校三年の九月。秋の食材が混ざり始めた食卓で、なるべくサラリと口にしてみる。

それまでも進学希望とは言っていたが、具体的な志望先は明言していなかった。

「それは、まさか音大ってことか？」地元大学を卒業して地元企業で働く父親が、箸を止めて訊いてくる。

「いや、一般私立大学。都心にあればあるほどいいけど」

父親が胸を撫で下ろしたように見えた。

音楽に関しては素人でも、音楽で食べていく厳しさは知っているのだ。

「じゃあ、長野の大学でもいいじゃないか。家から通えるし」

確かにその通りだった。うちが特に裕福なわけでもないことは分かっている。息子を東京に行かせれば仕送りという大きな出費も発生する。

「どうして東京なの？」

東京の音大を出た母親が、あっけらかんと訊いてくる。

「ジャズ続けたいから」

「じゃあ、どこか入りたいジャズ研があるの？」

「ジャズ研は、入っても入らなくてもいい」

左手で持った箸で、きのこを持ち上げる。長野産のきのこだ。この地で育って、この地で消費される食材。だけど、菌類の胞子は遠くまで飛ぶらしい。

遥か遠く、大気圏近くまで。

「目標は、ソーブルーだから」

「ソーブルー！」

母親が頬を赤らめた。

「ソーブルーって……ジャズの店だっけ？」

そう言った父親に、母親が勢いよく説明を始めた。超一流プレーヤー、格式、洗練、名誉、世界基準、日本一、という単語が続く。最初、父親は驚きの表情を浮かべていたが、その顔が曇り出した。

「その店で演奏できるにせよ、できないにせよ、ジャズプレーヤーって食えるのか……？」

親として、真っ当な質問だ。

「職業にするとは言ってない」

口にきのこを入れたまま、ジャズで食べていこうと思っていることを伏せる。

「それに父さん、話の展開がちょい早い。まずは大学に入らなきゃ」

「それもそうだな」

父親が缶からビールを注ぎ足した。

長野と東京、ジャズと大学、ソーブルーとプロ。どれが実体でどれが泡なのかを吟味するように、真面目な顔でグラスを見ている。こうなったら、父親は優しい決断をしてくれる。

「じゃあ、東京の私立文系志望ってことで」

食べ終わるとそう言って、すぐに自室に向かった。

その日からピアノの時間を三分の一に減らして、机に向かった。

英単語や年代を覚え、問題集を解き、模試を受けて、合格判定評価を上げていく。

受験勉強はシンプルだと思うことにした。集中と時間は必要だが、やった分だけ必ず結果が出る。

ジャズ特有のリズム感や、未だ得体（えたい）のしれないインプロに比べれば、明快だ。

ソーブルーに出演するのだから、長野にいるわけにはいかない。

十代であの舞台に立つのなら、現役合格して上京するしかない。

それに、根気なら余るぐらいある。

彼女もいないしな、と呟（つぶや）きながら窓の外を見ると、北アルプスの稜線（りょうせん）が闇の中に浮かび上がっていた。

勉強に疲れると、そうやって山を見た。

紅葉が、華やかに見えた。

雨粒の中に、山々が溶けていた。

朝の靄（もや）が、輪郭をぼやかせた。

雪が、稜線を白く縁取った。
月が、大きさと形を変えながら山を照らしていた。
そして、池袋にある私立大学に合格した。

インタビュー　沢辺佳子（よしこ）

住宅街にある二階建ての一軒家は古びていて、他の家と際立って区別するものはない。それも、玄関を入って右の部屋に入るまでだ。そこには一台のピアノがある。これも何の変哲もないアップライトピアノのはずだが、どこか風格を感じる。その横に、沢辺雪祈の母親が立っている。柔らかなロングパンツに赤いカーディガンを着て、目に穏やかな光を湛（たた）えている。今もまだピアノを教え続けている彼女に、話を聞く——。

「これが小さい時から弾いていたピアノです。椅子も、そうね、ずっと替えてないかも。今も生徒さんが座ってますよ。あ、座るのはこの角度でいいですか？　じゃあ、始めましょうか……。沢辺佳子と言います。雪祈の母です」

彼は、幼少期にどんな演奏をしていたんでしょうか？

「あの子は、ちっちゃい頃から難しい顔をして弾いていたんです。だから私、何度もやめていいんだよって言ったんですけど、頬っぺた膨らませて、やるって答えるんです。その顔のまま一生懸命弾くものですから、止めるわけにもいかなくて」

幼い頃に、特別な才能を持っていると思ったことは？

「上達は、比較的早い方でした。でも、天才だとか思ったことは一度もないんです。正直そんな才能は感じませんでした。今思うとクラシックだったから、かもしれませんね。ただ、八歳ぐらいからかな、あの子は時間さえあれば弾き続けたんです。それだけは特別でした」

今は、印象的な演奏と出で立ちですが。

「そう……色がついた服を着るようになったのは、中学に入ってから。思い返せば、息子がジャズと出会った頃からですね。それが今はあんなに派手な服を着て弾くようになったでしょう？　親としては、ちょっと気恥ずかしいんです」

ずっと一人でジャズを弾いていたそうですが。

「そうなんです。中学と高校の六年間は、一人でジャズを練習して、実際に演奏する時は大人とばっかりでしょう。だからなんというか……ちょっとだけ不憫(ふびん)でした。その反動でしょうかね、東京では大学にほとんど行ってなかったようですけど、今となってはいいんです。あの人たちと出会ったんですから。何より大事なことですよね」

ＹＵＫＩＮＯＲＩという名前ですが、漢字で表記するととても珍しい名前のようですが。

「ええ、確かにちょっと珍しい名前ですよね」

名前の由来があれば、教えてください。

「……あの子は、真冬に生まれたんです。松本に雪が何日も降り続いた週でした。この辺では上雪（かみゆき）って呼ぶんですけど、重い雪でよく積もるんです。私は難産で、何日も病室にいて。病室の窓からね、ずーっと、雪の粒しか見えないんです。それこそ無限に降ってきて。だから、その雪に願ったんです。無事に産ませてください、健康に成長させてください……。優しい人になりますように、できることなら、他人に何かを与えられる人間になりますようにって、全部の雪に祈ったんです」

実際、そうなっていると思いますか？

「どうでしょう……。雪が降ったらまだ私は祈ってしまいますから」

第2章

1

ジャズらしいジャズだな――。

それが第一印象だった。

新入生歓迎会を兼ねた演奏会の会場だと言われて案内されたのは、池袋の雑居ビルにあるジャズバーだった。光沢たっぷりに髪をセットしたマスターと、アルバイトの女性スタッフまでいる小ぎれいな店だ。サークル御用達(ごようたし)で定期ライブの会場でもあるらしく、先輩たちは常連客のように振舞っている。

新入生の自己紹介が終わると、サークル一の実力を持つという四年生カルテットがステージに上がった。最前列には酒のグラスを持った上級生が陣取り、雪祈を含む三人の新入生はステージから三つ離れたテーブルに座った。

その席から、音と一挙手一投足(いっきょしゅいっとうそく)に集中する。

まずジャズに対するリスペクトのようなものが伝わってきた。

悪くは、ない。ジャズ特有のリズムや構成をしっかりと踏まえた演奏だ。ポップスやロックではなく、このジャンルを選んだ自分たちへの誇りが感じ取れる。これがジャズだ、いいだろう？　そんな風に問いかけているようにも聴こえた。

だからだろうか。

ジャズっぽくなり過ぎている。

「うおっ、うめえ……！」

隣にいる新入生ドラマーが声を漏らした。「技術ハンパねえ！　さすが四年生だよ、俺もあんな風に叩けるようになるかな……」

なんとも答えられなかった。

しっかりはしてはいるが、それほど上手いとは思えないからだ。一打一打に僅かだが余分な響きを感じる。おそらくスティックのストロークに難点がある。それに、ジャズドラムに求められる自由自在なリズム感も見当たらない。

「ベースも凄いよ……絶対キーを外さないし、全然ブレないし」もう一人の新入生であるベーシストが自信を喪失したように声を出した。ステージ上ではウッドベースを抱えた長身の四年生が目を閉じながら弦を弾(はじ)いている。

こちらもよく見ると、大したことはない。ドラマーよりはマシだが、バンドの音を支え、バンドに尽くそうというメンタルも、息を呑むほどの指さばきもない。

ピアニストを一瞥して、サックス奏者に目を向ける。アルトより一回り大きなテナーサックスを高々と天井に向けて吹いている。いわばカルテットのフロントマンだ。

それなのに、物足りない。技はそれなりにあるけれど、音量も音圧も、低い。

愛するジャズを演奏しながら、大学生活を楽しく締めくくれればいい。ステージの四人は、そんな風に見えた。

「沢辺君も、すげえって思うだろ？」

新入生ドラマーとベーシストが顔を覗き込んでくる。二人とも元々ロックバンドを組んでいたけれど受験勉強中にジャズに興味を持ち、このサークルに入ったらしい。いわばジャズ初心者で、そう感じるのも不思議ではなかった。素人の耳には上手く聴こえる、そういう演奏なのだ。

適当に頷こうかと思ったが、何かが邪魔をした。

話を合わせるために、東京に来たわけじゃない……。

「まったく、そうは思えないね」

「えっ？　もしかして沢辺君、この上手さ分かんないの？」

「これさ、ジャズ研究会、だろ？」

「そうだよ、大学一のジャズサークルだよ」

「研究ってのはもっとハードなもんじゃないの？　同好会なら分かるけど」

東京のジャズ研ともなれば、もっと洗練された演奏をすると期待していた。もしくはもっとパワフルな。そうでなければ、もっと新しい内容だ。これでは長野の大学生と大差がない。

「マジで言ってる？」二人が疑いの目を向けてくる。コイツは何でも批判するタイプの男なのでは？　毒舌なマニアなだけで、実際に弾けもしないのでは？　という視線だった。

「うん。はい、マジです」

二人は顔を見合わせて、興醒めしたように前を向いた。

二曲が終わり、サークルの代表であるピアニストが立ち上がって言った。

「じゃあ、一年生、誰か上がる――？」

すぐさま手を挙げる。

「俺、いいですか？」そう言いながら、自分の言葉に何の緊張もこもっていないことに少し驚いていた。思えば松本のジャズバーのドアを叩いた日から、もう三年が経っている。初めてソーブルーに行った日から数えれば六年だ。その間、一人で研究し続けたのだ――。

「うわっ、あの新入生、手を挙げたよ」

「ピアノだっけ」

「マジで？　このメンツの中で弾くの？」

「若さってのは、怖さを知らないことなんだよ」

「逆に怖い。なんか怖い」

「なになに？　面白くなってきた！」サークルのメンバーとその友人たち、店内にいる二十人ほどが一斉に盛り上がった。

その声を背に、ステージに上がる。

楽器にもたれたベーシストが気怠（けだる）そうに尋ねてきた。

「君さ、スケールはどれぐらい覚えてるの？」

スケールとは「音階」のことだ。例えば、ミクソリディアンスケールは、ドレミファソラとシのフラットの七つの音で構成されている。ある限定された状況の中でその七音を組み合わせれば、それは自然とメロディーになる。だから、十四種類ほど存在するスケールをプレーヤーたちは長い時間をかけて頭と腕に叩き込み、ソロなどで目まぐるしく使い分ける。演奏中はキーによって、スケール全体が高くも低くも何音かずつ移動する。その全てに対応できて、初めて一端のジャズマンと言えるのだ。

ベーシストは、明らかに自分を低く見ている。高校を出たばかりで何も知らないんじゃないの？と言っているのだ。

「一応、一通り」

苛立ちを悟られないようにサラリと口にしたが、もう一言付け加えた。

「ところで先輩は？」

会場から、おおー、というどよめきと、喧嘩売ってるよ！　自信ありすぎない？　すげえ一年が来たぞ！　という野次が聞こえてくる。

へえ、とニヤついたベーシストが、どうする？　とサックスプレーヤーの顔を見た。

目が、テナーサックスに添えられた右手に向かう。

親指の付け根がほんのりと膨らんでいる。サックス奏者特有のタコだ。

だけど、あくまでも、ほんのり、だ。

「じゃあさ、ジャイアント・ステップスはどうよ？」

店内がさらにどよめいた。

かなり難易度が高い曲だからだ。

「それはあんまりだ！」

「さすがにまだ無理だろ」

「一年坊主なんだぜ」

「優しい曲にしようよ」

「あの子、入るのやめちゃうよ？」

「イケメンをイジメないで〜」という声が続く。

ピアノ椅子に腰かけて、店内を眺める。

興味津々という顔で見ている男女たち。

ちょっと待って！　と酒を注文する三年生。

新入生が恥をかく姿を収めようとしているのか、スマホを構える人もいる。

さっきまで弾いていたピアニストは、カウンターに腰かけて余裕の笑みを浮かべている。

これが、このサークルなのだ。

当然だが、好きな音楽を演奏する、という枠の中にいる。

誠意はあるけれど、妙なプライドもある。

大した悪意はないけれど、大した向上心もない。

序列があって、閉鎖的。

自分が求めているものはなさそうだった。

帰ってもよかったが、ナメられたままだ。

十八歳だからと下に見られていては、ソーブルーには絶対に辿り着けない。

「その曲で全然いいですよ」という自分の一言で、どよめきが止(や)んだ。

間髪入れず、ドラマーがカウントを始める。

「ワン、ツー、ワンツー」

演奏が始まった。

自然と指に気合いが乗った。

店内にいた全員は、どよめきも歓声もあげなかった。

ただ、黙った。

2

一歩ごとに、ギッギッという軋(きし)みが聞こえる。

鉄製の階段には錆(さび)が浮き出ている。

音が出ないように、そろりと二階に上がって、三番目のドアに鍵を差し込む。

「ただいま」と小さく口にする。

安いベッドと電子ピアノが部屋の主(あるじ)を無言で迎える。

扉の横には、いくら磨いても曇るシンクが、その横には蚊取り線香のような形をした電熱式コンロがある。部屋は六畳一間で、トイレは和式だ。

冷蔵庫から紙パックの麦茶を出して、ピアノ椅子に腰かける。

一口飲んで、ふうと息をついて室内を見回す。部屋干しの洗濯物のせいで視界は狭い。

スマホが着信を知らせた。

母親だ。

「もしもし？」

「あー、雪祈。今、大丈夫？」母親は三日に一度、何かしら口実を見つけて電話してくる。

「帰ってきたばかりだから、少しなら」

「知子おばちゃんに訊かれたのよ。あんたの住んでいる駅、なんていう名前だっけ？」

「さんちゃ、だよ。三軒茶屋」

「そうだそうだ、なんか年寄り臭い名前だと記憶してたけど。ほら私、東京っていっても区じゃなくて市のほうに住んでたからさ」

「年寄り臭くないっつーの」

部屋を選ぶ際に最も優先した条件は、駅名だった。ネットやSNSで調べて辿り着いたのが、世田谷区の三軒茶屋駅。割と都心に近い高級住宅地で、お洒落な街という評判だった。実際に下見に来ると、道路に囲まれた小さな区域だったが小洒落た店も多く、街行く人たちも洗練されていた。

「そうなの？　スタバあるの？」

「ありまくりだよ」溜め息をつきながら答える。

重要なのは、三軒茶屋に住んでいるというイメージだった。ジャズ業界の人たちに貧乏な学生だと足元を見られても良いことは一つもない。

「で、住み心地はどうなの？　お母さん、来月あたり掃除に行こうかと思ってるんだけど」

「大丈夫。掃除するほど広くないから」

駅前の不動産屋でなるべく安い部屋を、と言って紹介されたのがここだった。どうせ誰も招かないのだから汚くても狭くても構わない。ただ実際住み始めると、窓からは空が小さく見えるだけで、息が詰まりそうになる。

「明日バイトだから、そろそろ切るよ」

「靴売り場だっけ。はいはい、じゃあまたね」

電話を切って洗濯物に鼻を近づけると、部屋干しの嫌な臭いがした。明日、バイト先で着るワイシャツだ。

百貨店の靴売り場を選んだのはセンスを磨くためでもあった。一流の品を知り、それを身に着ける人と会話して見聞を広めて、ジャズに繋げる。

全ては、ソーブルーに立つためだ。

先日の新歓ライブでも収穫はあった。誠意、序列、妙なプライド——。少し驚いたのは、皆があっさりと自分を受け入れたことだった。あんぐりと口を開けて演奏を聴いて、終わると一斉に「悪かった」「ごめん」と謝り、ピアノの腕を褒めちぎった。

悪い人たちでは、なかった。

悪い気はしなかったが、それでも充実感はない。

サークルに、組むべきプレーヤーはいなかった。

「よく来たな、沢辺君」

二十代後半のトランペッターは、人好きする笑顔で出迎えてくれた。

「ご無沙汰しています、安原さん」と小さく会釈で返して、本格的な音楽スタジオに足を踏み入れる。天井が高く、四人で演奏するには充分すぎるほど広い。初めて目にする機材もある。尻込みする気持ちを見透かされないように、声のトーンを抑えて挨拶を続ける。

「沢辺雪祈と言います。お願いします」

他の二人のメンバーたちが「どうも」「よろしく」と返してくる。その口調に、自分への興味は感じ取れない。

「改めて紹介するよ。沢辺君は信州のフェスで出会った高校生ピアニスト。これがスーパーでさ。いつか一緒にやろうぜって声かけたんだけど、大学生になって上京したっていうから、練習に呼んだのよ」そう言う安原は、売り出し中のジャズトランペッターだ。都内で月に何本もライブをして、地方にも遠征している。それでも生計は立てられず、音楽ライター業もしているらしかった。

「身長って、何センチあるの？」

ドラマーが音楽とは無関係の質問を投げかけてきた。彼もおそらく同じような境遇の人だ。

「百八十一です」

「高いね。ルックスもいい」

「だろ？　こういうイケメンも今のジャズには必要なんだよ。沢辺君、メールで送った曲は聴いたよな？」

「頭には入れました」

「じゃあ、早速合わせよう」

ドラマーのカウントで全員が一斉に楽器を鳴らす。

「さすが」と思わず声が漏れる。音量も音圧もジャズ研とはレベルが違う。それなのに、まだ半分ぐらいの出力で演奏しているようだった。大排気量の車に乗せられてサーキットを軽く流している感覚だ。

だけど、二十分も経てばその景色にも慣れてくる。出力を上げてみたくなって、演奏のギアを二段ほど上げる。

誰も、乗ってこない。

まあ焦るなよ、という大人の視線が自分に注がれる。

三時間ほど合わせた後、安原が音頭を取って全員で食事に向かった。

「沢辺君、まだ十八歳だろ。腕があるなあ」

安食堂の座敷で安酒を口にした他のメンバーたちも同様の感想を口にした。上手いね、バンドを組んだことは？　早く組んで名を上げないと。

それは分かっている。だけど、組むべき相手がいない。

このセミプロたちの中にもだ。大きめのエンジンを持っているが、おそらく全開にしても一流には届かない。

だから、全力で演奏しない。

「ほら、来週ウチのピアニストが腰痛から復帰するから練習は今日だけだけど、錦糸町(きんしちょう)でセッションあるから来てみなよ。それなりにジャズマンが集まるからさ」

「それは、ぜひ」

名前を売るには悪くない話だ。

「でさ、逆に沢辺君はどう思った？」

三杯目のレモンサワーを口にしたドラマーが、話を振ってきた。

「なんていうか」このメンバーには何かが足りない気がしていた。「……皆さん、さすがに上手かったです」

「でも、負けてなかったよな。途中で上げようとしただろ？」ドラマーの目が据わり始めている。

「生意気でしたか？」

「何か思うところがあったんだろ？　顔に書いてある。せっかくだから本音を言いなよ」

「ジャズを真剣に、長く演奏しているのを感じさせてくれる音でした。でも……」最後の二文字を言いながら、後悔し始めていた。

「でも？」

「もっと、何かが欲しいと思いました」

言ってしまった。

「何かって？」ドラマーがグラスを置いた。

「大学のジャズ研で弾いた時にも思ったんです。これじゃ、何かいけないって。なんて言うか……このままだとジャズは囲われたジャンルになって、僅かな人間しか聴かない音楽になる気がして。だから、新しい何かが必要だと」

「俺たちは、古いと？」

「そうは言ってません」

「言ってるよな。俺たちはお前が幼稚園の頃からやってるんだよ。何か新しいこと？　そんなのはな、もう何千回も考えてんだよ」ドラマーの語気が強まった。

でも、ここで引くわけにはいかない。

「それじゃあ、俺みたいなのがピアノを弾く意味がないじゃないですか」

「お前が新しい風を吹かせると？　高校を出たばっかりのお前が？　何か欲しいなんて言うが、具体的には何も言えないお前が？」

「そうです」返す言葉はこれだけだった。

「たしかに俺たちは全力で演奏しているわけじゃない。意味がないからだ。東京の客は忙しいんだ。激務をこなした後の耳にふさわしい音があるんだよ。俺たちはそれを提供するんだ。高校野球じゃねえんだ、声出してりゃ勝てるとでも思ってるのか？」

「おいおい」安原がドラマーの肩に腕を乗せてなだめる。

「いや、こいつがさ……」ドラマーは表情を緩めて、冷静さを取り戻そうとした。

「高校野球の何が悪いんですか？」

冷静になど、させない。頭にきていた。

「プロだけが野球で、高校野球は野球じゃないんですか？　プロより客が入ることだってある」

それに、あんなに心を揺さぶられる。

「まあまあ」と、安原が肩にもう片方の腕を乗せてくる。

「所詮(しょせん)は子供の運動だろ。お前さ、ジャズなめてんの？」ドラマーは座卓に上半身を乗り出した。

「なめてませんよ」

「じゃあ、言ってみろよ。その何かってのを」明らかに怒っている。

序列でもない。閉鎖的なわけでも、プライドでもない。ジャズをやり続けた人が辿り着いた苛立ちだ。この人は未来の自分かもしれない。

でも絶対に、こうはならない。

「高校野球に百六十五キロを投げるピッチャーがいたらどうですか？　打率十割のスイッチヒッターでもいい」

「有り得ねえし、くだらねえ。子供の妄想だ」

安原がもう一度、間に入った。「沢辺君。とにかくセッションに来てみなよ。もっとジャズのこと分かるからさ」

思わず目頭（めがしら）が熱くなって、トイレに立った。

分かっていないことなんか、分かっている。

だから、なんだ？

有り得ないことをやるために、自分はここにいるんだ。


「やっぱり、カッコいいわ」

道路の反対側のガードレールに腰かけて、ソーブルーの外観を見る。

上京してから三回ライブを観に来たが、もう財布に余裕はない。

この瞬間も、地下では大勢の客が高い酒を飲みながら極上（ごくじょう）の音に酔っている。

自分の手にあるのは、缶コーヒーだ。

松本にいた頃は母親が淹（い）れたコーヒーを飲んでいた。上京してからは、もっぱらコレだ。松本にいた頃は努力と運があれば道は拓けると思っていた。上京してまだ二か月も経っていないのに、今はソーブルーのステージがいかに遠いかを痛感している。

ドアが開き、帰りの客たちが姿を見せた。

三十代の夫婦が見える。

若いカップルの姿も。

女性の三人組がいる。

一人の老紳士がいる。

音楽関係者らしき二人組がいる。

後ろの塀の上で、猫が鳴いた。

皆が、顔をほころばせている。

振り向いて、猫に語り掛ける。

「あそこで演奏して、聴いた人をあんな顔にさせたいんだ。それだけなんだ」

足を止めた猫が、開いた瞳孔で見下ろしてくる。

「簡単だろ？　簡単な話なんだ」

猫は答えない。車の音で声が掻き消されるのをいいことに、猫が相手なのをいいことに、本音を吐き続ける。「十代であそこで演奏できる可能性があるとしたら、レジェンドプレーヤーのサポートとしてなんだ。でも、レジェンドにはサポート候補も大勢いるはずでさ」

ジャズ界には、無数にピアニストがいる。

「その人たちを飛び越えるには、これから全部、勝たなきゃいけない」

勝つのなら、勝負を挑んで、圧倒しなくてはならない。

「ナメられても、下に見られてもいけない」

そんなことが、したいのだろうか。

「それしかないのか」

客たちが、次々とタクシーに吸い込まれていく。

いつの間にか、猫もいなくなっていた。

3

その夜は、左手だけで勝とうと思っていた。

安原が教えてくれた店は下町の比較的大きなジャズバーだった。金曜深夜はセッションの時間と決まっていて、その日の仕事にあぶれたジャズマンたちが集まるという触れ込みだった。

一口にジャズマンと言っても、実際の顔触れは多岐にわたっていた。大学生らしき姿はなく、全員がプロか元プロもしくはセミプロで、年齢は二十代後半から六十代までと幅広い。それぞれが持ち込んでいる楽器にも年季が刻まれている。

「おお、沢辺君」

手ぶらの自分を見つけた安原が、先日と同じ人懐(ひとなつ)こい笑顔を向けてくる。きっとこの顔が安原のジャズ界での処世術だと思いながら、同じような笑顔を返す。

「安原さん。ここ、いい感じですね」

ステージ上では三十代を中心とした構成でセッションが行われていた。ピアノに耳を傾ける。テンションは高いが、技術は自分とさほど変わらないはずだ。

いや、勝っていると思わなくてはならない……。

「どう？　尻込みしてる？」

「全然です」

実際、していない。

勝負に来たのだから。

「そりゃ頼もしいね」

「うまくやれば、顔が売れるんですよね？」ひょっとしたらレジェンドが来ているかと期待していたが、見たところ有名なジャズマンはいない。

「ここで出会って組んだバンドもいくつか知ってる。目立てば連絡先を訊かれるさ。ジャズは横の繋がりがすごく大事だからさ」

横に枝を張るつもりはない。

急速に上に伸びたいんだ。

「もう少ししたら、俺が先にステージ上がるから。タイミングで呼ぶよ」

「お願いします」

二十分ほどして安原がステージに上がり、さらにその二十分後に手招きされた。

それを合図に長髪を後ろで縛り、左手を見る。

ずっと鍛えてきた左手だ。

「沢辺雪祈です、お願いします」初対面のベーシストとドラマーに低い声で挨拶して、ピアノにつく。

「じゃあブルースで合わせよう。テンポはこれで」

ブルースとはセッションで最もベーシックなコード進行だ。単純なだけに、技術を発揮する余白が大きい。

腕を見せるには、最適。

軽く頷くと、演奏が始まった。ドラマーもベーシストもハイレベルだということがすぐに分かる。

そこに両手をフルに使って合わせていく。右手で和音を繰り出し、左手で低音のフレーズを重ねて音を膨らませながら自分の技術をアピールする。

目配せで安原がソロを取った。

先週よりも一レベル上のインプロを披露している。

ベーシストが、そこそこ弾けるな、と目で伝えてくる。

どうも、と目で答え、次は俺が行きます、と目で主張する。

ここからだ——。

トランペットの音が響き終わる直前、安原が最後に吹いたメロディーを引き取ってソロを始める。

左手だけで、低音の組み合わせを続ける。

重厚な調べ。この五日間、考え抜いて、寝る間も惜しんで左手を鍛えたのだ。

大事なのは余裕だ。もう一度、安原が吹いたフレーズを左手だけでアレンジする。

勝っている感を見せつけるために。

会場が惹きつけられているのを感じる。十代の初見のピアニストが、十歳上のトランペッターのメロディーを片手で料理しているからだ。

ソロが終わりに近づいた時、安原と目が合った。自分に返せ、と言っていた。

ダシに使われたままでは引き下がれないと顔が言っている。

人懐こい笑顔は消えた。勝負に乗ってくれたのだ。

安原が、短いフレーズを高らかに吹いた。

掛け合いだ——。

音に音で返す、バトルのような演奏方式。

すかさずまた左手だけで同じフレーズを弾いて答え、新たなフレーズを提示する。

安原も同じことをする。

「イエア！」客席から声が響き、口笛がいくつか鳴った。

注目は、集めた。

あとは、やりきるだけだ。

必死さを出さないように、必死にやる。

そして、やりきった——。


「面白いじゃん」

「年いくつ？　名前は？」

「今までドコにいたのよ？」

「誰と組んでるの？」

そんな声に、どうも沢辺です、大学一年です、上京したばかりで、と軽やかに答える。あとで一曲やろうぜ、この後一杯飲もうぜ、と誘いが来る。

ああ、ぜひ、と返して、トイレに向かう。

一息つきたかった。

尿と一緒に体から緊張が排出されていく。肩と指に入っていた力が抜けていく。顔を売ることは成功した。傍若無人（ぼうじゃくぶじん）に弾いた成果だ。安原には悪いが、それでもやっぱり、これで良かったのだ。

ふと隣を見ると、目を閉じながら小便をしている男がいる。年は同じくらいだ。セッションを見に来た客だろうか。

ふと、その右手に目が止まった。

親指の付け根に、有り得ないぐらい大きなタコがある。ジャズ研のテナー奏者とは比べ物にならない大きさだった。

「でっか……」

思わず口に出た。

「えっ」隣の男はビクッと身を震わせて、何を勘違いしたのか慌てて局部を隠している。

一応、誤解はとかなくてはいけない。

「アルト？　テナー？　そのタコ、サックスでしょ？」

太めの眉を少し上げて、男は言った。

「テナーです。ずっと一人で吹いてます」

中肉中背で無造作な短髪にジーンズ姿。目についたのは足元のコンバースだ。安いスニーカーだが履き込まれていて、何度も洗われたキャンバス生地がなぜだか少しまぶしく見えた。

「今日は、セッション出ないの？」

「俺のサックス、メンテナンス中で。持ってきてたら絶対参加したんすけど」

少しだけ東京の言葉とは違うイントネーションで残念がっている。

「一人で吹いていたって……？」

「はい。だから、メンバーを探しに」

その男を店外に誘い、いくつかの情報を得た。

宮本大という名前であること。（ダイなんて名前、英語圏に行ったらどうなるのか？）

年は十八で、仙台出身。（同い年だ。年相応に見える。同じ田舎者だ）

ずっと一人で、河原でテナーサックスを吹いていたこと。（仙台は寒いはずだ）

高校を出て、進学先も就職先もないまま上京。（バカなのか？）

雪祈の演奏に、目を見張ったこと。（そうだろうな）

セッションに参加したプレーヤーたちを評価していて、徐々に小さくなる業界を支える人たちをリスペクトしていること。（それじゃ、ダメだ）

自分とはまったく違うタイプの男だった。

何より印象強かったのは、自分の音、という言葉だった。

「自分の音を出すことに必死です」大は、こっちの目を見て力強くそう言った。

自分の音、それはきっと独自性のことだ。

これまでにない音。ブレイクスルーできる音だ。

車のライトに一瞬照らされた大の目が、何かを湛えていた。

自信かもしれない。力かもしれない。まだ自分が知らないものかもしれなかった。

俺と組もうぜ、思わずそう口から出ていた。

まだ大の音も聴いていないのに。

下手なら組まないけれど、と付け足して、その夜は別れた。

それが、出会いだった。

4

大に呼び出された店は繁華街の裏通りにあるジャズバーで、ネットで調べても評価は決して高くなかった。小さくて古い店だった。

地図アプリを使ってようやく辿り着きドアを開けると、大と店のママらしき人の姿が見えた。

「よう、雪祈！」安原とは違う笑顔で大が出迎える。

どこかで見たことがある笑顔だ。

ちょっとだけ考えて、思い出した。

インターホンに映る賢太郎の顔だ。

愛想がなさそうなママに挨拶して、水を一杯もらい、訊きそびれていた質問をする。

「ところで、何年？　大は何年吹いてんの？」

あらためて見ても大のタコは大きい。

どれだけ吹けばこんなになるのか……。

「三年す」

「はあ？」

「高校三年間、バッチリ吹いてました」

あまりの短さに水を噴き出しそうになる。

たった、三年――。

「俺、言ったよな、下手なら組まないって」

「いいよ。それでいいっちゃ」

仙台弁で言った大の顔に、不安は浮かんでいない。自信がみなぎっている。

自分は十五年ピアノを弾いて、そのうちの六年をジャズに捧げている。だけど、こんな真っ直ぐな顔にはなれない。肩を怒（いか）らせて虚勢を張って、勝負を挑んでいる。

それなのに、たった三年なのに。

聴いてみようじゃないか――。

一緒に合わせるために店のピアノに向かおうとすると、「俺一人で吹いても、雪祈なら分かるべ？」と大が制した。

単独となればリズムもグルーヴも出しづらいはずだ。

ただ、より純度の高い音が聴ける。

大が、小さなステージに上がった。

ただ勇敢なだけか、勝算があるのか、何も知らない初心者なのか、分からない。

暖色の照明がサックスを照らして、くすんだ表面が鈍く光を反射した。かなり使い込んでいる証拠だ。

誰かから譲り受けたものなのか、それとも——。

大が息を吸いこんだ。

そして、それは、始まった。

インプロだった。

ゆっくりとした低音が腹に響いてくる。それが一瞬で腸(ちょう)にまで届く音量に上がった。肌がビリビリと震え、水面まで揺れているのではないかと思わずグラスの水を見る。たっぷりと音圧を見せつけた直後、高音にシフトした。一気に一瞬で駆け上がっていく。頭をつかまれ、超高速で螺旋(らせん)階段を引っ張り上げられていく感覚。快感と恐怖が入り混じる。上に着いた途端、世界が変わった。

混沌(こんとん)だった。沼水のような液体の中にいて、必死にそこから出ようとしている。大は身をよじりながら吹き続けている。その姿を息もできずに見せつけられている。大が、ついに力強く抜け出す。

その後は、宙に舞った。空中で飛べるはずだと必死に羽を動かしている。そして、大は風に乗った。

信じれば、空を飛べるのだ……。

大は店を揺らすように全身で吹いて、飛んで、着地した。

どれぐらい、時間が経っただろうか……。

汗を床に垂らし、ぜえぜえと息を切らした大が言った。

「……どうよ？」

説明しようとしても、できない気がした。

言葉が見つからない。

いや、見つかったとしても――。

「今日は帰れ、大」

難しい顔を下に向けて、そう答えるしかなかった。

「なんでよ？」

「いいから、いいから」

そのやり取りを何度か繰り返すと、明日電話すっから！　と不満げに言い残して大が出て行った。

それでも、顔が上げられない。

「……あの子、凄いわね」

ママの一言で、涙があふれた。

感動してもいいんだと思った。

たった三年の経験しかないサックスプレーヤーのソロは、特別だった。

際立った技術は特にない。なのに音がとてつもなく大きい。同じ空間にいたら絶対に耳と目を奪われる音圧だ。そして、極めて独創的なインプロ。体ごと引っ張られて、頭の中がかき回される。景色が目の前に広がる。聴く人によって見る光景は違うだろうが、それでも絶対に何かを突きつけられる。

大が、主張しているからだ。

サックスで叫んでいた。
言葉もないのに、前に進もうとする心が伝わってきた。
しかも、尋常じゃない強さで。
どうしたら、ここまで吹けるのか。
どんなに濃い三年間を送ったのか。
どんなに自分を奮い立たせたか。
どんなに不安と向き合ったのか。
また新たな涙があふれてくる。
これまで出会ったどのプレーヤーとも違う。
勝とうともしていない。虚勢も、見栄(みえ)も、戦略もない。
「くっそ……」口からは、これしか出ない。
カウンターの中にいるママが、ビールを注いだ。
涙をぬぐって、そのグラスを見る。
黄金の液体が着底し、混ざって、白い泡を生み出していた。
「ビール、飲みたいの？」
「いえ」
「だって、そんなに見ているから」
自分の目がおかしくないか、確認しているだけだ。
さっき、なぜだか、大が青く見えたから——。

5

「青いわ！」

大との音合わせは、初回から罵倒の応酬になった。

「ケツの青いガキみたいなこと言ってんじゃねえよ、大！」

「なにが悪いんだよ、ジャズってのは自由に演るもんだべ！」大も譲らない。

「それじゃ音楽にならないんだよ！　お前、ジャズ理論分かってんの？」

「一応、師匠について半年間みっちり教わったっつの」

「誰だよ、その師匠！　全然仕込んでねえじゃねえか」

「し、師匠を悪く言うなっちゃ！　ちゃんとアメリカの音大を出た人だべさ！」

「じゃあ、スケールも分かってるよな？」

「何となく」大が声のトーンを急に落とした。

「何となくじゃねえよ！」

思い返せば、この前のインプロは制限がない環境で吹いたものだった。通常のインプロは、曲という枠の中で行うものだ。そこでスケールが必要になる。

「まず聴け！　これがホールトーンだろ！」

ホールトーンスケールの計六音を下から上に、上から下に高速で弾く。

「おお……」大が、素直に感嘆の声を漏らす。

「そんで、この音の中で弾けば！」六音を組み合わせて即席のメロディーを弾く。

こんな状況なら、簡単にできることだ。こんな、本番じゃない時なら。

「おおお！　すげえ！」大は目を見開いている。あんなに凄まじいインプロを吹いた男が。

「すげえとかじゃなくてさあ……基本だろって！」

「でもよ」

「何だよ？」と返しながら、初めてだな、と感じていた。誰かと対等に真剣にジャズの話をしている。

「ジャズはもっと激しくていいべ。激しくなったら理論なんて後ろに飛んでく。聴いてる人が感動できれば、それでいいべ」

正論じゃないのに、正解。そんな気がしてくる。

だけど、あえて顔を横に振る。業界の手練れたちを唸らせるには理論が不可欠だ。若者が適当にやっているだけ、などとは絶対に言われたくない。

「そりゃインプロが興に乗った時の話だろ！　ほら、もう一回テーマ合わすぞ！」

二人でテーマを演奏する。

大のテナーが容赦なく鼓膜を揺らしてくる。全力を出していないのに破壊力がある。そう思っていると、大がまた自由に逸脱し始めた。

「そうじゃねえだろ、ガキ！　ジャズのルール覚えろよ！」

「大人ぶりやがって……お前が合わせればいいべさ！」

まるで暴走するバイクみたいだ。エンジンは規格外に大排気量で、アクセルスロットは軽く、すぐに吹け上がってタイヤは滑る。走らなきゃならないのはテクニカルなコースなのに。

スピードメーターを見なきゃいけない。

ブレーキも要る。

ドラムとベースが必要だ。


「へえ、同い年の人と組んでいるんだ？」カフェ名物のマキアートを飲みながら、二つ年上の女性が言った。

「そうなんですよ、これがナカナカなヤツで」エスプレッソをちびりと飲みながら答える。

「敬語やめてよねー、なんかお金で買ってるみたいな気がしてくる」

この女性と出かければ必ず全て奢(おご)ってくれる。だから一緒にいるのだけれど。

「じゃあタメ口で。そう、これが困ったヤツなのよ」

「同じバンドってことは、雪祈君と同じくらい上手なんでしょ？」

「パワーはあるけど上手くはないのよ。なんつーか……超速い球を投げるけど、キャッチャーが捕れない球を投げてくるわけ。それじゃあ、フォアボールやデッドボールで試合にならない」

「野球のルール分かんないんだよね」

「あら。じゃあ、他で例えると……」

「声はいいけど、音痴(おんち)みたいな？」

「いや、なんか違うな」

大との練習は、この一か月で軽く十回を超えていた。

「そっか、あれだ！　ダンスが超上手いけど、他のメンバーと合わせられないアイドルみたいな？」

「それが近いかも」

「でも、それってさ、カッコいいじゃん」

「……カッコいいかな？」

「人気出るタイプよ」


確かに大の音は特殊だ。ドラマーとベーシストを探すために、あれからもセッションを回ったが、あんな音を出すプレーヤーはやっぱりいない。強力な武器だ。


「雪祈君さ、作曲できるんだよね？」

「はい。曲、書けます」


曲は高校二年の頃から秘（ひそ）かに書き溜（た）めていた。駄作もあるけれど、良い曲だと思えるものもある。だけど、東京で勝負する曲はまだ作れていない。作るべき曲の方向性もまだ見えていなかった。

「敬語やめてっての。じゃあ、書けばいいじゃん。合わせられない彼のための曲」

なるほど……。テナーサックスを軸にする。今までピアノを軸に作曲してきた自分にとっては新しいアプローチだ。


「あれ？　そろそろじゃない？」

「そうね。ソーブルー初めてなんだから、早めに席に着こう。料理も豪華だからさ、じっくり選ぶといいよ」

「えー、なんか高そうね。チケットも高かったし」

「ご馳走さまです。じゃなくて、タメ口だと、ありがとな、か」

「そこは敬語でいいよ」

ソーブルーのミュージックチャージは、出演者によって七千円から一万三千円と幅がある。いずれにしても高額で、自腹なら月に二度が限度だ。なら、たまには優しい女性に頼るのもそんなに悪いことじゃない。彼女たちも超一流の音を体験できるのだから。


愛想がないママは、アキコさんという名前だった。

若い頃はジャズシンガーとして鳴らしたらしい。だからなのか、店の経営はいい加減に適当で、営業時間外のステージを自分と大に使わせてくれている。

その店「テイクツー」は最高の練習場所だった。繁華街にあって、大音量を出してもクレームは来ない。ピアノは古いけれど定期的に調律されていて、ドラムセットも置かれている。棚には大量のジャズレコードがささり、知識がまだまだ少ない大に聴かせることもできる。

そんな場所が一回五百円という値段で使えるのだ。

このままアキコさんの気が変わりませんように、と願いながらピアノの鍵盤蓋を開ける。

同時に入り口のドアが開いた。

大が自慢気に声を張った。

「雪祈！　ドラマー連れてきたべ！」

大より少しだけ背が低いシルエットが見える。

手足が太くて短い……。

「え？　それ、玉田君だよな？」

玉田俊二（しゅんじ）は、大の友人の大学生だ。以前、大のアパートで作戦会議をした時、部屋にいたのが玉田だった。正確には、そこは玉田のアパートだった。大は高校の同級生宅に転がり込んで、そのまま居付いていたのだ。

「玉田君……ドラムやってたのか？」

「いや、全然。ずっとサッカーばっかり」

あっけらかんと玉田が答えた。

ロックやポップスでもドラマーは貴重な存在だ。単純に数が少ないからで、ジャズドラマーとなればさらにレア。しかも今求めているのは、大の暴走をコントロールできる手練れのドラマーであって、未経験者が出る幕はこれっぽっちもない。

大の意図が分からない。これは遊びじゃないはずだ。

「ふざけてるのか？　素人連れてきてどうすんだ？　叩けるわけないだろ」

「まあ、そう言うなって」

大は笑顔を崩さぬまま、ドラムセットに玉田を誘（いざな）った。

「ほら玉田、まずここ座ってみろ」

「おおーっ！」初めてドラムを見たような声が上がった。

「これがスネアでな」大が、つたない知識で説明を始める。玉田はその一つ一つに「おわっ」「すげえ」とリアクションしている。

最高の練習場所が、おゆうぎ会の稽古場になった。

五分ほど見ていたが、あまりに子供じみた二人のやり取りに黙っていられなくなった。

「玉田君さ、知ってる？　ジャズドラムはめちゃくちゃ難しいんです」

「ほう。どういうことよ、雪祈君？」

「ロックやポップスとは一線を画してます。数多くの複雑な技術が求められるから」

玉田が怪訝な顔をしている。そもそも他ジャンルのドラム技術も知らないのだ。

「それにね、ジャズにはソロがあるんです。他プレーヤーのソロの最中でも、ドラマーはバックでリズムを刻まなきゃならない。興が乗れば、色んなキーやテンポが発生します。その全てに合わせながら支えるのがジャズドラマーです」

「何言ってるのか、全然分からねえ」

はあ――、思わず深い溜め息が出る。

「まあ、とにかくさ！」と大が明るく言って説明を続けた。

これまで他ジャンルのドラマーがジャズに対応できない姿を何度か見てきた。早くからジャズに特化しないと、ものにはならないのだ。音楽未経験者が一朝一夕でできるわけがない。

それなのに、大はまるで簡単だとでもいうように玉田に話し続けている。

一度叩いてみれば、すぐに分かる。

「じゃあ玉田君、ハイハットをスティック一本で」

「えっ、いいの？」

良くはないということを分かってもらうためだ。

「このリズムで。でも、今日だけね」

ブルースで練習を開始する。

大はいつものように大胆かつ明朗に吹いた。自分の指もいつも通り軽快に動いている。

玉田のドラムは、ひどかった。開始後すぐにリズムが崩れ、遅れ、止まって、追いついてはまた崩れる。五分もすると、眉間に深い皺を寄せて、額に大量の汗を浮かべながら口を尖らせている。まるでスポーツの反復練習だ。ジャズドラムは決してそんな種類のものじゃない。体に染み込ませたリズムで、他のプレーヤーと会場を支配するのだ。

ドラム音が、止まった。

玉田の手からスティックが飛んでいた。

たった八分で。

「じゃあ、以上で。お疲れさまでした」

玉田が、自分を思い知ったような顔をした。

そしてかすかに笑って、店を後にした。

「大、なんで連れてきた？　叩けるわけがないだろ。プロのバスケのトライアウトにド素人を連れてくるか？」

「ドラムをやってみたいって言ったからだべ」

あまりに単純な理由に、怒りを通り越して不安を覚える。「どう考えたって無理だって、分かるよな、大。今からやろうとしたら、考えられないぐらいの努力が必要になる。それをさせようっていうのか？」

「じゃあ雪祈は、音楽をやりたいって気持ちを否定するのか？」

——確かに、それが始まりだ。楽器を始めて、ちょっとでも上手くなると、楽しくなる。人前で披露して、褒められて、嬉しくなる。

それを繰り返すのが音楽だ。

ただ、それでは間に合わない。

「時間の話をしてるんだよ。五年や十年待つってのか？　俺はジャズっていうハードルを飛び越えたレベルの高いドラマーを求めてるんだよ！」

これも正論のはずだった。

だけど、大は実に大らしく言った。

「ジャズにハードルがあるのか？　俺は、見たことも跨いだこともねえべ」


その次の週、テイクツーに現れた玉田を見た時、いくつかの感情が同時に湧いた。

驚き――あれほどできなかったヤツが。

疑問――どうして懲りずに？

呆れ――何も分からないバカなのか。

認めたくないけれど、もう一つ。

胸のどこか奥のほうに、嬉しさがあった。

だが、現実は現実だ。

「無理だって。俺たちは高いところを目指しているのよ。長い間やってる先輩たちも、セミプロでさえ諦めちゃうのよ。素人の玉田君がいくら頑張っても無理だって」

ドラム椅子に座った玉田は、殊勝に言った。「ドラム教室に通った。もちろん俺が一番下手だった。子供より下手だって分かったけど」

「けど？」

「二人と演った時……ジャズ、なんかいいなって思ったんだ」

きっと、それこそが嬉しさの原因だ。

だけど自分の口を衝いて出てきたのは、チッという舌打ちだった。動機が、甘すぎる。ドラムの厳しさを玉田はまだ全然分かっていない。

話を聞いていた大が、口を開いた。

「玉田、これぐらいのスピード、いける？」エイトビートのリズムを示す。

最も単純なリズム、甘いリズムだ。

ハアと溜め息をついて、ピアノに座る。

二度目の三人練習が始まった。

玉田は、マシになっていた。単純なリズムをほぼくるいなく刻み続けている。まだつかまり立ちだが、自分の足で立って歩き始めた赤ん坊のようだ。

大は、暴走しなかった。

玉田の手を取って小さな歩幅に合わせて吹いている。

この二か月で初めてのことだった。玉田というブレーキが加わったことで、大のテナーが聴きやすい音になっている。

聴きやすくて、それでも強い。

人を気遣う、優しい音が出ていた。

一曲叩き終えた玉田は、嬉しそうに小さく微笑んだ。

「いいべさ、玉田！」と言った大が自分を見た。発言を求めている。

「玉田君、練習には来てもいいよ」打算を込めて、そう言った。

「いいのか……」玉田が小さく頬を赤らめた。

玉田がいれば、大もコントロールを覚えるはずだ。ただもちろん、このままでいいわけがない。新しいドラマーを見つけるまでの間だ。手練れのドラマーと合わせる姿を見れば、玉田は身を引いてくれるだろう。その後はジャズ研に入るなり、他の道だってある……。

大が、やったな、と声を掛けている。

玉田が、頬を緩めて小さく頷いている。

さもなければ、この玉田が急激に上達すれば……。

いや、それは本当に有り得ないと、頭から甘い想像を追い出した。

営業時間が近づいたテイクツーを出て、二人と別れる。

夕暮れの日差しがビルに反射して、大と玉田の後ろ姿を照らした。

ピアノ部屋を出て帰途につく生徒さんの姿が重なる。

やめませんように、と窓の外を見ながら願っていた自分の姿が見える。

三軒茶屋の駅を出て、十五分の距離を家まで歩く。

これから家路につく人々とすれ違う。すれ違ってもすれ違っても、人は絶えない。

このうちの何人がジャズを聴くのだろうか？　おそらく五パーセントもいない。

ジャズマンになりたい人は？　ほぼ皆無だ。

それなのに、玉田はやりたいと言った。

大と自分のジャズを聴いて、ドラムを叩きたくなって、教室の門まで叩いた。

ジャズの門を、叩いた。

家に着くとすぐ、スマホを手に取った。自分からかけるのは、上京して初めてだ。

「あら、どうしたの雪祈。ホームシック？」

心配げな声を出す母親に、ドラムのことを訊いた。

エイトビートの次にやるべきことを教えてもらう。

次に安原のバンドのドラマーに、電話をした。レモンサワーの男だ。

先日はすみません、と切り出してドラムのことを訊いた。きっと電話口の向こうでレモンサワーを飲みながら、でも男は丁寧に答えてくれた。

読むべき教則本、聴くべきアルバム、観るべき動画、繰り返すべき練習。

全てをメモする。

ありがとうございます、と繰り返して電話を切る。

メモを書き留めたルーズリーフは、四枚になった。

このメモは、きっと渡せない。

もし練習に来るのなら、少しずつ話していけばいいから——。

インタビュー　玉田俊二

自らの半分ほどの高さの建物に囲まれて、そのビルはあった。全てのフロアが広告代理店とその関連会社のオフィスで埋められている。受付でゲストカードを渡され、十五階の会議室に通される。少しすると、人数分のコーヒーを持った男が現れた。コーヒーを配り終えると、丁寧に名刺を出しながら玉田です、と名乗った。思わず彼の手に目がいくが、傷一つない。眺めの良い大きな窓際に椅子を置いて座ってもらい、話を聞く——。

名前と年齢、トリオでの役割をお願いします。

「玉田俊二。三十五歳、ドラマーでした」

初めて会った頃の彼の印象は、どうでしたか?

「そうですねえ、あんなに第一印象が悪いやつはそういませんよね。背が高くて顔が良くて髪が長くて、ピアノが超絶上手くてね。イケ好かないじゃないですか。女性にはモテたし、男の敵ですよ。あとで長野県出身だって知って驚きましたもん。生まれも育ちも東京都心みたいな空気、あれは努力して作っていたんですね。ほんとかっこわりい」

当時は、かなり厳しいことを言われたと聞いています。

「あいつはとにかく口が悪くて。包み隠さず、思ったことを全部言うんですよ。下手とか、無理とか、有り得ないとか、僕をなじる語彙（ごい）がとにかく豊富で。あの期間、一度もかぶったことがないんじゃないかと思うくらいで、もう途中からは感心してましたね」

それでもドラムを続けたそうですが。

「……少しするとね、あいつの言っていたことが段々分かってきました。ドラムがどれほど難しくて、あの二人と演るのがどれほど大変かって。だからもう必死です。全部の時間をドラムに費やしました。大は練習でほとんど家にいないし、雪祈はめちゃくちゃ上手いですから。追いつくために、睡眠時間を減らして練習してました」

その努力に対する、彼の反応はどうでしたか？

「それでもあいつは褒めませんでしたね。でも、いつの間にかメンバーにしてもらえて。あいつ、すごくたまになんですけど、練習中に俺の方を見てね、嬉しそうな顔をするんです。すぐ顔下げて隠すんですけどね、俺は気付いてました。そう……さっき包み隠さずって言いましたけど、間違いです。あいつ、本当は隠してたんですよね」

その後のトリオの活躍は、ジャズファンの語り草になっています。

「あの二年間は、奇跡でした。よくあんなことができたなって思います。だからですかね、ドラムはあれでやめました。今でも営業先で自慢できるからいいんです。十代の頃、あんな凄いプレーヤーと演ってたんだって、二人に追いつこうとひたすら叩いてたんだって言うと、音楽好きの人はみんな嘘だろって目を丸くするんです。それが面白くてね。でもね、俺も死ぬ気で頑張りましたけど、雪祈も同じだったんです。大も同じで。みんな、あんなにやったから、最高のトリオになったんです」

その努力が、トリオの最後のライブに繫がったんですね？

「ええ、あんな形になるとは思っていませんでしたけど」

第3章

1

「おい！　なんだよ今のリズム！」

ドラム歴二か月の男が、銃を突きつけられたように両手を上げてピアニストを見る。目が合うのは二十分ぶりになる。演奏中はドラムの打面だけに集中して、周囲を見る余裕もなく、今も怒声に顔を強張(こわば)らせて返す言葉を失っている。

その姿を見ると、さらに怒りが高まる。

「なんで単純なとこでミスるんだよ！　たまには顔上げてこっち見ろ！　見ねえからズレるんだ！」

実際のところ、玉田は順調に上達していた。高価な電子ドラムをローンで購入して、部屋で日夜叩き続けている。大によると、大学にはまったく行かず、三人での音合わせ前に練習のための練習を何時間もしているらしい。手は絆創膏(ばんそうこう)とテーピングだらけで、睡眠不足のせいで目はいつも充血していた。

だからこそ、腹立たしい。単純なミスなんか今さら見たくもないのだ。

「分かってる。ごめん、雪祈」

謝る玉田の顔には大量の汗が光っている。

ずっと見てきた種類の汗だ。

高校のグラウンドで、中学校の校庭で、公園で、県民球場で。

野球は勝負事だから、負けは付き物だ。だけどジャズは違う。戦略と技術と努力を極めれば負けないはずだ。だから自分は上京したのだ。

玉田も、このままドラムを続けるのなら、汗を流し続けるのなら、無駄に負けてほしくはない。

いつからか、勝たせることが自分の義務のように感じていた。

だから言葉も荒くなっている。

それと同時に、自分にも腹が立っている。

どうしてこんなド素人相手に義務感なんか抱いているのか。

どうしてそれが日増しに強くなっていくのか——。

「まあまあ。雪祈、まあまあ」

なだめる大を思わず睨(にら)みつける。

大は、自分とは逆だった。

ひたすら玉田を見守り続け、練習ではつたないドラムに耳を澄ませ、丁寧に合わせて吹いている。

だが、玉田に引っ張られた大の音は確実に弱まっていた。

「大、お前は玉田に合わせすぎだ！　段々普通のプレーヤーになっちまってるぞ！」

「分かってるべ。けど」

「けど、何だよ?」

「今は玉田が上がるのが優先だべ」

初心者の歩幅に合わせて歩き続けていては、勝てるはずがない。

「ふざけんなよ！　俺たちの武器はお前の強烈なテナーと俺のテクニカルなピアノだろ。初心者の玉田が上手になりましたねって、小学生じゃねえんだ！　誰が拍手くれるんだよ？」

「くれるかもしれねえべ」大が食って掛かってきた。

「……ごめん」間に挟まれた玉田が、小さく呟いた。

「謝る必要ねえべ」大がフンと鼻を鳴らす。

優しく接し続けて、転ぶ度にもっと優しく慰めるつもりなのか。

そんなのは、無責任だ。

だけど、大が無責任じゃないことは知っている。

特に、音に関しては。

一度、大の練習を見に行ったことがある。隅田川の太い運河にかかる橋の下が練習スポットだと聞いていたので、バイト帰りに立ち寄ろうとした。強い風が運河の水を大きく波立たせる夜だった。風に背中を押されて橋に近づくと、姿が見える前に音が聴こえた。風上にいるのに、テナーの音がくっきりと耳に届く。暗闇の中に少しずつ浮かび上がったシルエットは、激しく動いていた。胸を張ってのけぞって、楽器を地面に擦りそうになるぐらい屈みこんで、橋脚を壊すつもりかと思うぐらいの大音量を出していた。その後ろをランナーたちが怪訝な顔を浮かべて通り過ぎていく。滑稽(けい)に映るのも仕方がない。それぐらい全力で、何かを背負って大は吹き続けていた。

だから、声もかけずに立ち去った。

無責任じゃないとすれば、大は一体何を考えているのか。それとも、何も考えていないのか。

大がサックスを首から外した。

「雪祈はどうなんだよ？　玉田と俺を責めてるお前はどうなんだよ？」

ひとつ息を吐いて、鞄(かばん)から二枚組の紙を出して大に渡す。

もう一部ある。

少しためらったが、突き出すようにして玉田にも渡した。

「なにコレ？　楽譜？」

「俺が作った。俺たちのためのオリジナル曲だ」あえて、俺たちと言った。トリオの、とはまだ言えない。

「おお……おおお？」

大は楽譜を読みながら大げさに声を上げている。本当に理解できているか怪しいものだ。

玉田は紙に目をくっつけている。

大のテナーを活かすための曲だ。単純で耳に残りやすいテーマに重点を置いているが、曲自体は変拍子になっている。シンプルどころかかなり複雑で、演奏にはかなりの技術が必要になる。曲名は「ファースト・ノート」。最初の音、という意味だ。

このバンドは力強くて高度な音を、初めから出す――。

「なんかこれ、かっこいいべ！」

「単純かつ難しい曲だ。今の俺たちが打って出るには、こういうのがいいと思ってな」

「なるほどなるほど。そうか、変拍子か！」

玉田から声は出ない。変拍子という単語と会話から難易度の高さを感じ取っている。

玉田のためになるべく簡単に――そう思って実際に何曲か書いてみたが、でき上がったのはジャズ入門編とでも笑われてしまいそうな曲だった。それではこの東京では目立つことはできないし、高い場所にも辿り着けない。

大と自分か、それとも玉田か、悩んだ末に変拍子を採用したのだ。自分が玉田だったら、手加減なんて望まないはずだから。

「玉田なら叩けるようになるべ！」

どこまでも楽観的な顔で大が言った。

思わず、俺の気も知らねえで！　と返したくなるが、口を閉じる。

説明なんか、したくもない。

「……とにかく、頑張るわ」代わりに、玉田が消え入りそうな声で答えた。

この曲を叩けるようになるのか、ならないのか。

ギブアップすれば新たなドラマーを探すことになるが、すぐに見つける自信はない。

見つけたとしても、大の暴走を抑えられるかどうか分からない。

玉田こそが、このバンドの鍵を握っている気がしてくる。

初心者ドラマーが、変拍子を理解しようとゆっくり叩き始める。だが、すぐに手が止まった。青ざめていた顔が、青を通り越して白くなっている。

言いたいことも言わずにそれを見ている自分の顔は、果たして何色なのか……。

「これでライブやるべよ！」大が楽譜を掲げた。

やっと合格通知が届いた、とでも言っているようだった。

「ライブって、いつだよ……？」

「なる早がいいべ。そうだな、一か月後ぐらいとか」

楽観にも、限度がある。

「何言ってんだ、無理に決まってる！　まだ音も合わせてねえし、玉田がライブで叩けるわけねえだろ！」

「俺たちに、何が起きるか見てみたいんだ」

大が、透明な顔で言った。

2

「ごめん、沢辺君！」

靴売り場の客足が途絶えた時、五歳上の女性が顔の前で手を合わせた。

三週間前からライブに誘っていたバイトの同僚だ。行く行く！　と二回重ねた返事を聞いた時から嫌な予感はしていたが、開演四時間前になってキャンセルしてきた。

「なんか、ありましたか？」

「ちょっとさ、母親が熱出しちゃって。今日行けない」

両親は健康そのもので、ここ五年は風邪もひいたことがなくて羨ましい——十日前に誘われて行った食事の最中に、そう聞いた覚えがある。健康の秘訣は緑茶だとか納豆だとか。

「じゃあ、音楽好きのお友達二人は来てくれます？」

「それが二人とも用事できたってさ。ゴメン！」

そう言い残して、売り場に現れた若い男性客に声を掛けにいく。

ライブは、大が強引にセッティングした。品川駅近くのジャズバーを何度も訪ねて交渉して、通常のライブの一つ前の枠を確保した。四十人は座れる広い箱を埋めるために客を集めなくてはならないが、大と玉田に東京の知り合いはほとんどいない。大はビラを作って大量にコピーし、三日間で二千枚を駅前で配り続けた。

モノクロコピーの簡素なビラには、三人の名前と「十八歳のジャズナイト」というキャッチコピーが書かれていた。とてつもなくダサいが、情報としては間違ってはいなかった。間違っているとすれば、ライブそのものだ。

ライブが決まってから、玉田はさらに猛烈に練習した。絆創膏とテーピングが手の肌の面積を上回って、両手首と右足首には常に湿布が貼られ、ずっと室内にいるせいで顔は白く、肌は艶を失くしていた。大は見て見ぬ振りを決め込んだかのように、それまで通りに玉田に接していた。そうして本番五日前、玉田は「ファースト・ノート」を何とかものにした。ミスだらけだったし不安が残るドラミングだったが、とにかく一曲を叩き切るようになった。

大は、力強さを取り戻していた。音量も音圧も上がって、練習だというのに胸に迫るインプロを披露していた。

強烈なテナーサックスと、初心者のドラム。相容れない二つの間を埋めるのは、自分のピアノしかない。かなり難しい役割になる。

そのライブが、三時間半後に始まる。

「すみません」

客の声で我に返って、売り場で最も高価なイギリスのシューメーカーの棚に向かう。一足十万円以上する革靴が並ぶ棚だ。

ちなみに今夜のミュージックチャージは、二千円。

「お待たせしました」

「これの黒を履いてみたいんですけど、その前に足のサイズ測ってもらえます?」

周囲を見渡すが、社員たちは他の客の対応をしている。

「かしこまりました。では、こちらにどうぞ」

椅子に座った客の前にひざまずいて、紐をほどき、靴を脱がす。

強烈な足の臭いでむせ返りそうになる。

「どうかした?」

「いえ、お客様の足ですと特に幅広でもないので、二十七センチが合うと思います」

「じゃあ、試着しようかな」

「はい、では少々お待ちください」

バックヤードで探すが、二十七センチは品切れだった。一つ上と下のサイズの箱を持って客の元に戻る。

「申し訳ありません。ちょうど品切れておりまして、一つ上と下をお試しいただければと」

少し大きいかな小さいかなという声を頭上に聞きながら、靴を履き替えさせる。その度に顔をしかめないように、気を張った。

客が試着したまま、売り場を一周して戻ってくる。

「もしご注文いただければ、三日ほどで届くかと」

「あ、サイズが分かったんで、もういいです」

そう言い残して客は消えた。

もっと安い店か、ネットで買うつもりなのだろう。

ライブをドタキャンした女性は、朗らかに接客を続けている。

噛(か)み合って欲しい日なのに、何もかも噛み合わない。

嫌な臭いだけが鼻に残った。


会場についたのは、ライブ開始十分前だった。

一時間前に到着してリハーサルをする予定だったが、バイトあがり直前についた客が靴談議を始めて離してくれなかったのだ。なんとか切り上げようとしたが、話は続き、結局その客も何も買わずに帰っていった。

急いで楽屋スペースに向かう。

「悪い、遅くなった」

まず玉田が目に入った。無言で頷くその顔は表情を失っていて、体からは緊張の匂いがする。不安と恐怖が入り混じって毛穴から漏れ出していた。スティックを握ってたった三か月でステージに立とうとしているのだから、こうなるのも当然だし、同情したくもなる。

しかも、これは客から金を取るライブなのだ。

玉田の隣にいる大からは、失望と期待の匂いがした。

「大、客は？」

「全然、来ないべさ」

これが一方の匂いの元か。

カーテンを開いて客席を覗くと、カウンター席で店長と話す初老の帽子の客と、二人組のサラリーマンの姿が見える。どちらも常連客らしい雰囲気だ。

二千枚のビラは、誰の心にも届かなかった。

なのに、大は言った。

「俺たち、カッケーな」

何がカッコいいんだ？　ビラ配りは空振りで自分もドタキャンされた。カッコいいところなんか、一つもない。

ジャズ研の連中や知り合いの大人たちにはあえて声をかけなかった。同世代や玄人（くろうと）の厳しい視線に玉田が耐えられるかどうか分からなかったからだ。

いや、玉田のためだけじゃないかもしれない。

もしかすると、自分が恥をかきたくなかったのかもしれない。

真っ直ぐステージを見たまま、大が言った。

「これからジャズをやるんだべ」

その目が、小さなことはどうでもいいと言っていた。

初めて三人でライブをする。ミュージックチャージを貰って自分たちの音を出す。そのことにこそ大きな意味があると言っている。

ここからは、後戻りも言い訳もしない。

——全力を尽くす。

「死ぬほどカッケーな」

これが期待の匂いだ。

それが鼻の奥を刺激して、思わず指で鼻柱を押さえる。

「行くべ」

テナーサックスを抱えた大が、先頭に立ってステージに向かう。

後ろを見ると、玉田が首を肩にめり込ませるようにして歩いている。

揚々と歩いていた大が、ステージ中央で止まった。

玉田がドラム椅子に座った。

ピアノ椅子に座ると、客席から二人連れの声が聞こえてくる。

「若いアンチャンたちが出てきたな」

「入口に書いてあっただろ、十八歳って」

「あれ？　ドラム、手が震えてないか……？」

カウンターの客はステージに背を向けたまま、店長と話している。

ここから、始まるんだ。

玉田の顔を見る。引き攣りながら、どうにか笑顔を作っている。

——大が、吹き始めた。

数秒置いて、鍵盤を叩く。

カウンターの男が会話をやめた。

サラリーマンのグラスを持つ手が止まった。

その直後、予定通りのタイミングでドラムが加わった。

よし！　と思って玉田に目を向ける。

玉田は下を向いたまま必死に両腕を動かしている。

スティックを初めて握った時の姿を思い出す。

あれから何百時間練習したんだろう。何億回叩いたのか。

玉田に声をかけたくなる。いいぞ、その調子だ！　と伝えたくなる。

だけどそれはできない。自分たちは金を取ってステージに立っているのだ。

大がいきなりギアを上げた。

急にスピーカーを通したかと錯覚するぐらい、音量が増す。光の後に僅かに遅れて届く落雷の音か、一メートル前を快速電車が通り過ぎる轟音か、それぐらいの音量だった。練習の時とは別次元だ。

本番の大が、これほどとは——。

鍵盤を叩く指に強く体重を乗せる。このままだとサックスの音しか届かなくなる。

その瞬間、ドラムがリズムを崩した。

ハッとして視線を向けると、玉田の目が左右に泳いでいる。

カウンターの客もドラムを見た。ミスに気付いているのだ。

なのに、大は止まらない。客だけを見て吹いている。彼らに全てを届けようとしているのが分かる。仙台で、東京の橋の下で培(つちか)った音を、自分が信じる強い音を。

サラリーマンたちの目が大に釘付けになっていく。

だからといって玉田を置いていくのか、大——。

玉田が崩れ切った。サックスの爆音に引っ張られてリズムをロストしている。細かく首を振って必死にリズムを見つけようとするが、五秒後、完全に手が止まる。

玉田を、サポートしたい……。

だけど大はさらに先に進んでいく。調整できるなんて思ったのが大間違いだった。ステージ上での大と玉田の差は想定を遥かに超えていて、しかもそれがどんどん広がっている。

もうすぐ大のソロが始まる。

転倒した玉田に手を差し伸べるなら、今だ。だが、それをやれば大のテンションは維持できない。どちらかを選ばなくてはならない。

何のために曲を書いたのか。何のために練習し続け、何のために東京に出てきたのか——。

——結局、大を選んだ。

大のソロを、ピアノで支える。大だけを見る。選んだ以上、玉田を見る余裕はない。

テナーサックスが捻れるような音をいくつも出す。それが結合した瞬間、渦になって上昇して何の溜めもなく頂点に達した。頂上で、音が激しく踊る。岩を壊して積み上げて、標高が嵩上げされていく。十秒で倍ほどの高さになった山が、一気に形を変える。高さが凄まじい勢いで水平方向へと移動し、遥か遠くまで広がっていく。テナーサックスから山が崩れるような音が轟いている。カウンターの男の口が半開きになるのを目の端で捉える。それほどまでに強烈なソロ。支える自分にも極度の集中が求められている。

それが、終わる。

即座にピアノソロに移る。大が吹いた最後のメロディーを繰り返した直後、溢れるように新たなフレーズを弾く。手持ちのカードを、目が追いつかない速度で繰り出して重ねていく。腕を、手首を、指を高速で動かし、隙も間もなく音を放ち続ける。十八歳とは思えない、思われないためのソロだ。左手が踊って右手がついていく。右手が走って左手が受ける。遠くに見える店長の口があんぐりと開いた。玉田にも目をやる。硬直しながら、まだスティックを構えている。先に走った自分と大になんとか合流しようとしている。

ソロが終わるぞ……。

テーマで合流してくれ。

頼むから、玉田──。

玉田はテーマから何とかドラミングを再開した。

サラリーマンたちがソロに賞賛の声を上げる。

玉田にも拍手を！　そう言いたかったが、合流したドラム音は聴こえないほどに小さかった。玉田は完全にうつむいている。

その時、一人の男性客が店の扉を開けた。気付いた大が小さく頷く。元からの知り合い、いや、ビラ配りで来た客か。

信じられないことに、サックスのテンションがさらに上がった。

大は、自身を爆発させるようにして、全力を超えた音を出した。ドラムに足を取られるどころか、ひたすら前に走る。

あまりにも強くて残酷だった。

玉田は、さらに萎縮した。

ストロークを崩し、テンポを失い、這い上がろうとして、転び続けている。ライブ前に顔に張り付いていた緊張が、今は絶望に近づいている。

最後の一人――。自分は、薄情だった。

あんなにも頑張っていた玉田を見捨てて、驚異的なパフォーマンスをする大を選んだ。

客からミュージックチャージを取っているのだから。これはプロのステージなのだから。目標のために上京したのだから。玉田には無理だと伝えたのだから……。

理由をいくつも頭に浮かべながら、白と黒の鍵盤を叩き続けている。

それが、自分という男なのだ……。


サラリーマン二人が立ち上がった。初老の男が帽子を脱いで敬意を示している。店長は頭の上で手を叩いている。

ライブは、成功した。仲間を見捨てたことで成功したのだ。

大は誇らしげな顔を客席に向け、たっぷりと間を取ってから力強く頭を下げた。

軽い笑顔をつくって、会釈する自分がいる。

玉田は表情を失くして、茫然（ぼうぜん）としている。

楽屋に戻ろうとすると、大が客席から呼び止められた。

凄かったよ！　ありがとうございます！　ビラを捨てないでよかった！　ライブ後によく展開される客と演者の会話を始めている。

真っ直ぐ楽屋に下がる玉田が見える。足が床から浮いているように、音もなく歩いている。まるで心が抜け落ちたような後ろ姿だ。

一体、どう声をかければいいのか。

そう思っていた時、店長が近寄ってきた。

「いやー、素晴らしかった！」

「ありがとうございます」

「テナーとピアノ、正直シビれまくったよ。十八歳なんて嘘だろう？」

「三人とも本当に十八です」

「そう聞いてもすぐには信じられないぐらいだね、君とテナーは」

この賛辞は自分の選択が生んだものだ。だけど、素直には喜べない。

「でもさ、正直あのドラムさ」

店長の口から、嫌な臭いがした。

「君たちと差がありすぎちゃって！　演奏中にフリーズしてたからね。正直、お金なんか貰うレベルじゃないし、彼はキツイよ。老婆心ながら他のドラマーをすぐに入れた方がいいと思う。何なら紹介してあげてもいいからさ」

この道四十年という出で立ちの店長が、さも当然のように本音を吐いている。

「やっぱりドラムって凄く大事だから。正直バンドの要だから、やっぱり彼ではさ」

それが正しい意見なのも理解できた。

でも黙っていられなかった。

「無用ですから」

「え？」

「ウチのメンバーのことなら口出し無用なんで。それより正直、ピアノがボヨンボヨンです。すぐ調律した方がいいですよ」

言葉を失くした店長を後目に、楽屋に向かう。

メンバー。自分は確かに今、そう言った。

言わずにはいられなかった。

この三か月間、一緒に練習してきたのだから。玉田の頑張りを見てきたのだから。

だけど――、三歩進んだところで、唇を噛みしめる。

自分は、今になって玉田を守ろうとしている。

薄情だったのに、ステージの上では見捨てたのに、部外者の意見にいらついて即席の正義を振りかざした。

なんて調子のいい人間なのか……。

店長の口臭が鼻から取れない。

手のひらに息を吐きかけて、確かめる。

もしかしたら、自分の臭いなのかもしれない。

3

「おれ、抜けないと」

ジャズバーを出て少しして、玉田が切り出した。

飲料自販機の前だった。観客がたった四人ではギャラも出ず、それぞれが缶ジュースを買った。初ライブを記念する大事な一杯だ。

だがそれも、玉田の一言によって三人で飲む最後の一杯になる可能性が高くなった。

戦い終えたドラマーは飲み口を開けもせず、ただ缶を握っていた。横に結ばれた唇は乾いてひび割れ、夜の灯りに照らされた体は、輪郭がぼやけていつもより小さく見える。

懸命すぎるほど練習して、打ちひしがれた男にかける言葉を探す。

嘘だけはつきたくない。

玉田に向かって、口臭を確かめたくなるようなことは絶対に言えない。

「……百二十五回」

「え？」

「三曲目までにお前が外した回数だ。あとは数えてない」

傷だらけの手から、さらに力が抜けるのが見えた。

今にも缶が手から離れそうだった。

「でもな……」

ライブの五十分間、玉田は何度も止まったが、諦めなかった。

絶対にスティックを離さなかったのだ。

「思ったより、悪くなかったわ」

小さなドラマーが跳ねるように顔を上げた。

「なあ？　大？」

ステージで先に走り続けた大がゆっくりと言った。

「誰が何と言おうと……いいライブだった」

もうそれからは、玉田の顔を見ることができなかった。

見られたくもないはずだった。

バイトがあると言い残し、大と一緒にその場を去る。

言葉もなくしばらく歩くと、大が先に口を開いた。

「ホントにバイトあるのか、雪祈？」

「ああ、道路工事の警備員、棒振りだ。大こそどうなんだ？」

「深夜営業の寿司屋の配膳。あそこの人たちにも声かけたけど、誰も来なかったなあ」

大は、歩きながら両手を頭の後ろで組んで胸を張った。ちょっとだけ残念、と言っているようだった。その姿勢のまま、駅に向かって進んでいく。

後ろを振り返りたくて仕方ない自分とは対照的だ。

「……大、あえて訊くぞ。なんで玉田を置いていった？」

「仕方ねえべ」

あまりにも、あっさりとした口調だった。

「それで済ましていいのかよ？」

「練習と本番は違うべ。客の前に立ったら、俺は全力を出すことしか考えられなくなった」

それも分かっている。それでも訊いた。

「全力出せたら、玉田を見捨てていいのか？」

「玉田が助けてくれなんて言ったか？　あいつはやりたくてやってるんだ。初ライブで玉田はうまくいかなかったけど、それでも頑張った。それだけだべ」

突き放す風でもなく、大はさらりと言っている。

「それじゃあ、あんまりだろ」

「雪祈。それ、俺に言ってんのか？　それとも自分に言ってんの？」

──大の言う通りだ。自分も同じ選択をしたのだ。

その選択を疑わないのが大だ。堂々と歩く姿がそれを物語っている。

選択が正しかったのかとよくよく考えているのは自分だ。自分の足取りはブレている。

ついこの前までは、ジャズ研の先輩や安原を踏み台のようにしか考えていなかった。それなのに、今は初心者の心配をしている。

いつからそうなったのか。

大と玉田と出会ってからだ。

三人での音合わせは、ただの練習ではなかったからだ。

きっと、賢太郎とのキャッチボールと同じだったからだ。

駅が近づいてきた。大きなサックスケースを背負いながら、周りの誰よりも力強く歩く大が言った。

「玉田は大丈夫だべ。俺より強いから」

「……何がだよ？　見てられないぐらい、へこんでたぞ」

それを聞いた大がピタリと足を止め、一つ息をついた。

「……俺の初ステージは、仙台のジャズバーだったべ。プロのバンドに交ぜてもらって、客の前に出た。焦って、アガって、でもとにかく精一杯やらなきゃって思った」

松本での初セッションが脳裏に蘇ってくる。

「だから全力で吹いたべ。そしたらな、常連さんに怒鳴られたんだ。お前うるせえ、帰れって、ものすごい剣幕でな。俺はステージ上で完全に固まって、どうしようかと周りの大人を見たんだ」

ライブで全開になった大はさっき見たばかりだ。あれだけの音量なら、客やバンドの種類によっては拒絶反応を示されるのも充分あり得る話だ。マウンドに立った無名の若者がいきなり時速百六十キロの球を投げ込んだようなものだ。驚くのも無理はない。それに、コントロールが利くならいが、ノーコンだったら試合にならない。

それでも、自分が初セッションでそんな言葉を投げつけられたらと思うと、あまりにキツイ。しばらくは立ち直れなかっただろう。もしかしたら永遠に立ち直れないかもしれない。

「みんながな、仕方ないって顔をしてたんだ。だから俺は言われるままに帰ったべ。へこまなかったけどな、しばらく経ってから後悔した」

「後悔って、ステージに上がったことをか？」

「そうじゃない」

顎を上げた大の目が、コーヒーショップの灯りを反射した。

「何て言われようが、あのまま全力で演奏すべきだった。客が呆れて笑うまで吹き続ければ良かったんだ」

大らしい答えだ。強くて、迷いがない。

とても真似できない後悔の仕方だ。だけど、玉田の件とは話が繋がらない。

「何が言いたいんだ？」

「玉田はへこんでも傷ついても、ステージから降りなかっただろ」

その通りだ。いつ店を飛び出してもおかしくないほどの状況だったのに。

「あいつは凄えんだよ」

そうかもしれない。

だけど――。

「あの状態で五十分だぞ？　ずっと耐えちまったからこそ玉田の傷は深いんじゃないのか？　それを強いって決めつけるのは勝手すぎるんじゃないのか？」

「わざわざミスの回数を伝えた雪祈も、勝手だ」

大の言葉に胸を貫かれる。

図星だったからだ。

「次のライブでのミスを減らすためだべ？　だから基準を示したんだべ？」

吹くことしか頭にないと思っていた大が、自分を見透かしている。

「ちゃんと次に繋げようって言わねえで、あんな言い方をするお前こそ勝手だべ」

「……大、お前って、何なんだ？」

立ち止まっている大の脇を、人々が迷惑そうに通り過ぎていく。

駅に向かう人、駅から出て来る人が、横断歩道ですれ違っている。家路につく人がいて、食事に向かう人がいる。男性も女性も大人も老人も子供も、中学生もいれば、高校生も、会社勤めの人たちも。

信号機の黄色が、大の顔に映り込んだ。

「今日からプロのジャズマンだ」

大が、また歩き出した。

「俺も雪祈も、玉田もだ」


ライブ翌日、練習は休みだった。

銀杏(いちょう)並木の葉はまだ緑で、秋の気配は目に見えない。

街を歩くと、若い世代の多くの耳にイヤフォンが見える。

それぞれから流れる音楽を想像していく。Ｊポップ、男性アイドルグループ、ヒップホップ、レゲエ、ハードメタル、クラシック、パンクで、奥から来る人はＫポップ……。

二時間歩いて、オープンテラスがあるカフェに入った。

若い女性店員にテラス席を頼むと、すぐに水が運ばれてきた。気の利いた店だけに、メニューを見るとドリンクも値が張っている。

「ブレンドをお願いします」

久しぶりの、缶じゃないコーヒー。初ライブを終えた自分への小さな褒美だ。

運ばれてくるのを待っている間、ぼうっと外を見る。

耳には、有線放送だろうか、小さくジャズが聴こえてくる。

セロニアス・モンクのピアノだ。

実際、ジャズは街のあちこちで流れている。カフェでも、ラーメン屋でも、定食屋でも。だけど、どこででも小さなＢＧＭだ。歌詞がなく、思考を邪魔しない心地よい音楽として、いつも静かに存在している。

本当のジャズは激しいものだ。自由で破壊的に新しくて、世界中で進化している。でも、誰もそれを知らない。

周りでは、女性同士の客が話に花を咲かせている。誰の耳にも音楽は届いていない。

「お待たせしました。ブレンドになります」

「あの……」

「はい？」

指を立てて、少し年上に見える女性店員に尋ねる。「ちなみになんですが、この音楽って知っていますか？」

女性は大きな黒目を上に向けて、耳を澄ませた。

「あっ、いえ、ごめんなさい。分かりません」

「そうですよね、すみませんでした」

前に置かれたコーヒーを飲む。

あれほど頑張ったステージの音を知るのは、僅かな人だけだ。玉田も失敗したとはいえ、精一杯やった。それが、このままでは店長を入れて五人の耳にしか残らない。

目の前の道路をフェラーリが駆けていく。続いてアストンマーティンが、マセラティが通り過ぎていく。松本では見ない外車が、いくらでも現れる。

その度に、排気音でジャズが掻き消される。

それでも、俺たちは音を出し続けなきゃいけない。

消えないように、もっと大きな音で。

コーヒーカップの底が見えた。

伝票を持ってレジに向かう。

「モンクですって」

伝票を受け取った女性店員がいった。

「え……？」

「セロニアス・モンク？　店長に聞きました。有名なジャズピアニストなんですって」

「そう……なんですか」

「いい曲だったから、知りたかったんですよね？　これでいつでも聴けますね」

「……ありがとうございます」

「私も聴いてみますね。耳を澄ませたら、確かにいい曲で」

「ぜひ、お願いします」

お願い？　と店員は怪訝な顔をした。

カフェを後にする。

ジャズは、流れている。


「……お客が四人ねえ」

「そうなんです。大が体張って宣伝したんですけど、アナログすぎて何ともなりませんでした」

珍しく昼間からテイクツーにいたアキコさんにライブの報告をする。アキコさんは二日酔いなのか、吐息を混ぜながらゆっくりと質問してきた。

「それで、演奏のほうは？」

「大と俺は成功です。お客は立ち上がってくれて、店長も唸ってました」

「玉田君、は……？」

「叩けませんでした。だからまあ、へこんだ様子でして」

「……それで沢辺君は、早く来たのね」

「え？」

「玉田君が今日来るかどうか、気になっているんでしょう？」

その通りだ。

「いや、たまたまバイトが早く終わっただけです」

「そう……」アキコさんがキッチンに消えていく。

それと同時に入り口が開き、大が顔を見せた。

「おう、雪祈。早いな！」

屈託がない、いつもの大の顔だ。

「おう。玉田は一緒じゃないのか？」

「まだ来てないか？　テイクツーで会おうって午前中に話したんだけどな」

「様子はどうなんだよ？」

「ライブ当日は知らねえけど、翌日から電子ドラム叩いてたよ。ちょっと目が腫れてたけど、花粉だべな」

「そうか……」

「なんだ雪祈、心配か？」

「お前な……つーか、実際来てねえじゃねえか。いつも遅れない玉田がよ」

玉田はその十分後に現れた。外の陽気を張り付けたような顔で遅刻を詫びて、ドラム椅子に飛び乗った。合わせ始めると、ドラムはすぐに濃い雲に包まれた。リズムはぼやけ、打音は小さくて聴き取れない。「悪い！」と謝る玉田の声だけが明るくて、リズムはまた暗くズレた。よく見ると、傷だらけの手が細かく震えている。

「玉田？」

「……あっ、俺さっきのご飯屋にケータイ忘れたみたいだ！　バカだな！　ちょっと取ってくるわ」と笑いながらドタバタと玉田がテイクツーを出て行く。その足取りさえリズムがくるっていた。

「大……あれでいいのか？」

「玉田は笑ってた。信じるしかねえ。俺は玉田の笑顔を信じるべ」

「あれは、無理矢理つくった顔だぞ」

「玉田がつくったんだ。それを受け止めるのが俺たちの役目だべ」

大の手が力強くサックスを支えている。

さっき見た震える手とは対照的だ。それが、我慢ならない。

「大。お前さ、一回死ねよ」

「はあ……？」

「強さを押し付けるなよ。玉田が頑張りさえすれば全部解決するなんて思ってんじゃねえよ」

「それの何が間違ってんだ？」

「間違ってねえよ！　だからもう一回、細胞分裂からやり直せって言ってんだよ」

大の眉尻が上がり、眉間に皺が寄る。

視線がぶつかった。

「ケンカなら、外でお願いね」

突然、アキコさんがキッチンから現れた。

その一言で二人とも視線を外す。

大が、背中を向けた。

カウンターの中では、アキコさんがおつまみの豆を袋からビンに移している。ガラガラという乾いた音が無言の間を埋めていく。

背中を向けたまま、大が口を開いた。

「雪祈。俺の目標はな、世界一のジャズプレーヤーだ」

せかいいち、セカイイチ、あまりにも唐突で、響きがすぐには意味を成さなかった。

世界一？　世界一か……やっと呑み込んで、じゃあ今の世界一は誰だ？　と考えてみたが、思い浮かばない。

「ジャズに世界ランキングなんてないぞ。何をもって世界一なんだよ？」

「聴いた人に、コイツは世界一だって思ってもらえるプレーヤーだ」

「だから、具体的には……」

「分からねえ。でも、それになる」

あまりに大雑把で大胆で、非現実的な宣言だった。しかも、大は繁華街の片隅にある小さなジャズバーでそれを言っている。

「それと玉田が、どう関係あるんだよ？」

「それも分からねえ。ただ、大事な気がするんだべ」

何が？　と訊く前に大が答えた。

「他人を信じなきゃ、自分も信じられない」

それを聞いて、大は本気だと思った。

暗い橋の下で練習していた姿が浮かび上がる。あの時も、大は心の底から世界一になろうとしていた。だから、くるったように吹いていたのだ。規格外の努力を続ければ、強く思い続ければ奇跡は実現するとばかりに。

いや、奇跡とも思っていないのだ。自分だけに限らず、誰にでも、玉田にもそれは起きると信じている。

だから優しかった。

だからステージで手加減しなかった。

自分は、玉田に厳しく接した。失敗を恐れたからだ。

初ライブは早すぎると言った。失敗を怖がったからだ。

俺は心の底から信じているだろうか。

ソーブルーのステージに十代で立つ自分の姿を。

玉田が、戻ってくることを。

「……大、とにかく練習するぞ」

音を止めてはいけない気がした。音を出すことが唯一できることだ。

今こそ出さなくてはならない。


翌日、玉田が戻ってきた。

その目は力を取り戻していて、手はもう震えていなかった。

どうやったのかは訊けなかった。

でも、大の言う通りだった。

玉田は一人で乗り越えたのだ。

大と自分が信じた通りに。

4

二か月後、二度目のライブを敢行した。

場所は池袋。ジャズ研御用達のジャズバーだ。サークルの全員に連絡して、新歓にいたメンバーの七割を集めた。ＳＮＳでも宣伝したが、その線の客は皆無。それでもいい。これから始まるんだから。

「雪祈、ミュージックチャージが五百円って、ちょっと安くねえか？」

楽屋スペースで大が珍しく金の話をする。いや、きっとプロとしての矜持(きょうじ)の問題なのだろう。

「安くないのよ、大ちゃん。むしろ金を貰っていいのかってぐらいよ」

「どういうこと？」

「チャージを安くするから、終わったらＳＮＳで宣伝してくれって念を押した。後で全員のをチェックするからってな」

「ほう――」

「ほうじゃねえよ、大。今時、ビラ配っても人は来ないんだよ。だったら、五十人の予約が当日キャンセルになってジャズマンが余ってます、どなたか助けてくださいって一言呟いた方がマシだ」

「そんなもんかあ」

「玉田」

「おう」額の汗を拭きながら、玉田が答えた。ハンカチを持つ手の傷はさらに増えている。

「外そうがくるおうが、止まらずに最後まで叩け。それだけでいい」

「分かった」玉田が唾を飲み込む。

「大、内容が良くなきゃロクに宣伝してもらえない。分かってるよな？」

「誰に言ってんだ？」

ライブが始まると、客席のほぼ全員が声を上げた。狙い通りだった。同世代が歓声を出しやすい構成を練り上げたのだ。それでも大のソロには誰もが言葉を失った。何を見ているのだという顔で、皆がその口を大きく開いた。

片やピアノソロには女子の黄色い声が上がる。それも予定通りだった。

ドラムには皆が首を傾げた。だけど、玉田は叩いた。時折、水面から顔を出して息を吸うように顔を上げてこっちを見た。目が合うことが五回もあった。そして玉田は、最後まで止まらなかった。

三度目のライブは、少し小さな箱でやった。客席数は三十五で、ほぼ全てが埋まった。前回の客が十五、その連れが十人。ＳＮＳで知ったという客が七人いた。若い客の中に唯一人、初老の人がいた。初ライブにいた帽子の人だ。

大のインプロが、曲という枠の内と外で爆発した。

玉田とは十回、目が合った。


「そろそろさ、バンド名が要るんじゃねえ？」

合板の座卓で、大が言った。

電子ドラムを叩いていた玉田の手が止まる。

スープが僅かに残った三つのカップ麺の容器からは、まだ湯気が出ている。

「だってさ、いつまでも三人の名前を並べていても覚えづらいべ」

「バンド名か、難しいぞ」

確かに、考えてはいたことだ。

「覚えやすければいいべさ。ズンダーズとか」

「なんだ、ズンダーって？」

「ずんだ餅だべ！　仙台名物の！　鮮やかな緑色の！　知らねえの？」

知らねえし、と溜め息しか出ない。

「何よ、雪祈！　じゃあお前も何かアイデア出せよ」

「つーかなあ、ジャズのバンドってリーダーの名前を使うことが多いだろ。その後になんか単語が来るとか」

「あ、確かに……。誰それトリオとか、ケンドリック・スコット・オラクルとか」

「まず、それがいいかどうかだな」

「玉田カルテットとか？」

「大！　このバカ！　昭和の芸人じゃねえんだよ！」

今度は、大声が出た。

「ちょっと雪祈、夜だからさ……」ドラムのスティックを口の前に立てた玉田から、たしなめられる。

「悪い、玉田」

玉田の部屋を見渡す。一人暮らし向けなのに、すっかり二人暮らしの部屋になっている。ベッド周りは玉田のスペースで、ソファは大。二人の上着がそれぞれの壁にかかっていて、なんとなく空間を区分けしている。

「名前を冠にするなら俺か大だ。だけど、どっちにする？」

「そりゃあ揉めるべな」

「じゃあ、別の選択肢は？」玉田がスティックを二本立てた。

「純粋なバンド名だな。聞いただけでジャズバンドだと分かると、なおいい」

「確かになあ、サラッとバンド名だけだと、ビジュアル系やパンクとかと区別つかねえもんな」

「それに、名は体を表すって言うだろ。俺たちが出す音もイメージさせたい」

「俺たちが出す音……」大がくるくるとカップを回し、残ったスープをかき混ぜる。

「なんて言ったらいいかな……。今のジャズはエネルギーを失くしてる気がする。かつてアシッドだのエスノだの細分化しすぎたせいで、本体の姿がぼやけちまった。だから一般の人に届きづらい。どれがジャズなの、ってな。大のテナーはその逆だ。原始的でパワフル。だけど、それだけじゃ石斧を振り回しているようにも見える。だから俺のピアノで斧をチタンに、持ち手をカーボンにする」

「なんか、てんこ盛りじゃん。長い名前になりそうじゃん」

「玉田〜。ホントお前、じゃん、が板についてきたな。もう東京人みたいだぞ」

大がカップをあおり、スープを派手にこぼした。

「あぢ！　あぢ！」よれよれのスウェットを脱ぎ始める。

「大事な話をしてる時に何だよ、大」

「ズンダーズはやめろって天啓かもな。ほら。大、ジャス着ろ」

玉田が洗濯物の山からジャージ生地の上着を出した。

「玉田、今それ……何て呼んでた？」

「……え、ジャス」

玉田がきょとんとした。

「えっ、何……？　ジャスって、何？」

食道あたりから笑いが込み上げてくる。

「あれ？　うそ？　コレのこと、ジャスって言わねえ？」

ジャージを掲げた玉田が焦っている。その姿もツボに入った。

「言わねえよ！　ジャージだよ！　ダセえ！　そっちの方言だよ！」

笑いが一気に口から噴き出した。

「ええっ！」大と玉田が顔を見合わせる。

ひとしきり笑った後、いつかなにかで読んだことを思い出した。『ジャズ』の語源は、『ジャス』。『ジャス』が訛って『ジャズ』になった。

「そういえばニューオーリンズでは、ジャスって言葉はセックスの隠語だったらしいぞ」

「そ、そうなの？」ジャスを着た大が言った。

「ジャズは娼館の待合室で生まれたって説があるんだよ。そん時にさ、客と会話してたらしい。

これからジャスだね、とかなんとか」

三人が黙った。

口を開いたのは、大だった。

「いいかもな、ＪＡＳＳ（ジャス）」

「いいって、お前……大丈夫だよな？　もう、済ませてるんだよな？」

大が、恥ずかしそうにうつむいた。絶対に、まだだ。

玉田は、天井を見て誤魔化している。

ＪＡＳＳ——。

自分も悪くないと思う。

今まで思っていたことを伝えるなら、今だ。

「玉田、こっち座れよ」

神妙な顔をして、玉田が座卓に着いた。

三人の目が同じ高さになる。

もう、分かるはずだ。なるべく簡単に言おう。照れる姿なんか絶対に見せたくない。

「じゃあ、ＪＡＳＳってことで」

玉田の口が、真一文字に結ばれた。

「そういうことでいいんだな、雪祈？」

ニヤけながら、大が確認してくる。

「ま、仕方ないだろ」

大が、バッと右手を上げ、玉田にハイタッチを求めた。

だけど、玉田は動かなかった。肩を震わせている。

大の右手が、その肩をバンバンと叩く。

5

表参道駅を地上に出たところから、歩測を始める。

青山通りを左に折れて、骨董通りに入る。ここまで百七十歩。

骨董通りには高価な服飾店と靴店、飲食店が並んでいるが、もうどの店も閉まっている。

明らかにハイブランドの服を着た二人組とすれ違う。バッグのトレンドカラーが目に刺さる。

自分の服は安物で、今履いている革靴は二万円もしないものだ。

だけど、前には歩ける。

左には岡本太郎記念館がある。それまでの価値観と闘った芸術家だ。批判を浴びながら活動し続けて、確固たる地位を築いたそうだ。この元自宅兼アトリエには、今もたくさんの人が訪れている。

人はそこに苦闘の跡を見るのだろうか。それとも成功者としての結果を見るのだろうか。

顔に当たる空気が冷たい。向かい風だった。

横断歩道を渡り、コンビニの角を左に曲がる。

とても手が届きそうにない品物を並べたセレクトショップを横目に、真っ直ぐ歩く。

ソーブルーだ。

ドアの前に着いた。

合計、八百七十三歩。

冷静に考えても、自分たちが今いる位置は駅から五十歩ぐらいだ。

歩みさえ止めなければ、いつか着くかもしれない。

だけど、十代で辿り着くのは難しい。

十代にこだわりすぎているのかもしれない。今や、トリオだ。他の二人に自分の目標を押し付けることになる。特に玉田には、重すぎる。

道を挟んだ向こうの塀に猫を探すが、動くシルエットは見当たらなかった。

ふうと息をついて、スマホを見る。

かなり都合のいい申し出をすることになるけれど、それも十代の特権だ。

追い風を求めてもいいはずだ。

思い切って、電話をかけた。

「よく来たな、沢辺」

「お邪魔します、川喜田(かわきた)さん」

川喜田元(もと)の自宅は、世田谷区の緑に囲まれた一軒家だった。地下が楽器部屋になっていて、壁にはギターが十本以上かけてある。グレッチ、ギブソンの他に、名前も聞いたことがない高価そうな楽器たち。そのどれもに年季が入っている。彼が弾き込んだものだろうか、それとも誰かから引き継いだものだろうか。

ジャズの歴史の一部のようなギターを目にして、一気に緊張が高まる。

「で、わざわざ来たってことは、一緒に回るってこと?」

「いえ……」

「じゃねえよな。断るから顔見せたんだよな」

川喜田はソーブルーに何度も出演しているギタリストだ。時に日本人レジェンドのバンドの一員として。時に外国人プレーヤーのサポートとして。時にゲストとして。二度ほど自分の名前を冠にしたバンドでも公演している。一年半ほど前、長野のフェスのステージで川喜田に発見され、トリのステージに上げられて共演したことがあった。その時、高校を卒業したら一緒に演奏して名前を売ろう、と言われていたのだ。悪い話ではなかったが、これまで連絡しなかったのには訳がある。

「じゃあ、聞こうじゃない。俺と組まない理由と……ま、それだけじゃないよな」

川喜田は還暦に近く、ジャズ演奏歴は約四十年だ。おそらく見透かされているが、こう答えるしかない。

「俺みたいなガキが入ったら、川喜田さんの足を引っ張ると思いまして」

「そうじゃねえよな。俺みたいな峠を越えたロートルと組んでも、メリットがないと思ってるんだろ? どうせ田舎(いなか)のジャズクラブ巡りだろって」

「いや、そんなんじゃ……」誤魔化せる気がしない。

「顔に出てるっての。まあ、いいけどよ」

川喜田の手が伸びて、ニスが剝げかけた一本を引き寄せた。ギタリストの膝に乗ると、ギターの木目が一層美しく映える。軽やかに爪弾(つまび)くが、音は流麗そのものだった。

思わず息を呑みそうになる。

「で、ここに来た本題は？　なんか相談か頼み事だろ？」

顔を直視できず、ギターに視線を落とす。その表面に開いたf字形の穴が、こっちを見返している。小僧、言えるものなら言ってみろ。五十年以上前に作られたギターがそう言っていた。

「……同い年でトリオを組みました。ライブは六回を重ねました」

「はあ、そうですか」

「ぜひ、川喜田さんに観て欲しいと思っています」

「それは俺のためになるのか？」

「なりません」

「じゃあ、単純に俺を楽しませる自信があるってことか」

流れに乗って、本題を口にする。

「俺たちがいつソーブルーに辿り着けるか、見て欲しいんです」

「はあ？」

「一年以内に、ソーブルーで公演したいと思っています」

川喜田が押し黙った。

膝の上のギターさえも怒っているように見えた。

「沢辺……お前、分かってないんだよな？　あそこがどれほど難しい場所か知らないんだよな？　ロックでいったら東京ドームだぞ。そこに、十代で立つだと？」

歴戦のジャズギタリストの声には、明らかに怒気がこもっていた。

だけど、自分も無茶は承知の上でここに来ている。

「俺なりに、分かって言っています。だけど、十代であそこで演奏できれば世間で話題になります。そうなればジャズを知らない若い連中も振り向きます。ジャズが、広がります」

「ナメすぎだ。バカにしてるよ。俺みたいなジャズマンも、ソーブルーもな」

「ナメて、ないんです」

初めてソーブルーに行った時のことを話した。それから一人でジャズを弾き続けたことを。甲子園を目指す野球部員を見守り続けたことを。彼らが練習している時、同じ時間かそれ以上、練習し続けていたことを。彼らが負けて泣いていたことを。自分も泣いたことを。今、自分は予選を戦っていることを。仲間を得て、さらに強くなったことを。ソーブルーに強く憧(あこが)れていることを。

川喜田は、そうか、としか言わなかった。

「……ぜひ、お願いします」

川喜田の前にライブのスケジュールを置く。

川喜田は手に取らなかった。

「今日は、これで失礼します」

深く頭を下げて、世田谷の家を後にした。

「バカ野郎！　玉田この野郎！」

「悪い！　雪祈、悪い！」

玉田は、元気に謝るようになった。

「雪祈――、まあ抑えろって」

大が明るく間に入る。

ドラムの初歩的なミスで湧いた怒りが、鼻から抜けて行く。

「――もう二時間だ。休憩しよう」

テイクツーでの音合わせは週六日に増えていた。一日につき約四時間。その後、大は明け方近くまで橋の下で吹いて、玉田は自宅で叩く。自分は家の電子ピアノで練習と作曲をする。一日十二時間以上、それぞれが楽器を触っている。他の時間は睡眠かバイト、ごくたまに余暇に使う。

「雪祈、最近なんか気合いが入ってるべ」

「別に。いつも通りだ」

「順調だと思うけどな。ライブにはお客さんが入ってくれるし、少しずつ増えてる。玉田だって……最新のライブのミスの回数、いくつだっけ？」

「百二回だ」

「ほら、もう二桁に突入するべさ！　すげえよ、玉田！」

玉田が、どんなもんだ、と誇らしげにスティックを上げた。実際、順調どころか玉田は加速度的に上達している。

それでも、まだ一流にはほど遠い。

「玉田、ソーブルーって知ってるか？」

「あー、聞いたことある。大が行ったことあるって。日本で一番格が高いジャズクラブだっけ？」

「そうだべ。玉田は偉いなあ、知識まで増えちゃって」

玉田がまたスティックを上げ、シンバルを鳴らして答えた。

「ところで雪祈、なんで今ソーブルーの話？」

「時間もったいねえから再開しよう。テーマ戻るタイミングだぞ、玉田！　ちゃんと口に出して拍(はく)数えろよ！」

「分かった！」

言った通りに玉田はカウントし、タイミングを合わせた。

その後三時間以上、音を合わせ続けた。

こんなに練習しているジャズバンドがあるだろうか。

まだ一年も経っていないけれど、俺たちは必死にやり続けている。誰かが見てくれていてもいいはずだ。


九回目のライブは新橋(しんばし)のジャズバーだった。

最初の曲が始まってすぐ、サングラス姿の川喜田が現れた。ギターを背負って、プレーヤーらしき二人の中年とともに一番後ろの席に座る。

ピアノから目で挨拶する。川喜田が小さく手を上げて答えた。

それを合図にするように、ピアノソロに入る。特に左手に意識を置いて、低音のメロディーを畳みかける。左手の次は、右手だ。腹に響いていた音が、頭に刺さる音に変わる。連れの一人が頷きながら川喜田に話しかけた。きっと、アイツやるね、と言っている。両手をさらに高速で動かす。低音と高音が混ざって融合していく。音が加速する。

大のソロに入った。いきなり大きな音の粒が客席に飛んでいった。一瞬、皆の体が僅かにのけぞる。大音量に耳が慣れると、すぐに体は前のめりになる。少しでもしっかり目で捉えようとしているのだ。次に、口がゆっくりと開いていく。それに気付いて口を閉じ、唾液を飲み込む人もいれば、閉じずに思いを声にする人もいる。「イエア!」という賛辞がいくつも贈られる。「ミヤモトー!」と名前を叫ぶ人もいる。それを燃料にした大が音にさらに熱を乗せる。立ち上がる人さえいたが、川喜田は腕組みをしながら聴いていた。サングラスのせいで感情は読み取れない。

玉田がタイミングをピッタリ合わせて、テーマに戻った。

セットを演奏し切ろうとした時、客席の川喜田がギターケースを掲げて、指差した。

まさかの、行動だ。

次のアンコール、俺も上がっていいか? と言っているのだ。

頷いて、客席に挨拶をして、楽屋に下がる。

「いやー、盛り上がってる! 玉田もさ、上がってるべ!」汗だくの大が言った。

「そうかな?」もっと汗だくの玉田が照れながら答えた。

客席からアンコールの手拍子が鳴っている。早く伝えなくてはならない。

「大、玉田。知り合いがステージに上がりたいって言ってる。上げるぞ」

「ええっ、誰? 俺、いきなりなんて合わせられねえよ!」

「玉田、今後こういうイレギュラーも増えてくる。大丈夫だ、イケる」

玉田は汗を拭くことも忘れて、頷いた。

「それから、大。勝てよ」

勝つ？　と疑問の顔を浮かべた大を後目にステージに戻り、川喜田を呼び込む。

スペシャルゲストに客は驚いたが、川喜田を知る客はもっと驚いていた。ステージに上がったベテランギタリストが、客慣れした笑みでトリオと客席に挨拶する。でも、サングラスから透けて見えた目は、笑っていなかった。

スタンダード曲で合わせる。

ギターの旋律がトリオの音に厚みを加えた。優雅で豪華な音を出しながらも、川喜田はドラマーに気を遣って走ろうとはしない。川喜田が目で大に合図する。受け取った大がインプロに入った。次は、川喜田だった。大が作ったテンションを落とさないように激しく両手を動かしている。飛び入りがいきなり全開で演奏する姿に客席が盛り上がる。大に、合図を送る。川喜田と、掛け合いをしろ、それがその人の望みだからと——。大がテナーを激しく短く唸らせ、川喜田がそれに応えた。観客から大きな歓声が沸く。技術と知識と経験を武器に川喜田は掛け合いを続けている。その姿がまるで今のジャズを象徴しているように見えてくる。高度な技術に誇りを持ち、その深い音楽知識は他のジャンルの奏者からも尊敬されながら、客が減っていくジャズ業界で長い時間を積み重ねている。

次第に、川喜田は負けていった。橋の下で風雨と戦っているテナーに、地下室の壁にかけられているギターが勝てなくなった。

大は、それに気付かないように吹き続ける。川喜田がピアノを向いて、もう返す、と目で合図してきた。

会場はこれ以上ないほど盛り上がっている。

なのに、とてつもなく寂しい気持ちが足元から上がってくる。

指を三本立てて、大と玉田に向けて振る。

二本にして、一本にして――テーマに戻った。


「ドラム君、ドラム歴は？」

楽屋で川喜田が訊いた。

「六か月です！」玉田が直立不動で答える。

「まだ半年なのか。二年ぐらいかと思ったよ。こりゃ参った」

「ありがとうございます！」玉田が深々と頭を下げた。

「テナーは……訊きたくねえな」

「えっ、なんでです？　俺、なんかやっちゃいました？」

「お前はさ、うん……そのままでいてくれ」

「あざます！　今日は勉強させていただきました！」大は顔を上げたまま、九十度でお辞儀した。

玉田と大が、やったな！　と無邪気に喜びながら楽屋の奥に消えていく。

「今日はありがとうございました、川喜田さん。まさかステージに上がってくれるとは思っていませんでした」

「あのテナーを見たらな、座っていられなくなった。なんでだろうな？」歴戦のギタリストが寂しそうに言った。

もしかしたら、大の未来が見えたからだ。階段を駆け上る男と、今のうちに演奏しておきたかった。

もしかしたら、大に若い頃の自分を見たからだ。怖いもの知らずだった頃の自分と演奏して、何かを取り戻したかった。

もしかしたら、負けたかったからだ。キャリアを脱ぎ捨てて無名のプレーヤーと勝負し、敗北する。そこから何を得るのか、何が始まるのかは分からない。これが正解な気がして同情しそうになるが、それはあまりに失礼だと思い直して、本題を振った。

「それで……どうですか、ソーブルー、可能性はありますか？」

「……あのテナーは怪物だ。ジャズを知っている客にも知らない客にもインパクトを残せるヤツだ。見たこともない豪速球を投げ込まれ続けた気分だよ。よくあんなの見つけたな」

「ホントに、たまたま出会いまして」

「ドラムは、まだリードもできないし球も捕りこぼすが、それでも最低限には叩けてた。半年なら立派なもんだ。才能あるかもしれねえ。もっともっと伸びるさ」

自分のことのように嬉しい言葉だった。表情が崩れそうになるのを堪(こら)える。

「沢辺は、七種類の変化球を投げているようだったな。そのどれもにキレがある。俺みたいなプロも手玉に取れるぐらいだよ」

「ありがとうございます」

「でも、お前な……」ベテランギタリストが、顔を曇らせた。「いや、何でもない」サングラスの下の目が、俺が口にするべきじゃない、と言っていた。

川喜田は、一枚のメモを残して去った。

肩書きと名前、メールアドレスが書いてある。
名前は、平(たいら)。
肩書きは、ソーブルー事業部ステージ担当。

インタビュー　飯島明子

店は一方通行の細い道沿いにあり、両隣を古い焼き鳥店と和食店に挟まれている。看板は小さくて主張が少ないが、今や知る人ぞ知るジャズバーだ。木製のドアを開けると、右側の小さなステージにアップライトピアノとドラムが、左側には五人が座れるカウンターとテーブル席が二つある。大量のレコードを収めたカウンターの奥に、店主がいた。細い体と細い目は、どこか優雅さを感じさせる。その薄い唇から、歓迎の言葉が聞こえる。カウンターのスツールに座った彼女に、話を聞く――。

「飯島明子です。年は――まあいいじゃない。テイクツーというジャズバーをやってます」

この店が練習場だったと聞いています。どんな店なんでしょうか？

「見ての通りに小さな店で、普段店に来るのはね、この辺の人が多いの。おじちゃんか、おじいちゃんばっかり。スナックかクラブに行った後に寄ることが多いかな。寝る前にジャズで神経を鎮めようってね」

この店では、ジャズのライブも行っているそうですね。

「ライブは、そうね、金曜日が多いの。知り合い絡みのジャズマンが演奏して。それを贔屓(ひいき)にしてるお客さんが来て、飲み食いしてくれる。それでもっているような店ね」

彼と出会った時のことを覚えていますか？

「まず宮本君が初めて入ってきた時は、若かったし一人だったから店を間違えたと思ったの。でも、間違いじゃなくて。金曜だったけどその日はライブがなくてね、どうしても生のジャズを聴きたいって言うから、セッションをやってる店を紹介したの。まさかそこであの二人が出会うなんて、不思議なものね」

その後、彼が来たのですか？

「その翌週ね、沢辺君が連れられてきて。宮本君のテナーを二人で聴きました。泣くんだもん、びっくりしたの。いいえ、涙を見たことにじゃなくて、私も泣きたかったから彼も同じなんだって驚いたの。ほら、自分より先に泣いたり怒ったりする人を見ると、気持ちがおさまることってあるでしょう？　あの時もそんな感じでね。私も久しぶりに涙を出したかったのに。沢辺君、泣き終わったらね、顔を上げて、ここで練習させてくださいって言うの。もうね、あの男前が赤い目で言うもんだから、断れなくて。いいわよって答えました」

でも、彼のトリオはここでは練習だけで、ライブはしなかったそうですね。

「店でライブをさせなかったのはね、嫌だったから。失敗する姿も、お客さんが入らなくて寂しがる姿も見たくなかった。だって、あんなに才能があって、あんなに努力する子たちだったから。あの三人が成功しなかったら、私はジャズに絶望しちゃうって思ったの」

練習を見ていて、どう感じましたか？

「あの子たちは、凄かったの。中でも一番頑張ったのは、彼だったかな。彼が私の前で泣くことはもうなかったけど、私はね、いつも泣きそうでした。玉田君を叱った後にね、自己嫌悪で落ち込むの。カウンターでね、打ちひしがれた顔で水を飲んで帰るんです。その繰り返し。中盤からはね、その自己嫌悪は自分の演奏に向いたみたい。とにかく自分自身と闘い始めて、ここまで真摯にピアノが弾けるのかって、そういう姿でした。それがもう見ているのも辛くて。でも、私は泣かなかったんです……。最後の日までね」

第４章

1

「雪祈、事件だ！」

駅からテイクツーに向かう途中、玉田はいきなり後ろからそう声をかけてきた。

「事件って何だよ？」

「大が、恋したらしい」

「えっ、大が？」

十代の恋は決して事件なんかじゃないけれど、当事者が大となると話は別だ。自然とリアクションも大きくなる。

「相手は誰だッ？　まさか初恋かッ？」

「いや、初恋じゃない。この前まで微妙な相手はいたんだ。仙台の同級生でな」

「フラれたのか？」

「あいつ、遠距離恋愛だってのに全然連絡しないんだよ。二週間に一回くらい、ライブうまくいきました、とか一言送るぐらいでさ。それで二か月ぐらい前にフラれた」

そういえばその頃、サックスの音に僅かに悲しげな響きがあった覚えがある。冬のせいかと思っていたが、そうじゃなかったのか。最近の練習を振り返ると……大は少し先走って吹いている気がする。

「それで別な子を好きになったってわけだな。で、一体誰を？」

玉田が指を一本立てた。

「まず、事件は臭いから始まる。最近な、大が毎朝ニンニクの臭いをさせて帰ってきてたわけよ」

「ほう……ニンニク」恋とは真逆のワードだ。

「寝てる俺が起きるぐらいの強烈な臭いでさ。お前、何食ってんだって訊いたら、ラーメンだって言うんだ……」

面白くなってきた。テイクツーまであと二百メートルしかない。

「玉田、早く続きをくれ！」

「焦るな、雪祈。でな、その店どんだけ美味いんだって訊いたら、あいつ口ごもるんだよ。まあ深夜営業してっから……とかなんとか。それでピンと来たんだ」

「ラーメン屋に、いるのか？」

「夕べ、夜中に大の練習場所に行ってさ。腹減ったから連れてけって言って、その店に行ったわけ。そしたらな」

「いたか？　女子が！」

「カウンターの中に、二十歳過ぎぐらいの女の店員さんがいた。大はラーメン待ってる間も食ってる間も、その人をずっと目で追ってるわけ。もうバレバレよ」

「やっぱり大だ。ヤバイぐらいに真っ直ぐだな……」

大が女性店員を凝視している姿がありありと目に浮かぶ。

「でさ、そのラーメンがあんまりニンニク臭くないわけ。じゃあどうして大はこんなに臭いんだと思ったらさ」

「ニンニクは、頼まないと出てこないんだな？」

「さすが雪祈！　そうなんだよ！　そこで僅かなコミュニケーションが生まれるんだよ！　夕べもその店員さんが近づいた時に頼んでてさ。そしたらその人、めずらしいですね、今日は一人じゃないんですねって」

テイクツーはもう目の前だ。玉田の肩をつかんで道を引き返し、角に隠れて話を続ける。そこでふと思った。これまでは他人の恋の話なんかどうでもよかったのに、今はそうじゃない。

「それで、どうなった？」

「大のヤツ、ただの友達なんです、ハハハッ！　だって。顔赤くして標準語でさ」

「うわっ、初々(ういうい)しい……そしてなんか胸が痛い」

「だろ？　それで俺、店出た後に訊いたのよ。あの人のこと好きなの？　って」

「もっと真っ赤になったか？」

「さすが雪祈だ。茹(ゆ)でダコの大は言いました。そ、そうじゃねえんだべ。最初に店に行った時、ラーメン頼んだのに、間違えて作っちゃったんでってチャーシューメンくれたんだ、向こうに気があるのかもしれねえべ！　って」

「ああっ、痛い痛い痛い！」

「あいつはさ、待ってるんだよ。毎晩通って、あの人がまたチャーシュー入れてくれるのをさ」

「玉田、よく話してくれた！　トリオに秘密は厳禁だからな」

テイクツーの扉を開けると、大はもうサックスを組み立て終わっている。

「おう、雪祈、玉田。時間ピッタリだべさ」

「大、お前なんかニンニクくせえぞ」

「えっ、うそ！　ホント？」大が焦りながら服と口臭を確かめる。

その姿を見て玉田が笑うと、大の顔が朱色になった。

「玉っ、おまっ、お前なんか余計な話したべ！」

「はーい、それじゃあ練習始めますよー。恋の一年生は黙ってくださーい」

大がギリギリと歯を鳴らした。

「それじゃあ今日から新しい練習をしまーす」

「……何だべ、新しい練習って？」

「大君は臭いので口を押さえて話してください。演奏時間二十分の構成を作り上げます」

「えっ、二十分って……ライブにしては短いよな？」体力的にも九十分のステージを叩き切れるようになった玉田が言った。

「短いべさ」手で口を押さえながら大が言った。

「フェスに出ます」

そう——。

放っておけない仲間と、大舞台に出る。

カツシカジャズフェスティバルは、よくある街おこしイベントだ。イベントがある前週から商店街など街全体でジャズを流し、日曜日の音楽ホールでのステージに繋げる。地域を活性化させ、ジャズ好きの客を呼び込んで街を知ってもらうのが目的だ。ジャズは聴く側の年齢を問わないので、この手のフェスは全国至る所で行われている。

「フェス！　やったべさ！」

フェスなど出たことがない大が両手を高々と上げた。

「昨日、実行委員会からメールが入った。開催日は二か月後。会場は葛飾区の音楽ホールでキャパは三百弱だ。出順は最後から二番目だと」

「さ、三百人？」フェスなんか観たこともない玉田が顔を強張らせているが、玉田は緊張するのがデフォルトだし、それでも叩けるはずだ。

「立ち見も出たら、もっと増えるぞ。だから出演するんだけどな」

「し、しかも最後から二番目って、いい位置じゃん……？」

「悪くない位置だ。ギャラはトリオで一万円だけど。ま、大は毎晩のラーメン代も必要だろうからな」

「うん、助かるべ」

「大は手で口を押さえろ！　まあ、俺らを出す趣旨は、大トリの有名バンドの前に盛り上げろってことらしい。やってやろうぜ」

大が、モチベーションを高めた顔で頷いた。

大のインプロを三百人が聴く。

客がどんな顔をするのか、どんなリアクションをするのか、今から楽しみだ。

それに、ジャズ業界の人間もかなり集まるはずだ。

「インパクトを残せば、もっとデカいステージに繋がる。成功させるぞ」

玉田がもっと緊張した顔で言った。

「と、ところで、さっき言ってた有名バンドって……？」


テイクツーの最寄り駅から、地下に潜りこむ。

ついさっきまでの練習のせいで頭がクラクラしている。

バンド名を聞いた玉田は、全身を力ませながら叩いていた。大は、いつもより腹に力を込めて吹いていた。だからピアノも通常運転では済まなかった。練習の途中、選曲で大と口論になった。一曲は「ファースト・ノート」だが、オリジナルはそれしかない。もう一曲はスタンダードから選ぶことになる。自分はライブで評判が良かった曲を挙げたが、大はまだ演奏したことがない曲名を挙げて、どうせなら新しい挑戦がしたいと言った。お互い譲らず、交互に音を出してやり合った。

結論も出ないまま、それを四時間続けた。

車両に乗り込み、痺（しび）れる指先で鞄からスマホを出すと、三人の女性から連絡が入っていた。

今夜ヒマ？

今度いつ会えるかな？

次のライブはいつ頃？

最後の一人にだけ返信して、スマホを鞄に戻す。

温かい座面から眠気が上がってきたので、寝過ごさないために車内の人たちを観察することにする。

様々な素材のコートが目に入る。ポリエステル、ダウン、レザー、ウール……光沢があるのはカシミアか。

冬も峠を越えて、自分はいつの間にか十九歳になっている。

今着ているのは年上の女性から誕生日祝いに貰ったコートだ。値段は調べていないけれど、素材は悪くないし、シルエットも気に入っている。

紺のコートを着た女性と、ふと目が合った。女子大生風のその人は恥ずかしそうに目を逸(そ)らし、もう一度こちらを見た。

女性に好まれやすい外見だという自覚はある。

けれど、相変わらず女性に対して本気にはなれない。

皮肉でもなく、毎晩ラーメン屋に通う大が羨ましいぐらいだ。

きっと、大には迷いがないから真っ直ぐ人を好きになれる。サックス、バイト、サックス、サックス。毎日毎晩ふらふらになるまで吹いてラーメン屋に行く。考える隙もないほど体と手を動かしている。

自分には、迷いがある。

ジャズ演奏における、悩みだ――。

この六年間、それがいつも足にしがみついていて、消える気配もない。早く誰かに相談すれば良かったのかもしれない。だけど、ずっと一人で弾いてきた。ライブの時も、大人たちの中で一人で闘ってきたのだ。そのタイミングはなかった。

今は違う。大がいる。

だけど、大に話したらトリオの絶妙なバランスが崩れてしまいそうな気がする。自分と大は対等にプレーして、だからこそ玉田が上がってくるのを同じ位置から応援できる。大に相談したら、序列ができる。大、俺、玉田という縦のラインになってしまう。せっかくここまで築いたトリオの形が変わってしまう。

大に相談できるはずもない。

女性と付き合うなら、音楽家がいい。迷いを全部話して、深く理解して欲しいからだ。自分より力のあるプレーヤーなら、なおさらいい。出すべき音を導いてくれるかもしれないから……。

そうやって、ジャズに帰結する。

眠気はいつの間にか消えていた。

頭が冴えた分だけ、足にしがみつく悩みが存在感を増してくる。

悩んでも、寝ても覚めても、音楽だ――。

血管の中を、音符が流れているような気がしてくる。

2

フェスの打ち合わせ会場は、新小岩（しんこいわ）のレストランだった。区の担当者と実行委員会から合わせて四名、各バンドからは一名が出席して、それぞれが軽い自己紹介を済ませると、すぐに歓談になった。

ＪＡＳＳを推薦してくれた人を探していると、意外な人物が手を挙げた。大トリを務める有名バンド、アクトの天沼幸星（あまぬまこうせい）だった。天沼はジャズを知らない若い世代にも名が通っているジャズマンだ。音楽評論も手掛けていて、雪祈は何度も彼の文章を読んでいた。かつては天沼のラジオ番組も聴き、高校時代には名古屋（なごや）までライブを観に行ったこともある。

最近は天沼への興味は薄れていたけれど、有名人が自分たちを認知していることは驚きで、単純に嬉しかった。

素直に礼を言うと、天沼は事の経緯を説明し始めた。

「元気がある十代バンドだって人づてに聞いただけなんだよ」

「実際に音は聴いていないけど、まあ元気だけあればいいじゃない」

「下手でもいいのさ。若者の音ってだけで地域フェスの趣旨に合うんだからさ」

自分の顔がどんどん曇っていくのが分かった。

プレッシャーを減らそうとして言っているのかもしれないが、そうですかと笑って受け流すわけにはいかない。

十代にもプライドはある。

天沼が、顔色を変えた生意気な十代ピアニストに尋ねた。

「じゃあさ、どういうジャンルのジャズをやるわけ？　ジャズもかなり細分化してるわけで、ニューヨークのトレンドも無視しちゃいけないしな。まあ、言えないんなら、十代らしい音ってことだろ」

思わず、ハア？　と返したくなる。

天沼の最近の音は、評論と同じように専門的で難解になりすぎている。なおかつアメリカの最新ポップスの影響のせいか、音からジャズの力強さが減ってきている。だから自分は興味を失っているのだ。

「細分化したジャズの中で、世界的なニーズに答える努力をしないのは怠慢だぜ」

「所詮、中身が言えない十代のジャズ。それじゃ厳しいよ」

「そんなのを客に届けようっていうの？」

天沼が、口の端を斜めにしながら並べ立てる。

そこまで聞いて、言ってやった。

「自分たちはどちらかというと、フェスのためではなく、ファンを増やすために出ます」

正直な気持ちだった。呼ばれたからには全力を尽くすが、トリオのステップとしての意味合いが大きい。

「そうなればいいけどなあ」天沼の顔色は変わらない。笑みが浮かんだ口の角度もだ。

だから、もっと正直に言ってやった。

「自分たちの音を聴いたらファンになってもらえると、フツーに思ってるんですよ。もちろん、アクトさん目当てのお客さんもです」

天沼の顔色が少しだけ変わる。その笑みが好戦的になった。

「……お前らが、俺たちに勝てるってのか？」

周囲の全員が会話を止めて、横目でこちらを窺っていた。

彼らには、若造が有名人に無謀にも噛みついていると映っているのだろう。

だけど、仮にも自分はトリオの看板を背負ってここにいる。

勝手に媚びることも、へつらうこともできない。

いや、何よりも、腹が立つ。

無名でもジャズ歴が浅くても、真剣にやっているのだ。

天沼と周囲の全員に見せつけるために、顔を作ることにした。

眉を上げ、顎を上げ、顔に入った力を抜く。

怒りとは逆の顔。

余裕の顔だ。

「ハイ、モチロン」

周囲から、クスッという声が漏れた。それは、若造が精一杯背伸びしているのを笑う声ではない気がした。なんだか面白くなってきたぞという笑い声に聞こえた。

「その無鉄砲な感じは演出か？　十代だから許されるとでも思ってる？」

天沼が顔で、バーカ、と伝えてくる。

天沼がそう思うのも当然だ。言葉を電波や紙に乗せて、イメージ戦略を展開して、最新の音楽を研究して増やしたファンをあっさり盗られるなんて、有り得ないことだ。

だが、これはジャズだ。

後にレジェンドになるジャズマンたちは、無名だった頃に必ず客の目を奪うステージを踏んでいる。

あいつにできない理由がない。

「とにかく、うちのテナーを見れば、全部分かりますから」

強い者が勝つ。火を見るより明らかでしょう。

余裕たっぷりの顔でそう付け加える。

話にならねえなと、天沼が両手を広げた。

もう、これ以上言うことはない。

「じゃあ、当日はよろしくお願いします。十代は眠いんでお先に失礼します」

そう言い残して、店を出た。

愛想よくトリオの顔を売るつもりが、遺恨マッチの様相になってしまった。

だけど、注目は集まる。

勝てば評価は高まるはずだ。

「嘘だろ……」

話を聞いた玉田は顔を強張らせた。

「アクトはプロもプロだろ！　あと一か月でそれに勝つってことか？」

大は、逆に力の抜けた声を出した。

「まあ、仕方ねえべ。雪祈が怒ったってことは、相当言われたんだ。売り言葉に買い言葉ってやつだ。学校で習ったべよ」

「それ、やっちゃダメなやつって習った気がするぞ」

「あれ？　そうだったべか。あれ？」

玉田と大が対照的な反応を示している。だが、面白がっている大の顔には、闘争心も見て取れる。

これを利用しない手はない。

「大、玉田。俺はすぐに新しい曲を作る。二曲ともオリジナルで勝負しよう」

天沼はもちろん全てオリジナル曲でステージに立つ。ならばこちらもそうすべきだ。

「じゃあ、選曲で揉めてた件もこれで解決するな」

大にとっては新しい挑戦。自分にとっては勝つための方策だ。

「ああ。そういうことだ」

「どんな曲にするつもりだ？」

「疾走感を前面に打ち出す。十代の足の速さを見せてやるんだ」

それまで黙っていた玉田が、心配そうな声を出した。

「あの、速いって、どんぐらい……？」

「安心しろ。いくら速くてもシンプルにする。今度は変拍子じゃなくて単純拍子だ。なにしろ時間がないからな。曲ができたら一気に仕上げるぞ」

その日から、三人の練習は七時間になった。

それとバイト以外の時間は、常に五線譜のノートを手元に置いた。下に首都高速が見える東銀座の橋の上で過ごした。スポーツ動画を目から脳に入れた。スピード感を音符にしていく。

新曲は三日で完成した。

大は走り込みを始めていた。

デカい会場でデカい音を出すには肺活量が必要だべ、と言って、毎日かなりの距離を走っていた。

玉田は家にこもって新曲を叩き、とにかく叩いて、その休憩時間にはドラムソロを練習した。基本技術を磨くためだ、と言いながら絆創膏を貼り直していた。

新曲を仕上げた後、自分はアクトに勝つためのソロをひたすら構築した。

一か月間、それぞれが思いつくことを全てやった。

フェス当日、初対面の天沼に、大は言った。

「俺たち、めちゃくちゃ盛り上げます！」

「ああ、そう」

「ですので、天沼さんたちも頑張ってください」

頑張ってください、それはファンがミュージシャンによく贈る言葉だが、大のニュアンスはまったく違っていた。

俺たちのステージを見てから焦っても遅いぞ。

心の準備をしておいた方がいい――。

大のその顔を見て、天沼は苦笑していた。

そして、大の本番は、ニュアンスを超えた。

3

爆発的だった。

無名のＪＡＳＳがステージに上がった時、会場はざわついていた。客の三分の二、つまり二百人ほどがアクト目当ての客で、トリオの演奏中にトイレに行こうとしている人も多くいた。ＪＡＳＳが目当ての客は二十人ほど。十対一の割合だった。

いきなり、大のソロから始まった。サックスにはマイクがつき、その音はスピーカーで増幅されていたが、そんなものはまったく不要だった。それまで演奏していたバンドの誰よりも大きな音が客全員の耳をいきなり鷲掴（わしづか）みにした。メロディーでもなくフレーズでもなく、まず音圧で三百人の目を釘付けにした。

そのまま、叫ぶようなインプロが一分を超える。

大の肺活量は音量を上げただけではなく息継（ブレス）ぎの数を減らし、そのソロはより劇的に響いた。

直後、息つく隙も与えずピアノとドラムが加わってテーマになだれ込む。大の肺活量がさらにここでも効果を発揮する。厚くなったトリオの音から、大はさらに頭を出した。

全力で吹く大の額に頬に腕に、大量の汗が光る。

ピアノソロに突入する。大の音に負けないようにと、体重を鍵盤に押し込んでいく。目指すは圧倒的な質と量だ。スピード、スケール、テンポ、音の数。あらゆる要素を詰め込んでから、目まぐるしく変化させる。ジャンルなどという言葉を蹴散らすような独奏。全身から汗が噴き出すのが分かる。

ピアノの音が汗の粒を震わせた。

ミヤモト！　沢辺！　と僅かなＪＡＳＳのファンから声が上がる。

他のほとんどのアクト目当ての客たちが、ポカンとしている。どう受け止めたらいいのか分からないという顔だった。

テーマに戻った時、客の顔が変わった。衝撃が、驚嘆に変わっていく。

無名の若者たちが、耳を置き去りにするような速さで演奏しているのだ。

必死で仕上げた新曲の疾走感が会場を駆け始めた。

玉田と目が合った。

玉田の目が照明を反射し爛々（らんらん）と光った。

俺たちはやれているぞ、目がそう言っていた。

同じ気持ちだった。

アクトに勝てる。そう思った。

その時だった。

大が、サックスから口を離した。

「玉田のソロやっぺ！」

……何を言っている？　玉田？　ソロ？

玉田が、ソロを？

半秒で意味を呑み込んだ。

――何をバカなことを！

やったことのないソロを今ここで？

一度も試したことがない！

有り得ない！

「玉田で勝つべ！　これはジャズだ！」

アクトに勝つための作戦が、頭から飛んでいく。

曲は最高潮に達しようとしている。

それと共に大の真意が伝わってくる。大が勝とうとしている相手は、アクトではなく、このフェスそのものなのだ。

だけど玉田自身がこの大舞台でいきなりソロを叩こうとするわけがない。大にそうアイコンタクトで伝えようとした時、奥に玉田の姿が見えた。

あの玉田が、頷いていた。その姿がスローで見える。

初心者という枠を、超えようとしていた。俺と大に追いつこうと、頷いていた。

まるで、勇者のように見えた。

もう、信じるしかなかった。

ピアノの出力を抑える。

ドラムに、渡す……。

玉田に、託す。

玉田が、叩いた。

正確には最初は足だけを使った。キックペダルを踏みこみ、低音のバスドラムをドン、ドドドンとゆっくり響かせる。それは驚くほど大きな音で、強い脚力だけがなせる技だった。玉田はサッカー部出身だったことを思い出す。照明と全ての客の目がドラマーに注がれている。ステージの袖に天沼の姿が見えた。そこでバスドラムのテンポが変わった。ボールがリズムよく回り始める。サッカーのディフェンダーが攻撃の機会を窺いながらパスを回しているようだった。照明に、玉田の白い腕がきらめいた。ボールが中盤に移動する。右手のスティックがタムを瞬時に二度捉え、左手のスティックが別のタムを三度捉える。右がフロアタムを叩き、左がスネアからハイタムに移動する。玉田の腕が高速で交差した。スティックが目に残像を残し、高低強弱の振動が大きな勢いになっていく。中盤の選手が激しくボールを回している。縦にボールを入れ、ポジションを入れ替え、サイドチェンジした。そこにバスドラムが、ディフェンダーが加わったと思った瞬間、玉田の手が高く上がってシンバルを捉えた。金属が組成の妙を発揮し、ギャンという音がした。それが次の金属音に呑みこまれていく。ボールはついに前線に入った。フォワード陣が目まぐるしく走り、短いパスを繋ぎながらゴールを目指している。そこにミッドフィルダーもディフェンダーも加わってくる。全員でゴールに向かって突進していた。

プロのサッカーではなく負けている試合の終盤、必死に同点に追いつこうとする高校チームの攻撃だった。

玉田は折れそうなぐらい歯を食いしばっていた。

凄い光景を見ているのが分かった。

玉田のソロは上手くはない。
それでも、最高だった。
どうか客にも伝わってくれ！
伝わるはずだから。
玉田が初めて息をするように顔を上げた。泣きそうになっている。
もう限界だと言っていた。
観客から拍手が起きた。数は少なかったが、力強い拍手だった。
誰かの心を打っていた。
大がにんまりと笑って、右手の指を立てた。
テーマに戻るカウントダウンだ。
五、四、三、二、
一――。

ステージの後は、目まぐるしかった。
あの天沼たちが、額に汗を浮かべて演奏した。
いつもとは違うノリに最初は戸惑ったファンも、最後は喜びの声を上げていた。
ＪＡＳＳの楽屋に、ジャケット姿の男が現れて名刺を出した。
「トゥエンティーワン・ミュージックの五十貝(いそがい)です」
ジャズ部門では日本最大手のレーベルの男だった。

「もっと他にオリジナル曲はありますか？　音源があったらぜひ送っていただきたい。アルバムを出す可能性を探りたいのです」

演奏が終わって放心状態の三人は、さらに放心した。

「雪祈君！」

ホールを出たところで、女性二人組に呼び止められた。

一人は以前二度ほど食事をした女性で、地下鉄で連絡を返した相手だ。

「ああ、来てくれてたんだ」

「もう、もうめちゃくちゃカッコ良かったよ！」

「それは嬉しいなあ。ありがとうございます」

「ちょっと時間ある？」

後ろを振り向くと、大と玉田が二人そろって下唇を噛んでいる。

「はい。ちょっとだけ」

女性は大と玉田に会釈して、二人に聞こえないように五歩下がって距離を取った。

何が言いたいか分かる気がしながら女性に近づいた。

「あのね、あのね、忙しいだろうけどね」言い淀む背中を、友達らしき女性が押した。「邪魔にならないようにするから、私と——」

いい人だった。優しくて気遣いもある。音楽にも詳しくて、クラシックからラップまで聴く、多彩な耳を持つ女性で、センスもいい。

でも、今はまだ、やっぱり——。

足にしがみついている迷いがある。

「ホント、すみません。俺、今はそういう時期じゃなくて」

「あ……」

「ぜひ、またライブに来てください」


電車の空席に滑り込むと、玉田の口から、これでもかというぐらい大きな息が漏れた。

「疲れたべなあ、玉田」真ん中に座った大が嬉しそうに言う。

「ちょっとだけ放っておいて……」玉田が目を閉じた。

「雪祈、レコード会社来たべさ」

「来たけど、契約なんて言ってなかったろ？　ちょっと挨拶されただけだ」

「そうかなあ。すげえことだと思うけどな」

「実際にアルバム出るまでは信じちゃダメだ。まとまった話が立ち消えになることなんて、ごまんとあるらしいぞ」

「いーや、そうは思わねえ。俺たちに流れが来たんだべ。玉田だってソロ叩いたし」

「いきなりソロ振りやがって。もう危なっかしくて見てられなかったぞ。それに途中でギブアップしてたじゃねえか。玉田、スキル上がるまでソロ封印だからな」

玉田は目を閉じたまま、うんうん、と頷いた。

「つーか、雪祈さ」

「何だよ？」

大が前の空席を見ながら、言った。

「お前のソロ、なんかいつも似てねえか？」

その一言で両足が一気に重くなり、体が鉛になったような感覚が腰まで上がってくる。

鼓動が聞こえて、こめかみが脈打っている。

ゴムの沼にはまって、動けなくなったようだった。

「そうかな？」口は、まだ動いた。

「腕があるのは分かってる。だけど、インプロは技術じゃなくて即興だべ。その場でどう弾くかだろ？　お前のソロは即興じゃない。音が読めちまうんだよ」

「今日の客のほとんどは、初めて聴いたはずだ」

「フェスで客が増えたとしても、同じようなソロじゃ飽きられる」

分かってる。ずっと、分かってるんだ。

それこそが、ずっと足に取りついている迷いなんだ——。

だけど、自分にも論理はある。

「大、俺はな、勝てるソロをやってるんだよ」

「勝てるってなんだよ？」

「計算できるソロだ。クオリティーを確保してる」

「だからさあ——」

「不確定要素は少ない方がいい。玉田は今日も全体的にギリギリだった。大は蓋開けてみなけりゃ分からないインプロをやる。そのままでいいが、俺まで不安定になったらステージが成り立たなくなる」これが、自分を支えてきた杖（つえ）だ。

大がフンと鼻を鳴らした。

詭弁（きべん）だと思っているのだろう。

玉田は寝たふりを決め込んでいる。

場を取り繕うように、途中駅で大勢の客が乗り込んできた。

小学校高学年らしき女子の姿が見えた。

小さな背中に、バイオリンのケースを背負っている。

大に、小声でアオイちゃんの話をする。

いつも楽しく弾いていたこと。

ピアノそのものを愛していたこと。

夜逃げで突然いなくなったこと。

母親が、ピアノを続けてと言ったこと。

「音楽を続けていくには条件があるだろ……。金や時間や環境、モチベーション、それに成功だ。俺たちはプロとしてやっていこうとしてる。なおさら、勝たなきゃならない」

「勝つってなんだよ？　今日のフェスでは勝ったのか？」

「認知度は上がったはずだ。勝ったといっていいだろ」

「そんなもんだべかなあ」

どう言えば伝わるのか。ジャズのステージに立ち続けるのが、どんなに難しいか。その立場にいられるのは、どんなに幸せなことか。

分かって欲しかった。
大の口から出たのは、意外な言葉だった。
「続けてるべ」
「はあ?」
誰が、何を続けているというのか。
大があっさりと、言い切った。何の根拠もなく言い放った。
「その子、ピアノを続けてる」
急に、足の重みがなくなった。
全身が熱さで包まれる。
大の言葉が、これほど腹立たしいことはなかった。
自分は十年以上考えてきたのだ。
あの後の、アオイちゃんを。
どこかでピアノを見かける度に、彼女が胸に抱く思いを。
だから、自分は必死に弾いてきたのだ。
弾ける立場にいたからだ。アオイちゃんが大好きだったピアノを弾けるからだ。
大のような短略的な男に理解できるはずがない。
その日、大と話すことはもうなかった。
車両を降りる時も、バイオリンの女の子は扉の横に立ち続けていた。
振り返って、その姿に願った。

どうか、いつか気が済むまで、弾き続けられるように。

4

大学に顔を出すのは四か月ぶりだ。

校舎を見上げると、こんな形だったかと違和感を覚えるぐらい久しぶりだった。

キャンパスを歩く学生たちの顔は、明るい。

「あっ、沢辺じゃん」

「久しぶりです、先輩」ジャズ研の先輩だった。

「カツシカフェス出てたよな？　動画上がってたから観たよ」

「どうでしたか？」

「参ったね。ドラマー、すげえ成長してるじゃん。目を奪われるのは、やっぱりテナーだけどな」

自分への感想は、挙がらなかった。

「先輩、またライブ来てくださいよ」

「タイミング合ったら行くよ。就活が忙しくなりそうでさ」

そう言って去っていく先輩の髪は、たしかもっと長かったはずだ。大きめの古着のジーンズをダボッと穿いて、ジャズマンがプリントされたTシャツを羽織るように着ていた。今やそれがウールのパンツと無地のセーターに変わって、髪は短く整えられている。

社会に出るための、正統な準備だ。

ふと、二週間前に送信したメールの文面が気になってくる。

失礼がないようにとネットで散々調べ、書いては消し、それを何十回も繰り返してやっと文章を仕上げた。その後は、怖がる右腕を左腕で後押しして、やっと送信ボタンを押した。

宛先は、ソーブルーの平。

長い文面の主旨は、こうだった。

【ソーブルーに憧れ続けている者です。一度、ライブを観に来てください】

それから二週間、三十分ごとにスマホを確認しているが、返事は来ない。

忙しくて返信できないのか、それともまったく興味がないのかも分からない。

やっぱり、いきなりメールを送りつけるのは無礼だったかもしれない。先に川喜田に、自分から連絡がいくことを伝えてもらうべきだったか。二通目のメールを送りたいが、早すぎる気もする。

直接訪ねる手もあるが、門前払いだろうし、きっと逆効果だ。

だからずっとこうして気を揉んでいる。まるで恋する乙女だ。

大はラーメン屋の女性にやきもきしている。女性が髪を切るということは何か意味があるのか、女性が急に休むってどういうことだ、といちいち玉田に質問しているらしい。最近の後悔はスープを飲み干したこと。永遠にそうしなきゃいけない気になっているそうだ。

律儀に報告をくれる玉田は、かなり上達していた。いつの間にかこの大学のジャズドラマーの誰にも見劣りしないレベルになっている。

空いているベンチに座って、学友と呼ぶべき男女の顔を眺める。

キョロキョロしている男子がいる。コーヒーのカップを持って歩く女子四人組がいる。腕を組んで歩くカップルがいる。スマホを見ながら急ぎ足に歩くスーツ姿の学生もいる。

きっと自分の思いなど、理解してくれない人たちだ。


「急に何よ？　びっくりしたじゃん」

待ち合わせ場所に来た玉田の手には、まだいくつか絆創膏が見える。

服装も昼間の音合わせの時のままだ。ずっと家で練習していたのだろう。

「まあそう言うな、玉田。例の店に行ってみたくなっただけよ」

「だけどさ、雪祈にラーメンは似合わねえよな」

「お前、俺が普段何食ってると思ってるんだ？」

「パスタ、リゾット、それに女子の手作りパンケーキとか」

実際はチェーン店のそば、うどん、牛丼だ。

「まあ、そういうことにしておくか」

玉田と夜道を行く。

二人きりは、初めてかもしれない。

案外に話すことがなく、沈黙が訪れる。

先に玉田が口を開いた。

「なあ、雪祈。俺、どうなんだろうな？」

「何がよ？」

「ジャズドラマーとしてだよ。もうすぐ一年だから」

ドラムを始めてから、玉田は大学にはまったく行っていないようだ。留年は確実らしい。

「少しは叩けるようになってきたな」だからと言って手放しで褒めるわけにはいかない。自分たちは、まだどこにも辿り着いていないのだから。

「ああ、まだまだだってことは自覚してる。問題は、上手くなった後だよ」

「後ってのは、どういう意味だ？」

「大と雪祈はすげえプロプレーヤーになるんだろ？　なるべきだし、なれると思う。だけど俺はプロで食っていこうなんて思ってないから」

「じゃあ、就職とか？」

「たぶん、そうなると思う」

思えば、玉田はジャズ演奏に惹かれてドラムを始めて、それを続けているだけなのだ。純粋に、自分と大と演奏することしか考えていない。

「まさか、玉田……」

「何だよ？」

「お前、自分が抜けた後の俺たちを心配しているのか？」

「い、いや、そういうわけじゃねえよ！　ただ、お前らホントわがままだから」

いつの間にか心配される側になっている。

「心配すんな。ジャズのバンドってのはロックやポップスと違って一生組むもんじゃない。短期的に組んで、また他の相手と組み直すのが通例なんだよ」

「えっ、そうなの？　でもなんでよ？」

「新しい誰かと演奏して化学反応を起こす。それが分かったらまた次に行く。そうやってずっと音を進化させていくんだ。ジャズが細分化していくのも宿命みたいなもんだな」

「……なんだか寂しい話にも聞こえるな」

「結局のところ、ジャズはバンドじゃなくて個人だ。バンドをいくつも掛け持ちするプレーヤーもいるし、誰もがいつかは自分の名前を冠にしたバンドを作って活躍したいと思ってる。メンバーは入れ替えてもいいからな」

「大も雪祈もそうなのか？」

「いずれ、そういうことになるかもな」

玉田が足を止めた。

幹線道路沿いに、ラーメン屋の白い看板が煌々と光っていた。

のれんをくぐると、いらっしゃい！　という威勢のいい声がいくつも届く。

その一つに女性の声があった。

「あれか？」

「あれだ」

深夜にもかかわらず半分ほどの席が埋まっていて、広いカウンターの中には四人の従業員の姿が見える。唯一の女性店員は短い髪を後ろで束ねて、真剣に具を盛り付けていた。湯気のせいで顔は見えない。

券売機でラーメンのボタンを押し、玉田には味玉を一つ奢る。

「おっ、いいのか？　ご馳走さん」

「急に誘ったのは俺だからな」

カウンターに座って女性店員の顔を見ようとしたが、目を奪われたのは顔ではなく彼女の仕事ぶりだった。

てきぱきと動いていた。皿を洗い、コップを洗い、カウンターの中と外に常に目を配り、麺が茹で上がる前にトッピングの具を用意して、タイミングよくスープを注ぎ、一気に盛り付け、器にはみ出したスープを布でふき取る。

運ばれてきたラーメンは、味わう前から美味しかった。

見た目に、雑なところが一切ない。

手が空いた彼女は、小さな皿にスープを掬(すく)って味見をした。限りなく薄い化粧に、薄い唇。少しふっくらした頬の上の黒目がちな目が味を確かめるように左右に動いている。

美醜ではなく、その真剣な横顔が彼女を表しているようだった。

周りに聞こえないように、感想を小声で玉田に伝える。

「なんだか、がっかりだわ」

「なんだよ、味が気に入らないのか?」

「ラーメンはうまい。がっかりしたのは、キャピついた可愛い系じゃなかったってこと」

味見を終えた彼女は、また仕事を見つけては丁寧にこなしている。思わず見とれるほどの働きぶりだった。

「彼女、すげえ頑張ってるよな」

玉田の言葉に頷く。

きっと大もそこに惚れたのだ。

カウンターの中で彼女を囲んでいるのは、いかつい男ばかりだ。思い返せば、ラーメン屋で麺の湯切りをする女性を見たことがない。寿司屋と同じで男社会なのかもしれない。

「玉田、にんにく頼め」

「自分で頼めばいいじゃん」

「俺は朝から接客のバイトなんだよ。いいか、彼女に頼むんだぞ」

「もっと近くで顔見たいとか？」

「訊きたいことがあるんだよ」

「まさか、彼氏いるかとか訊くのか？」

「いいから、早くしろ」

玉田がタイミングを見計らって、彼女に声をかけた。

「はい、こちらです！」溌溂とした声と共に、彼女がにんにくの瓶を置いた。

胸の名札に南川と書いてあるのを確認して、すかさず話しかける。

「南川さん、ちょっと伺いたいんですが」

「えっ、なんでしょう？」

玉田が、変なこと訊くなよ！　という視線を向けてくる。

「もしかして南川さんは、ラーメンの職人を目指してらっしゃいますか？」

動きを止めた彼女は、ちょっと首をすくめて横目で厨房の中を見た。男の職人たちを気にしている。

「それはちょっと……」

「すみません、不躾でした。もう大丈夫ですから」

彼女は小さく会釈して、次の客の食券を受け取りに行く。

ラーメン職人を目指している――。

彼女は、その目標を大っぴらにはできないまま、頑張っている。

「なんであんな質問したのよ？」

「だってあんな働き方見てたら、訊きたくなるだろ」

「よく分かんねえな」

もっと上手くなる。それだけが目標の玉田が、スープを飲み干した。

南川さんに向かって「ご馳走さま、とても美味しかったです」と伝えて店を出る。

帰り道で、玉田に伝えた。

「俺の目標は、ソーブルーだ」

「ソーブルーって……ああ、例のジャズクラブだな。青山にあるんだっけ？」

玉田は、さもありなんという顔で受け取った。

「ああ、あのステージに十代で立つんだ。ちなみに俺は本気で言ってる」

玉田の顔色が変わった。

「十代って……あと一年もないじゃんか！」

「ああ、差し迫ってる。他とバンドを組む時間もない。つまり、このトリオで立つってことだ」

「……なんで十代なんだよ？　もっと後でもいいじゃんか……」

業界内でのインパクトの大きさ、世間にもたらす効果を話す。

「それに、なんつーかな……中一の時からの憧れだ」

玉田は黙り込んだ。頭の中に、自分がやるべきことが怒濤のように押し寄せているのだろう。

それは頼もしい沈黙でもあった。

「大にも伝えといてくれ。きっとあいつは、そりゃいいべ！　ぐらいで済ませるんだろうけど」

終電で家に戻って、平に二回目のメールを送った。

直近のライブの集客数を書いた。フェスでの客の反応を、レーベルの人から名刺を貰ったことも書いた。それに、本心も長々と書いた。

憧れが日増しに強まっていること。

ソーブルーの格式に相応しい演奏を常に考えていること。

相応しい曲を作ろうとしていること。

二人の仲間が猛烈に練習していること。

今後二か月で四つライブがあること。

何か一言でも返信が欲しいということ。

恥ずかしがっている場合ではない。自分は、目標を大っぴらにできる立場なのだから。

送信ボタンを押すと、スマホがすぐにメッセージの着信を知らせた。

大からだった。

【聞いたぞ。ソーブルーか、いいな！】

そう言うと思った、と返信してベッドに横になる。
首を起こして、足先に目をやる。
鉛のようではない。
でも、やっぱり何かが絡みついている。
それでも玉田には目標を話すことができた。
とにかく、できることをやる。
胃の中に、まだラーメンがある。

五度目のメールを送った三日後の深夜、部屋にいた時に返事が届いた。
件名は、【ソーブルー平です】。
どうしても、部屋では開封できなかった。
靴を履いて駅前に向かって走った。
雨が降っていた。傘もなかったが構わなかった。
少しでも人気（ひとけ）のあるところで開封したかった。
駅前には、まだかなり人がいた。
ほどよく酔った顔で、次の店に向かう人たちがいる。タクシーを探している人もいる。
弾む息を抑えようとしたけれど、なかなか息が整わない。
世田谷線の駅前広場の植え込みに腰を下ろす。
雨が頭と体を冷やしてくれる。

何分経っただろうか、いつの間にか息が整ったので、何度か深呼吸した。
水気を取るために、服の乾いた場所を探してスマホの画面と指を擦りつける。
良い返事なのか悪い返事なのか、まったく分からない。
雨音に紛れて、周囲の会話が聞こえてくる。
雨粒がまたスマホを濡らし始めた。
知らない誰かの気配を心の頼りにして、開封した。
【沢辺様　お世話になっています。二十一日のライブに伺います】
ただそれだけが書かれていた。
それを、何度も何度も見直す。
スクリーンショットを撮る。
画面を閉じて、もう一度開く。
内容が良くても悪くても、きっと叫んでしまうと思っていた。
なのに、出た声は、雨音よりも小さかった。
「……よし！」
ただ、強すぎるぐらいに両方の拳を握りしめていた。

5

「なんだ、雪祈。今日は早いべな、どうした？」

ライブ三時間前、会場のジャズクラブに現れた大が言った。

「乗り換えがスムーズでな。単に早めに着いちまっただけだ」

「でも、もう汗かいてるべ。かなり弾いたのか？」

「それより玉田は？」

「五分で着くって連絡入ってる。見てないのか？」

見ていない。ライブ前は常にパンツのポケットに入れているスマホが、今日は鞄の中だ。どうかしている。

「なんか雪祈、変だな」

「いや、俺はいつも通りだから」

変になるのも当然だ。

今日は、二十一日だから。

まず、このクラブでのライブは初めてだったので、調律と音響が心配だった。

ピアノはやや大型のグランドピアノで、まずまずの音を出した。店内への響きも悪くない。

次の心配は集客数だった。ここは立ち見を入れれば七十人は入る店だ。前回の来客数は五十五。SNSで積極的に宣伝したので、少しは増えるはずだ。ガラガラではまずい。

大と玉田には、ソーブルーの人間が観に来ることを伝えていない。玉田に変に緊張されても困るからだ。大にだけ伝えて、さらに凄まじいソロを期待する手もあったが、きっと大は玉田に隠し事はできない。

結局、自分だけで抱えている。

返信を貰った翌日、改めて平のことを調べると、かなりの大物だということが分かった。アメリカのジャズマンからは親しみを込めてタイラーと呼ばれていて、彼らのSNSには一緒に写っている写真がいくつも上げられている。アーティストたちは笑顔なのに、平だけはいつも真顔で写っていた。日本人アーティストからは平さんと呼ばれ、日本人なら誰もが知る大物女性ブルースシンガーも、平さんに会えてよかったと呟いていた。大型のジャズイベントでも運営として手腕を発揮し、ソーブルーの公演企画を全て取り仕切りながら、誰にも媚びない男。それが平だった。

その人が、これから来る。

集合時間三分前に玉田が現れて、リハーサルに入った。

いつも通りにリハをする、それだけを心掛ける。

ただ、いつも以上に玉田と大の様子が気になる。

今日の調子は？

モチベーションは？

腹は壊してないだろうな？

時間が経つごとに、一人で抱え込むのが辛くなっていった。

いっそ話した方が良い気もしたが、ぐっと堪えて、徐々に埋まり始めた客席を覗く。

ライブ十五分前……。

覚えがある客の顔が多く見える。年代は二十代が六割、三十代と四十代が三割、その上の年代の人が一割だ。

ハット帽の客が見えた。初ライブでカウンターに座っていた人だ。あれから何度もライブに足を運んでくれている。ドラム側に座って、穏やかな顔で観るのが常だった。ピアノ側のテーブルには眼鏡をかけた白髪(しらが)の男性がいる。このファン層の広さはアドバンテージになるはずだ。若者だけに受けているわけじゃないという証になる。

ライブ五分前、席の九割が埋まった。

「なんだべ雪祈、客席ばっかり見て」

「女だよ。きっとすげえ美人を呼んだんだよ」

「バーカ、そんなんじゃ……」

その時、平が現れた。

黒いジャケットに黒いパンツ。

輪郭は角ばっていて、笑わない口を髭が囲んでいる。

太い眉の下の鋭い目が、会場全体をサーチするようにゆっくりと動いた。

その目がこちらに向いた瞬間、心臓が跳ねるように鳴る。

ライブ二分前——。

初級者レベルから抜け出したドラマーと、稀代(きだい)のテナーサックス奏者を振り返る。

この二人とともに、勝負するのだ。

「玉田、大……」

「ああ、今日はかなりミス減らすからな！」

玉田がスティックをカン！　と合わせた。

「気合い入れてやるべ！」

大がテナーサックスをネックストラップに固定した。

この言葉に、全ての思いを託す。

「頼むぞ」


玉田は、言った通りに、かなりミスを減らした。

ミスを数える余裕がなかったというのが正直なところだが、それでもほぼミスなく叩いていた。グルーヴ感を出すまでには至らなかったが、責任を持って全曲のリズムを刻み続けた。まだソロはなかったが、大と自分のソロ終わりでは、ただ繋ぐだけではなく個性的なドラミングをし、ハット帽の客が帽子を回してそれを称えていた。玉田は、はにかんだ顔で応える余裕も見せていて、二度目のライブから来てくれているジャズ研の連中も玉田の成長が嬉しいらしく、大喝采を送っていた。

総じて、玉田は上手く叩いてくれた。

大は、今回も凄まじかった。

会場の隅々まで、これでもかと音を放っていた。グラスが揺れるようだったし、壁紙が震えるようだった。客の目と耳はその逆で、激しく演奏する姿と音を吸い込んでいた。自分の頭に、黒い猫の姿が浮かんだ。ただひたすら真っ直ぐ歩く猫だった。大が豊潤に音を放って、草木が猛烈に芽吹く春が始まった。猫の周りの季節が移ろっていく。猫は夏の灼熱の日差しを避けることなく進み、降り注ぐ落ち葉にも感傷を抱かずに歩いた。風が冷たくても塀に上がって、犬が吠えてもひるまず、氷が張った湖を渡った。一面の銀世界で猫と増えていくその足跡だけが生物の気配を示し、それでも空は晴れていて、クライマックスに登りつめていく。世界の頂上のような場所に立った猫は、そこで初めて大きく伸びをした。大がのけぞって高らかにサックスを掲げ、驚異的な肺活量の息を楽器に吹き込むと、猫が叫んだ。ここにいるぞ、と叫んでいた。生きているぞ、と叫んでいた。客席で口を押さえて泣いている女性の姿が見える。感極まった男が大の名前を叫んでいる。平は顔の前で両手を組んで、前かがみになって大を見ている。平の姿が、立ち上がった客のシルエットの奥に消えた。

ライブが終わった時、ジャズクラブは感情の坩堝（るつぼ）だった。笑顔と涙が入り混じった顔が視界を満たし、男の低い声と女の高い歓声が耳を満たした。

アンコールを終え、三人で並んで頭を下げる。

拍手が鳴りやまない。

間違いなく、これまでで最高の出来だった。

頭を上げて奥のテーブルを見ると、平の姿は、もうなかった。

「凄かったべ！　なんか今日凄かったべ！」

「大のソロ、キテたじゃん。なんかやられたわ！」

「だべ！　玉田も良かったべ！」

「そう？　できてたかな？」

汗だくになった玉田の肩を、後ろからポンとだけ叩いて、楽屋の奥に向かう。いつもだったら少しは褒めてもいい場面だ。

とにかく今は平の反応が気になって仕方ない。

このライブを見て、なんと言ってくれるのか……。

スマホを開くとメッセージが入っていた。

【近くのバーにいます】

「大、玉田、悪いけど先に出るぞ」

「どうした？　ファミレスで打ち上げしねえの？」

「なんだやっぱり女かよ！　くそ〜、羨ましいべ」

「悪いな。明日テイクツーでな」

楽屋を出ると、まだライブの余韻をつまみに飲んでいる客の姿が見えた。足止めされるのを避けて、足早に店の出入り口に向かう。

扉を開けると、まだ客の多くが店の前にいた。スッとすり抜けようとすると、声が掛かった。

サインを求める声だった。声の主は銀縁眼鏡をかけた白髪の人で、色紙とマジックペンを持って立っている。

いつもなら応じるところだが、今日は違う。

急いでるんで、そう言い放ってバーに向かう。

白髪の人が一瞬、寂しそうな顔をしたのが見えた。


バーの暗い照明の中に、平の黒々とした髪が浮かび上がっていた。

カウンターの奥に座って、書類のようなものに何かを書き込んでいる。カランというドアのベルに反応もしない。手元にはウイスキーのグラスがあるが、背筋はしっかり伸びていて何の隙もないように見える。

萎縮しそうになるが、前に足を進める。灼熱でも凍っていても、歩かなくてはならないのだ。それに、ここまで来たら一オーガナイザーと一アーティストという立場のはずだ。

声が裏返らないように口の中で小さく咳払いをする。

自分たちに実績はない……。だからこそ、せめて自信だけは持って言葉を出そうと思った。

平の横顔が徐々に見えてくる。下手な営業トークなど決して許さない空気を醸し出していた。

「沢辺ですが」

「平です。初めまして」

顔を上げた平から、抑揚のない低い声が返ってくる。

そこに場違いな高い声が加わった。

「いらっしゃいませ。お飲み物は何にしましょう」

「何でもいいです。おまかせで」

平が横のスツールを指し示した。

腰を滑り込ませたが、体はまるで浮いているようだった。

前にも後ろにも倒れそうだ。

すぐ隣に、あのソーブルーの、キーマンが、座っている。

その事実だけで気が遠くなってくる。

カウンターになるべくさり気なく両手をついて、体を支える。心は、ついさっきの大のソロに支えられている。

恐れず、とにかく前に、自信だけを持って——。

「どうでしたか、僕らは？」

平が視線を下に向けた。その右手が動いて、ジャケットの袖口がふわりと揺れた。太い指が伸びて、小指から順にガラスの表面に触れていく。グラスがふわりと重力を失って、ゆるやかな弧を描いて上昇した。

全てがスローで見えていた。

これから、評価が下されるのだ……。

平の唇が琥珀色の液体を吸い込んで、閉じて、また開いた。

「まず、ドラマー」

それは、意外な言葉から始まった。

「彼は初心者ですね」

平の目を誤魔化せるわけもない。頷いて返事をする。

トリオで一番の懸念材料は玉田だ。だから、実力不足を指摘された場合の準備もしていた。初ライブの店長に言い返したように感情に任せるのではなく、これまでの玉田の努力と圧倒的な練習量を話す。何より、その成長スピードを。今から半年もあれば、数レベル上の演奏ができるようになる男なのだ。そう話そうと思った時、黒い髭に囲まれた平の口が続いて動いた。

「ソロもなく、必要最低限を叩く。技術不足は否めないが、それ以上に一生懸命叩いていた。つまり、好感が持てるプレーでした」

平の短い評価に、自分が言いたかったことのほぼ全てが詰まっている気がした。

さすが、平だ。

技術だけで判断しないのだ。

さすが、玉田だ。

お前の頑張りが、この人に届いている——。

「サックス」

平が手を顎に当て、宙を見つめた。大のプレーを思い出している。

あの演奏を、どう評価するのか——。

「彼は面白い、と思いました。全力で前に出ようとしている。音も独特でアタックしてくる太さがある。特にインプロは独創的で、かなり強い印象を客に与えていた。正直、彼の将来は気になるな」

口調には抑揚こそなかったが、自分の耳には最上の褒め言葉に聞こえた。

大についてもアピールしたいことは山ほどあったが、平はおそらく分かってくれている。俺が付け足せば、むしろ邪魔になる……。

「君、全然ダメだ」

何を言われたか、理解できない。

平を見る。底が抜けたように黒い瞳が、自分を捉えていた。

真っ黒な髭が動いて、言葉が続いた。

「小手先の技術の連続。鼻につくピアノ。何一つ、面白くない演奏。君のピアノは、つまらない。ソーブルーは日本一のクラブと自負してるんだが、君、馬鹿にしてないか？」

心の表面が割れていった。

そこから、言葉が意味を伴って染み込んでいく。

馬鹿にしているはずなどない、そう言おうとした。

「じゃあ、なぜ本当のソロをやれてない？」

言葉が継げなかった。

自信というマスクが剝ぎとられて、自分の顔が崩れていくのを感じる。

バーテンがアイスピックで氷を削る音が聞こえる。

平は、まったく表情を変えずに続けた。

「君は臆病なのか？」「ビビり屋か？」「ナメてるのか？」「調子に乗ってそれでいいと思っているのか？」

「全力で自分をさらけ出す。それがソロだろう」

顔と心の表面を完全に剝ぎ取られ、核心を鷲摑みにされていた。

バーテンが手にしている氷が、球体に近づいている。

「内臓をひっくり返すぐらい自分をさらけ出すのがソロだろう？　君はそれができないのか？」

ひと言も、返せなかった。

そこから先の言葉は、少し後になって思い出すことになる。

「そもそも君は音楽をバカにしてる以前に、人をバカにしてるな」「横柄な注文の仕方。初対面なのに初めましてても言えない」「川喜田さんを頼りウチにオファーを求める卑(いや)しさ。謙虚さのカケラもない雰囲気」

平は、今回は無かったことで、という言葉で締めて、席を立って去って行った。

何歩かなんて、どうでもよかった。

もはや、意味がない。

でも、歩くことしか思いつかなかった。

まず、ライブをしていたジャズクラブに向かった。

看板の灯りは消え、店の前にはもう誰もいない。

白髪の人も、いなかった。

だから、もう少しだけ前に歩こうとした。

歩道に人の姿はない。

車道をタクシーとトラックばかりが走っている。

車両が自分を追い越していく。

ヘッドライトで人形(ひとがた)の影ができる。伸びて、いくつもの輪郭を作って、歪(ゆが)んで、次の暗闇に消える。それが永遠に繰り返されていく。

伸びた影は、鼻っ柱を高くした自分だった。幼くしてピアノを始めたのをいいことに、たまたま早くからジャズを始めたのをいいことに、同世代より少しばかりアドバンテージがあるのをいいことに、ただ調子に乗っていた姿だ。

いくつもの輪郭は、ブレ続けた自分だった。純粋にジャズが好きだったはずなのに、いつからか計算を始め、浅はかな計画を立てた。幸運なことに大という男と出会えたのに、その力を利用しようとした。玉田を拒絶していたはずなのに、いつの間にか勝手に感情移入して肩入れした。多くの人にファンになってもらいたいはずなのに、無下（むげ）にサインを断った。

歪んでいるのは、ずっと足にしがみついていた思いから目を背けていた自分だった。大に指摘されても言い訳して逃げていた自分だ。平に指摘されて、何も言い返せない自分だ。

自分のソロ……。

できないインプロビゼーション。

歪むに決まっている――。

また影ができる。

立ち止まっても影ができるのなら、歩く。そう決めた。

国道を進みながら、無限の影を踏んでいく。

考えることもなくなった時、車のタイヤ音に紛れて大のインプロが蘇ってきた。

あの猫は、周りに目もくれずに歩いていた。孤独だったが、寂しそうじゃなかった。目的の場所に向かってただただ突き進み、そこには打算も驕（おご）りもブレもなかった。だから感動した。自分があるべき姿があの音の中にあったからだ。

観客の頭にはどんな映像が浮かんでいたのか。きっと、それぞれ違うはずだ。もしかしたら映像ではないかもしれない。押し寄せる音の流れそのものに感動する人も、限界を超えて吹く大の姿に勇気を貰う人も、失敗をまったく恐れずに表現する演者に心を震わせる人もいるはずだ。

とにかく、大は聴衆の心に訴えかけるのだ。

しかも、ライブの度にまったく違うソロを吹く。出来に多少の波はあるけれど、これまで二十回以上のライブで、一度も似たソロを聴いたことがない。

それに対して自分のソロへのアプローチは、毎回、同じだ。

ライブに向けてアパートで一週間かけて作り込む。前のライブと似ないように、パターンを入れ替える。できる限り新しいフレーズも組み込みながら、とにかく速いプレーを心掛ける。技術で客の頭をいっぱいにするためだ。

用意したソロだと気付かれないようにするためだ。

本来のソロはインプロビゼーション、つまり完全なアドリブで、演奏中に作らなくてはならない。考えている暇などなく、ライブの流れや会場の空気を取り込んですぐさまメロディーに変える。雲をつかむような話だが、頼るべき道しるべはある。それが、スケールだ。その瞬間に使用可能な音は限られていて、それを選択して組み合わせる。その中で、最上を目指す。例えるなら、鍋のようなものかもしれない。海の食材なら何をどんな順番で入れても、海鮮鍋らしきものができる。きのこなら、きのこ鍋ができる。食材を入れる順番とタイミングに、プレーヤーの個性が出る。大のソロにはスケールをはみ出すことで、毒のある食材が次々と投入される。だから舌を刺激して、忘れられない味になる。

自分には毒を入れる勇気などない。そもそも、レシピ通りじゃないと怖くて客にも出すことができない。家でレシピを作り込んで、さも即興のように調理している。ずっとその繰り返しだ。

平さんに、臆病かと言われた。

ビビり屋かと言われた。

その通りだ。

内臓をひっくり返すぐらい自分をさらけ出すのがソロだ、と言われた。

知っている。

だけど、できない。

壊れるのが怖いからだ。

クラシックで学んだ音符の配列が目に焼き付いているからだろうか。

ひたすら楽譜通りに弾こうとする生徒さんたちの姿が頭に残っているからだろうか。

アオイちゃんの寂しい笑顔が瞼(まぶた)の裏に貼り付いているからだろうか。

とにかく、失敗ができないのだ。

自分の思いも、熱も、さらけ出せないのだ。

さっきのステージで見た猫は何があっても後ろを振り返らなかった。失敗なんか恐れていなかった。内臓をひっくり返しても、曲がらない信念が顔を出すだろう。

真っ直ぐ行く——。

だから、自分はせめて歩いている。

気が付くと、青山にいた。

骨董通りを進んでいた。

道路の白線の上に、大の顔が浮かんだ。

他人と自分を信じるのが、大だ。

信号機の上に、玉田の顔が浮かんだ。

恐れを乗り越えるのが、玉田だ。

ソーブルーの扉に、平の顔が浮かんだ。

自分のような人間に、要求ばかり口にする若造に、世間知らずの無礼な臆病者に、面と向かって真実を突きつけるのが、平だ。

扉の上にソーブルーのロゴが浮かんでいる。

建物は、二階ぐらいの高さしかない。ジャズを知らない人なら、ここがジャズクラブだと気付かずに通り過ぎるかもしれない。

だけど、とてつもなく大きい。

あそこまで、言ってくれるんだ。

俺なんかに、怒ってくれたんだ。

感謝しなくちゃいけない。

だって、全部当たっていたんだ。

扉まで、二歩で届く距離にいる。

でも、触れることなんかできない。

自分は、遥か遠くまで吹き飛ばされたんだから。

耳に、大のインプロだけが残っていた。

それだけが強く残っていた——。

6

コンビニの籠(かご)が満杯になった。

水、おにぎり、カップ麺、ゼリー飲料、バナナ。とにかくカロリーだけを気にして選んだものだ。

会計を済ませて、テイクツーに向かう。

大と玉田には、三人の練習を一旦休みにしようと伝えた。理由を問われたが返信はしなかった。

やり取りを繰り返せば、全てを伝えることになる。

その前に、試したかった。

テイクツーに近づくと、看板の灯りが消えた。

「こんばんは、アキコさん」

「あら、こんな時間に。閉店だけど……」

「いいんです」

アキコさんが、じっくりと自分の顔を見た。

「ピアノね？」

「はい。それと、明日は定休日ですよね。ずっと弾いていても、いいですか？」

コンビニのレジ袋を見たアキコさんは、どうぞとピアノを指し示した。

上着を脱いで、レジ袋をテーブルに置く。

そそくさと身支度(みじたく)を整えたアキコさんが、扉を押しながら言った。

「店を出る時は、電気と鍵、お願いね」

「分かりました」

ピアノ椅子に腰を下ろす。おそらく、人生で最も長く座ることになる。

丸二日、弾くつもりだ。

計算を捨てる。

考えを捨てる。

恐れを捨てる。

全てを捨てて、何かに勝手に突き動かされるような演奏をする。

大のように。

それが目標だ。

まず全てのスケールを復習する。低い音から高い音、高い音から低い音へ。頭に入っているから間違えるわけがない。だけど、とにかくそれを繰り返す。五線譜に記された音符の階段を上がる、降りる、降りる、上がる。

小さな窓から乳白色の朝の光が差し込んだ時、別な奏法に移った。コード進行とともに、スケールを当てはめていく。コードの名称が頭に浮かんで、それに合うスケールの名称がカチリとはまる。指はミスすることなく、流れるように動いている。

ビルに反射された日光が、窓の外にぼんやりと見えていた。それが茜（あかね）色になった時、ふと気付いた。何も変わっていないことに。

五線譜、音符、名称がずっと頭蓋骨の内側に張り付いている。

窓のガラスが他の店の灯りを透かし通した時、ただ弾くことを始めた。インプロビゼーションであれば、めちゃくちゃでもいいから。とにかく、ただ——。

指からメロディーが出てくる。

次もその次も、順調に出てくる。

店の外の灯りが消えて暗くなった時、絶望した。

全て、これまでに弾いたことがあるフレーズだったからだ。指から勝手に出てきたのは、かつて自分のソロで使ったもの、レジェンドの名演奏の音符の流れ、大が吹いた調べだった。

そこからは、窓を見る余裕はもうなかった。

理論で武装して分厚くなった皮膚に指を立てて、めくろうとした。音符が髄までぎっしり詰まった肋骨(ろっこつ)をズラそうとした。半端な経験で硬くなった内臓をひっくり返そうとした。奥に何があるか、探ろうとした。

指だけは動いていた。

涙が出てきた。

それが頬をずっと伝い続けている。

何も、なかった。音符の他には、何もなかった——。

勇気も、映像も、表現すべきことが、なかった。

ピアノから離れて、いつの間にか空になったレジ袋を見る。

いや、空ではなかった。

おにぎりの包装フィルム、バナナの皮、ゼリー飲料の殻がある。

これが、俺だ——。

【話があるから、たまにはウチに来いよ】

大と玉田にそうメッセージを送った。

【三茶か、緊張するな】【お洒落して行くべ】【なんか持ってくか?】

楽しげな返信に対して、三軒茶屋駅での集合時間だけを送り返した。

「雪祈、なんか痩せた?」

駅に現れた玉田は、開口一番そう言った。

「さあ。量ってないから分からないけどな」

「もっといい男になろうとしてるのか? そうはさせねえぞ。これで太ろうぜ」

大は手に安売り菓子店の大きな袋を持っている。

「別にモテようなんて思ってねえよ。十五分ほど歩くぞ」

三人でアパートに向かう。先頭は自分。真ん中は大、後ろは玉田だ。

前を歩くのが嫌になってくる。

本当は一番後ろを歩くべきだ。

「それにしても、これまで寄せ付けなかったのに急に家に招くなんて、どういう心境の変化よ?」

アパートの外観を見た二人の顔が変わった。

「ここ……?」

「二階だ」

鉄の階段が軋む。ギリッという音がする度に、自分を晒す覚悟のようなものが高まっていく。

薄っぺらいドアを開けた。

暗い部屋を見て、大が明るい声を上げた。

「意外！　もっといい部屋に住んでいるかと思ってたべ！」

「これが本当の俺だ。入れよ」

そして、全てを話した。

ソーブルーへの思い。平さんにコンタクトを取り続け、ライブに招いたこと。ライブ後に言われた内容。ずっとインプロができないことに苦しんでいた自分。それを誤魔化し続けた俺。テイクツーで丸二日弾き続けても、何のヒントも得られなかったこと。

玉田は床に胡坐を組んで、じっと聞き続けていた。

大はベッドに座って、黄ばんだ天井を見上げていた。

「……すまない。ソーブルーって言い出した俺が、扉を閉ざしちまった」

隣の住人のテレビの音が壁から漏れていた。バラエティー番組なのか、いくつもの笑い声が重なって聞こえる。

沈黙を破ったのは、玉田だった。

「その平さんの耳、どうかしてるんじゃねえのか？　雪祈のソロがクソだなんて有り得ねえよ！」

あれだけ自分にクソだと言われ続けたのに、庇おうとしてくれる。傷ついた自分を見て、語気を強めて守ろうとしてくれている。

これが玉田だ。震えるほど嬉しいが、喜べない。

玉田の言うことは正しくないからだ。

「平さんの言う通りだべ」

大は、深刻な口調だった。

「俺もずっと同じことを思ってた。雪祈のソロは勝負していない。あれじゃ駄目だ」

大が言っていることこそ正しい。

今度こそ返す言葉もない。その代わりに、玉田が言い返した。

「ちょっと待てよ、大！　それじゃ、あんまりじゃねえかよ！」

「俺はソロをやる時は世界一だと思って吹いてる。実際に世界一かどうかなんて問題じゃない。お客はその時間、俺しか見ていないんだ。二流のソロです、なんて思いながら吹いたら失礼だ」

その通りだ。

だから大のソロは一流を超えていて、自分のソロは二流以下なのだ。

「行くべ、玉田」

大がベッドから腰を上げた。

「どこ行くんだよ？　雪祈、へこんでるじゃんかよ！」

「話は分かった。俺たちにできることはないべ」

「大、雪祈は仲間じゃねえのか？　仲間が弱っている時に助けるのが仲間だろうがよ！」

玉田も立ち上がっていた。

玉田が大を睨んだ。

大は表情を変えずに、玉田を見ている。

「……玉田、ありがとな。でも大の言う通り、俺自身の問題だ」

「じゃあ俺にも言えよ、大！」

ドラマーの手足に力が入った。

「俺のドラムが下手だって、クソだって言えよ。なんで雪祈ばっかりに言うんだよ！」

大が、目を逸らした。

「なんだよ、俺のことはハナから馬鹿にしてるから言えねえんだろ！　ナメてるから言わねえんだろ！　こんなんでトリオって言えるのかよ！」

玉田は薄いドアを激しく押し開けて部屋を出ていった。階段が壊れそうに軋む音を立てた。

大は立ったまま、開いたドアを見ていた。

「大……悪かったな」

「雪祈、俺に訊くことはないか？」

「なんだよ、訊くことって……？」

「インプロをやれている俺に、訊くことはないかって言ってるんだ」

大が言う通り、一度も訊いたことがない。

どう吹いているのか、どんな感覚なのか、あの最中にメンタルがどうなっているのか、一体何が見えているのか。訊けなかったのは、つまらないプライドのせいだ。大に訊くのが悔しかったからだ。

下手なプライドを捨てるなら今だぞ、と大は言っているのだ。

唾を飲み込んで、ずっと使っている電子ピアノに触れる。

変わるなら、今だ。

「……大、教えてくれ。どうやって吹いているんだ？」

大は背を向けたまま話し出した。

「ガキの頃に、母親が病気で死んだんだ」

初めて聞く話だった。

「前の日にも見舞いに行って、色々話した。痩せてたけど、笑顔も作れてた。そして次の日に亡くなった。遺体を見たらな、もう、まるで別人だった」

大はドアの外に目を向けたまま続けた。

「顔がな、なんていうか……固まってた。筋肉が全部固まって、表情がなくなってた。あんなに笑っていたのに、あんなに怒っていたのに、もう見たこともない人みたいだった。それを見て、思ったべ。これは母親の容れ物だったんだって。何かが入っていて、それが抜けてどこかに行ったんだって。どこに行ったかは、分からねえけど」

大が、少しだけ振り向いた。

「中学を卒業する時、初めてジャズのライブを見た。今考えても、すげえソロをやるカルテットだった。震えたべ。俺は口を開けて見続けたんだ。なんでこんな演奏ができるのかって、なんでこんなに感動するんだってな。しばらくして分かった。俺は、今、母親の体から抜けていったものを見ているんだって」

大の拳が動いて、トントンと胸を叩く音が聞こえた。

「俺は、それで吹いてる」

そう言って、大は帰っていった。

今度の階段の音は静かだった。

誰もいなくなった部屋で、反芻する。

玉田の直接的な優しさを。

大の厳しい優しさを。

茫然と窓の外を見ると、小さな月が見えた。

大は、胸の中にあるものでソロを吹いている。だから人の胸を打つ。

俺の胸にもあるんだろうか？

自分では、見つけられなかった。

ふと、一人の顔が浮かんだ。

サインを求めていたあの白髪の人だった。

あの人は、俺の演奏に何を見たのだろうか？

7

「白髪で銀縁の眼鏡をかけたお客さん……？　この店の常連さんじゃないから、分からないなあ」

「そうですか。もし何か分かったら連絡いただければ」

「はいよ。それよりさ、またライブやってよ。空きスケジュール送るからさ」

「ありがとうございます。タイミングが合えば、ぜひ」

そう言って、平さんが来てくれたジャズバーを後にする。

あれから二度ライブをした。

玉田と大は楽屋ではぎこちなかったものの、いつも通りにプレーした。

自分は、本物のインプロをやろうと足掻いた。だけど、手がすぐに止まりそうになって、いつものソロに戻ってしまった。

インプロについて、二人とあれ以上話すことはなかった。

大は放っておいてくれて、玉田は見守ってくれている。

まるで立場が入れ替わっている。

「沢辺！　こっち四台通すぞ！」

左のイヤフォンから、先輩警備員の声がした。

「四台了解。その後、こっち通します」

赤い誘導灯を真横にして、車を止める。

すぐ後ろでは地下工事が行われている。限られた時間内に終わらせようと、作業員の人たちが水も飲まずに働いている。

現場の両端で車を止めて通し、通して止めるのが誘導警備員の仕事だ。ライブ終わりの深夜にも入りやすくて、時給もいい。長い研修期間が必要だったが、その間も給料は出た。デメリットは、立ちっぱなしで暑さ寒さが身にこたえること。車道に立つので、多少のリスクもある。メリットは、高い時給と考え事ができることだ。

インプロ……。

ずっとそれについて考えていた。考えない演奏が目標なのに。でも、考えないようにしてもできないのだから、考えるしかない。

いや、ひたすら考えなかったら、もしかしたら……。

「こっち、五台、行きます」

「五台了解」

目の前を大型トラックが通った。運転手が慣れたハンドルさばきで車を操作している。インプロのようなものかもしれない。アクセル、ブレーキ、ギア、ハンドル、ウインカー、ハザード……。教習所に通っている頃は全部を意識して運転するけれど、慣れれば無意識になる。目的地まで行こうと思うだけで、目も足も手も自然に動く。迷いも計算もない。

いや、ジャズのインプロはそれとは違う。

誰にでもできることではないの——。

次の軽トラックの運転席に、目が奪われる。

信じられない顔が乗っていた。

白髪で、銀縁眼鏡の人だ——。

他のジャズクラブを訊いて回っても見つからなかった人が、目の前にいた。

あっ、と思った時には、車はもう真横を通り抜けていた。

その時、ドアに書かれた文字が目に入った。

豆腐店の名前だった——。

トランシーバーのマイクを入れる。

「すみません。急に腹が痛くなって。まだ三十分前ですけど上がりたいんですが」

スマホで調べると、工事現場から歩いて二十分の場所にその店はあった。

豆腐作りは早朝からだとテレビで観たことがある。

もしかしたら、この時間もやっているかもしれない。

途中でコンビニに寄りながら、三軒目でやっと目的の物を買った。

受け取ってもらえるか不安だったが、とにかく店を目指す。

道の左右に、十階ほどのマンションが並んでいた。どの部屋も灯りを消して寝静まっている。車も人もいない。自動販売機の灯りだけがぼんやりと夜道を照らしていた。

まるで時間が止まっているみたいだった。

最後の角を曲がると、唯一、有機的な光を放っている場所があった。

遠巻きに中を覗くと、あの人がいた。頭にタオルを巻いて、すでに作業に取り掛かっていた。湯気が立つ店内を忙しそうに歩き回っている。とても声を掛けられなくて、待つことにした。

水を加えながら、何かをミキサーにかけている。おそらく大豆だ。ミキサーを何度も止めて、攪拌された豆を手で確かめている。小さく頷くと、大きな鍋に移してさらに水を加えて火を入れた。鋭い眼差しで、火力を調整している。しばらくして火を止めると、白い大きな布を広げて中身を全て注いだ。全身の力を込めて、その布を絞っていく。

作業を見守っていると、深夜の冷気が地面から這い上がってきた。足踏みしてみるが効果はなく、シャツの襟を立てて首を沈める。逆に、半袖Tシャツで作業する男の額には大粒の汗が浮かんでいる。

その手が動いて白い液体を箱に入れようとした時、耳に音楽が届いた。ジャズだった。きっと近所迷惑にならないように、聴こえるか聴こえないかという音量でジャズをかけながら作業しているのだ。

この人は、おそらく何十年も同じ作業をしている。誰も起きていない時間に、誰も見ていない中で豆腐を作っている。真剣に大豆を見つめて、夏も冬も火の横で汗をかいて、力を込めて布で漉して、冷たい水に両手を入れて豆腐を切り分けている。傍らには、小音量のジャズがずっとあって。ひたすらジャズだけがあって。

この人にとってライブに行くのは、きっと特別なことだ。寝付く時刻もかなり早いはずで、ライブを観れば生活ペースも乱れてしまうだろう。しかも、わざわざ色紙を持ってきたということは、二回以上観に来てくれている。この生活の中で二回以上来てくれたのだ。

スマホを見ると、いつの間にか一時間が経っていた。

男が頭のタオルを取り、店の外に歩み出た。腰を伸ばしている時に、声をかけた。

「あの……」

男が自分を見上げたが、どうしても目を合わせられない。

無礼を働いた自分に、どんな思いを持っているか分からなかったからだ。

「ああ、ピアノの!　どうしてここに?」

濁りのない声が返ってきた。無礼など、まるでなかったかのような口調だった。

「……ずっと捜していて。さっき車を運転しているのを見かけて、店の名前を調べて、ここに来ました」

「それは偶然だねえ。実は今、妻が入院していて、たまたま僕が運転していたんだよ」

「奥さんは、大丈夫ですか?」

「もう、こっちが困るぐらい元気でさ。自主退院するって騒いでるから、明日には出てくるんじゃないかな」

「そうですか、それは良かったです」

「でも、どうして僕を捜していたの?」

「これを渡したくて」

待っている間、コンビニで買った色紙にサインをした。

JASS沢辺雪祈、と書いただけだけど、なるべく丁寧に、なるべく心を込めた。

それを差し出す。

男は、少し驚いてから、嬉しそうに両手を伸ばした。

「そうか……ありがとう」

手が見えた。長い年月、冷たい水にさらされた手は驚くほど綺麗だった。色紙の白に近い色をしていた。

「遅くなってすみませんでした。また、ライブに来てください」

深く下げた頭を、男の声が優しく覆った。

「もちろんだよ。君のプレーを聴きに行く。もっといい演奏をしそうだからね」

君のプレー、確かにそう聞こえた。

「一つ訊いてもいいですか？」

「うん、いいよ」

「なぜ……なんで僕のサインが欲しかったんですか？　テナーでもなく、ドラムでもなくて」

「君が苦しんでいるからさ」

予想もしない答えだった。

「苦しさがね、音に出ている気がするんだ」

ダメだ――。

「なんで……それが分かるんですか？　なんで、それに価値があるんですか……？」

「豆腐もさ、毎日同じじゃないんだよ。日によって微妙に作り方を変えるし、実は味そのものも、もっと良くしようとしてるんだ。でも、なかなか良くならないし、少し変わっても気付くお客さんはほとんどいなくて。そういうのってさ、苦しいだろ？」

頷くことしかできない。

「でもそれを続けるのは、実は素敵なことなんじゃないかって思うんだ。誰も見ていないところで真剣であり続けるって大変だけど、格好いいはずだ。君の音にもそんな感じがしてね、勇気が貰えそうだって思ったんだ」

喉の奥からせり上がってきた何かが、いつの間にか溢れていた。

綺麗な手が近づいて、ポンと肩を叩いた。

「俺に……できるでしょうか？　もっといい音が出せるでしょうか？」

嗚咽を堪えながら、なんとか訊いた。

男の眼鏡が角度を変えて、店の灯りを青く反射した。

男は店内に戻りながら、言った。

「一丁、持って帰ってよ」

手渡された豆腐は、みずみずしく光っていた。

「いい色だろ？　豆腐にも色が出るんだ。ただ白いわけじゃないんだよ」


始発に乗って家に帰り、豆腐を皿に移した。

醤油（しょうゆ）もつけず、箸も使わずに、そのまま噛（かじ）り付いた。

信じられないほど、複雑な味がした。

ひたすら考えてきた記憶の味がした。

ひたすら弾いてきた自負の味がした。

また、涙が出てきた。

ひたすら苦しんできた味に変わった。

悩み抜いた舌触りがした。

大豆の味が香った。

実家のピアノ部屋の匂いがした。

水の味がした。

音楽室で貰った差し入れの味がした。

小さな酸味が顔を出した。

賢太郎の顔が、アオイちゃんの顔が見えた。

塩の味がする。

大と、玉田が、平さんが見える。

最後に甘みがやってきた。

初めてソーブルーに行った日が蘇ってくる。

食べ終わった時、男が豆腐をくれた意味が分かった。

この豆腐は、もっと美味くなる。

そう、思った——。


「雪祈、もしかして近いんじゃねえの?」

ライブ前、唐突に大がそう言った。

「近いか……?」

「もう一歩か二歩って感じがするべ」

「どうかな……。そうかもしれないけど、そうじゃないかもしれない」

「とにかく近づいているように俺には見えるべ」

一歩か二歩、それが遠い。

相変わらず足掻くことは続けていた。考えながら、考えるのを止めて、また別の方法を探して、また全て忘れようとしている。

ライブごと、曲ごとにアプローチを変えて、インプロを弾き始める。手が届きそうになる時も、扉に辿り着いた気になることもある。だが、すぐに足がすくんで動けなくなる。それを繰り返していた。

今日も、年月を自信に変えようと足掻く。

今日も、恐れを挑戦心で打ち破ろうと思っている。

今日も、あらゆることを試してみる。

きっとそれだけが、お客さんへの、あの豆腐の人への誠意だからだ。

「ダイー！」

「ミヤモトー！」

「沢辺ー！」

「ジャスー！」

「雪祈君ー！」

「玉田ー！」

ステージに足を踏み出すと、大きな拍手と声がかかる。

客席の奥には立ち見もいて、七十を超える人が来てくれている。大が決行した初ライブでは四人だった客がこんなにも増えてくれた。

ピアノに向かいながら豆腐屋の人を探すが、見当たらない。忙しいのだろうか。ハット帽の人が見えた。今回もドラムの前に座っている。同世代も多く来てくれている。ジャズ研の連中の姿がある。同業者らしき中年四人組の姿も見える。

ピアノ椅子に座って、会釈して顔を上げる。

大のカウントが始まった。
「ワン、ツー、ワンツー」
演奏を始めた直後だった。
客の反応を確かめようとした時、目に入った。
どうして分かったのか、自分でも分からない――。
だけど、絶対にそうだという確信があった。
ステージから三つ奥の席に座っているのは、特別な人だ。
あの人だ。
自分の体が変容していく気がした。
大のソロが始まった。
猛吹雪のような大の音が、頭の中を吹き飛ばしていく。
悩みも、考えも、恐れも――。
ただ、ある記憶だけが温かく浮かび続けている。
自分のソロの番が来る……。
もう、恐怖心はなかった。
殻を破れない姿も、そのまま見て欲しいから。
口から、息が塊になって抜けていく。
ただ、指を動かす。指はスケールを正確に捉えて外さない。
ピアノの中に、まるで指が溶けていく。

あっと思って鍵盤から離すと、粘りつくように瞬時に次の鍵盤に移動した。楽器の一部になったように――。恐怖で声が出そうになるが、ぐっと堪えてもう一歩前に進む。指がそうなら腕までピアノに差し出してみると、腕の腱がピアノ線と同化して、音を紡ぎ始めた。それならば肩まで連れて行ってもらう。そう思った途端、上半身が丸ごと楽器と同化していく。もう、弾いているのか、弾かされているのかさえ分からなくなる。腕の筋肉が波のようにうねり始めた。肩で増幅した波動が全身を包んでいく。

体全体が、揺れ始めた――。

記憶の温もりが全身を覆っていく。

踊るように弾く姿がじんわりと蘇る。

なのに、指が高速で動いている。

その時、気付いた。

頭の中の音符が消えている――。

「イエア！」という声がした。

ハッとして顔を上げると、大が目を爛々とさせていた。

いつの間にか、自分のソロが終わろうとしている。

客は沸いてはいなかった。きっと、そんなに良いソロではなかったからだ。

それでも、扉に手をかけた気がする。今までで一番、真摯に弾けていた気がする。

そのソロが、もう終わる――。

タイミングを合わせるために玉田を見ると、指が視線を遮った。

一本立てられた大の指が、くるくると回っていた。

もう一周という合図だ――。

扉を開けろと言っている。

そこからは、扉の前でひたすら弾いた。ついに開くことはできなかったけれど、精一杯ノックを繰り返した。目を固くつむって、歯を剝き出しにして弾いた。

何度もライブを観ている客には、格好悪く映っただろう。

三つ奥の席に座っている人の目にも、みっともなく見えたかもしれない。

それでも構わなかった。

情けない姿も、包み隠さず見せたかった。

だって、ここに来てくれたんだから。

いつものように、いつもより一生懸命に弾いて、曲が終わった。


楽屋に下がると、大が力強く肩を叩いてきた。

「あと半歩だべ」

玉田が言った。

「今までで一番良かったぞ、雪祈」

無言で頷き返して、カーテンをずらして客席を覗く。

その人は、座ったままだった。

「大、玉田。お客への対応は後でやるから、少し時間くれないか？」

大の声が後ろからした。

「——分かった」

少し客が引けた時、三つ奥のテーブルに向かった。

その人は立ち上がった。

「久しぶり、ユキちゃん」

十二年ぶりに見るその人は、あのまま大人の姿になっていた。

アーモンド形の目を大きく開いたまま、立っていた。

「お久しぶりです、アオイちゃん」

それ以上、言葉が出てこない。あれからどうしていたのか、あれから大変だったのか、あれから自分は弾き続けて、あれからずっと考えて、ジャズに出会って、思い出して、悩んで、会いたかった。全部が、言葉にならない。

「ユキちゃん」

その顔には、笑みがあった。階段の上から見た寂しい笑顔ではなく、初めてピアノ部屋で会った時の笑顔だ。

「私もね、続けてたんだ」

——大が正しかった。

いや、大が言ったから、そうなったのかもしれない。

もしかすると、大が真っ直ぐ信じたから、過去さえ、そう変わったのかもしれない。

「ピアノね、ずっと弾いてたんだよ」

ずっと、聞きたかった言葉だった。
「ありがとうございます……」
大と玉田が見ているのも分かっていた。
だけど、どうしようもなかった。
これでもかというぐらい、目から何かが溢れてくる。
声が震えるのも分かっていたけれど、言いたかった。
「続けていてくれて、ありがとう」
アオイちゃんが、にっこりと目を細めた。
彼女がここにいるだけでいい。
あの楽しかった音楽が鳴っている。
あの音が、人の形になって戻ってきたみたいなんだ。

インタビュー　アオイ

大通りから二つ奥に入った細道に、その集合住宅はあった。建物は古いが、丁寧に管理されているらしく植栽も整えられている。感じの良い住人たちと挨拶を交わしながら五階に上がる。玄関が開くと、部屋の主がいた。丸い顔とアーモンド形の瞳が印象的な女性が、もっと印象的な笑顔を向けてくる。通された室内はリノベーションされていて、明るい。壁には現代アートのポップな絵とかなり昔のジャズイベントのポスターが貼られていて、リビングの隣の部屋にアップライトピアノが見えた。布張りの二人掛けソファに座った彼女に、話を聞く——。

「アオイです。年は、沢辺のちょっと上です」

最初に出会った時、彼は五歳だったということですが、覚えていますか？

「小さい頃の印象……。うーん、困った顔というか難しい顔ばかりしている男の子でした。でも、私の演奏を見ている時は、足をブラブラさせて鼻歌なんかも出てたから、楽しく聴いていたんだと思います。実は私、あの難しい顔を何とかしたいと思っていたんです。ピアノって楽しいものじゃないですか。それを伝えるのが自分のミッションみたいに思っちゃって。いつからか、大げさに楽しく弾いたりもしてました」

その後、家庭の事情で彼と離れることになったそうですが。

「そうですね、松本を離れてからは、全然連絡も入れられなくて。実際貧しかったのもあったし、佳子先生に心配もかけたくなくて。でも、ピアノはね、結構どこにでもあるんです。学校には必ずあるし、弾こうと思えばなんとか弾けましたから。教室の発表会にはもう出られませんでしたけど、私ね、学校の合唱コンクールの伴奏はずっとしてたんです。その時はね、もう得意満面で弾いていました」

その間、彼のことは覚えていたのですか？

「ユキちゃん、あえてそう呼びますね。うん、ユキちゃんのことは、ずっと気になってました。とにかくいつも真剣でしたから。最初は、教室の子だから上手くなきゃいけないとか、そういう義務感を持っちゃってるのかなと思ってたんですけど、そうじゃなくて。ピアノを弾く時いつも首をひねってて。大人になって聞いたところによりますとですね、違和感と闘っていたんですって。言ってみれば、感覚と理論との闘いです」

そこから、彼の音楽人生が変わっていくことになるわけですが。

「そう。だからか！　ってことなんですよね。それだけの感覚を持っていたから、その後活躍するんですね。もちろん私は、子供の頃からユキちゃんは成功するって思ってましたけど。離れていた頃も、たまに名前を検索したりしてね。ジャズフェスのページで名前を見つけて、もちろん遠いから行けないんですけど、ジャズ始めたんだ、フェスに出るなんて凄いなって思ってて。私は短大を出て就職したんですけど、転勤で東京に出てきて、東京に着いた初日にライブに行きました。あの時、どうして私だって分かったんでしょうね。それはまだ訊けていません。恥ずかしくて」

ピアノがありますが、あなたも、弾くのですか？

「毎日弾いてます。もうすっかりね、私もジャズを弾くようになりました。もちろん下手ですけど、とにかく楽しくて仕方ないんです」

第5章

1

「あれ、アオイちゃんだべ？　昨日の」

音合わせの前に、ネックストラップを首にかけながら大がからかってきた。

「泣いてたもんなあ、雪祈泣いてたもんなあ。会えて良かったなあ〜」

テイクツーのステージで、大がおどけている。

でも、今日は怒る気がしない。

「うるせえよ」

「いいなあ、感動の再会！　ジャズのおかげだべ。ジャズってすげえなあ」

その通りだ。実際、大のおかげでもある。

そう分かっているけれど、礼なんて口にしたくもない。

「もういいから練習するぞ！」

「ちょっと待て雪祈。あの後、打ち上げにも来ないでどこ行ってたんだよ？　気になって練習できねえよ……。トリオに秘密は厳禁なんだろ……？」玉田がいじけた顔を作って、スティックの先端同士をちょんちょんと合わせている。

腹が立ってくるが、実際、玉田のおかげでもある。

「始発までファミレスだ。色々話すことあったからな」

ファミレスでアオイちゃんのこれまでを聞いた。自分も、これまでのことを話した。経緯の説明が終わると、音楽の話になった。アオイちゃんはジャンルを跨いで聴いていて、クラシックやポップスに関しては自分より遥かに豊かな知識を持っていた。そして気付いたら朝が来ていた。

「いいなあ、いいなあ〜」二人が合唱した。

「もういいだろ大、玉田！　練習だ！」

「いや、待て雪祈」

大が真剣な顔をしている。

「昨日のソロは良かった。きっかけはきっとアオイちゃんだ。だからもう、練習からアオイちゃんに来てもらうべ」

やっぱりからかっている。

「お前なあ……！」

さすがに頭に来るが、大の言葉にも一理ある。ソロのヒントがつかめたのは、彼女の姿を見たからだ。彼女が理屈を超えた演奏をしている姿を思い出したからだ。

小さな手がかりかもしれないが、大きなものに繋がるかもしれない。

繋がると言えば――。

「大こそ、どうなんだよ？」

「なにが？」

「ラーメン屋の南川さん」

「えっ、おまっ、なんで名前知ってるんだよ？　嘘だべ？　俺に黙って行ったのかよ！」

大が真っ赤になっている。

「しかも、お話ししちゃったぜ」

「話すなよ！　雪祈が喋ると何らかの事故が起きる可能性があるべ！」

「南川さん、いいよなあ。清潔感があって働き者でさあ」

「殺す！　また話したら、殺す！」

玉田がハハハと声を出した。

いつの間にか、三人で笑っていた。

いつの間にか、チームになっている。

三人でキャッチボールして、三人で試合に出ているのだ。

たぶん、ここが今までで一番居心地がいい場所だ。実家のピアノ部屋でも、学校の音楽室でも自分は一人だった。上京しても、しばらくは肩を怒らせて闘っていた。

今は、自分の悩みを知る玉田がいる。大事だった人を知る大がいる。

ひとしきり笑った後、大がしんみりと呟いた。

「それにしても、アオイちゃん、会えて良かったべ」

「まあな」

そう言って、体をピアノに向ける。

この先、ライブのスケジュールが五つ入っている。小規模なイベントからも打診があった。おそらく、その先も決まっていくだろう。トリオの集客数は今や七十を超えていて、今のジャズ業界の中では悪くない数字、いや、かなりいい数字を獲得している。

つまり、ここまで試合には勝てている。

だけど、忘れてはいない。

目標を、忘れてはいない。


彼女の会社上がりの時間に、店の前で待ち合わせた。

雑居ビルの中にある、ファミレスよりほんの少しだけ値が張るイタリア料理店だ。

二人ともオレンジジュースを頼んで、ピザとパスタと一番安い肉料理を選ぶ。

「どう？　仕事の方は？」

「それがさ、結構厳しい感じなの。みんな優しいんだけど、仕事量は鬼みたいな」

「社会人は大変だな。でもアオイちゃん、パソコンも踊るように入力してそう」

「そんなわけないじゃん！　黙って入力してるよ！」

しばらくすると、ライブの話になった。

「この前、凄かったよねえ。もう大迫力でお客さんも盛り上がって。私、ああいうジャズライブは初めてだったから、どうしたらいいか分からなくって」

「そっか、初めてだったか。もっと感想聞きたいな」

「うーんとね、クラシックとは全然違ってて、次にどんな音が来るのか分からないのが面白かった。えっ、その音来るの？　次はそれなの？　そうやって驚いてた。だから耳は幸せだったけど頭が疲れたよ。変かな？」

「面白い感想だよ。それで？」

「途中から音を予想するのを止めたの。もう受け入れちゃおうって。そしたら、どんどん頭が自由になって、体がね、少し地面から浮いてる感じがした」

今まで、こうやって初来場の人の感想を細かに耳にしたことがなかった。貴重な意見だ。

「なによりテナーサックスの音！　暴走族の排気音かっていうぐらい大きかった！　最初に思わずのけぞっちゃって。強すぎるよって。でも、すぐに繊細さが伝わってきた」

「繊細？」

「うん。色んなこと分かってて、あえて強さを選んでるのかなって。なんかね、お客さんの方を見る目がね、時々優しいのよ」

初めて知った。

大は、ひたすら強い眼光で吹いているのかと思っていた。

「みんな大変ですよね、でも前向いていきましょう。そう言われている気がした。だから、勇気が湧いてきた。歌詞もないのに、凄いよね」

きっと、大の感情だ。そう言っていたんだ。そう吹いていたんだ。

「ドラムの人はね、真面目で良かった。ずっとサックスとユキちゃんを気にしてた。支えようっていう気持ちが出てる感じで」

確かに、ライブ中に玉田と目が合う回数は、もう数えられないぐらいに増えている。

「それと、自慢しているみたいだったよ」

「自慢？」

「俺の仲間は凄いだろう、凄い二人なんだって言ってるみたいだった」

アオイちゃんの感覚は、ジャズを知らないからこそ、きっと正しい。

玉田は、そんな思いで叩いてくれている。

あの玉田が……。

気をしっかり保つために、パスタを口に押し込む。

「ユキちゃんはね、とっても上手でとってても多彩。それなのに、とっても悩んでいる感じがした」

やっぱり、正しい。

「……うん、悩んでるんだ」

インプロビゼーションの話をした。

ソーブルーの話も、平さんから言われたことも話した。大に突き放されたことも、胸の奥にあるはずのものの話も、前回のライブで扉の前に立った感覚も。

その扉を、開けられなかったことも。

それを聞いたアオイちゃんは、音楽家たちの話をしてくれた。モーツァルトとかベートーベンとか、アメリカのラッパーの話も。音楽創作における逸話だった。

貴重な話だったけど、どれも自分の問題とは少し違っていた。

デザートを食べ終わった時、アオイちゃんが言った。

「ユキちゃんのお母さん、佳子先生からね、一度訊かれたことがあるんだ」

「何を？」

「アオイちゃんは、音が色に見えたことはあるかって」

「色……？」

何のことか、分からない。

「ないって答えて、どうして？　って訊いたの。そしたら、うちの雪祈、昔は音が色で見えていたみたいで、あなたなら分かるかと思って、みたいなことを言ってた。よく覚えてるんだ、ユキちゃんにどういうことか直接訊きたかったから。でも私、その後すぐに引っ越しちゃったから」

色……。

音が色……。

思い出せない。

何のことか、分からなかった。


暗い部屋で、ヘッドフォンをかぶる。

電源を入れて、電子ピアノの鍵盤を押す。

今度は目をつむって、押す。

つむったまま椅子の上でくるっと一回転して、鍵盤の位置が分からない状態で押してみる。

音が耳に届く。

正確にどの音かも分かる。
視界は黒いままだ。
そのまま一時間試してみた。
和音、不協和音も弾いてみた。
長く長く鍵盤を押し続けてみた。
短く指を離してみた。
色なんか、一向に出てこない。
色が見えた覚えもなければ、出る気配も感じ取れない。
母親に訊いてみるかとスマホに手を伸ばした時、画面が光った。
黒い画面上に、緑の通話ボタンと赤い拒否ボタン。
白く光っているのは、初めて見る電話番号だ。
時刻は、もう二十三時を過ぎている。
ゼロサンから始まる番号から、どうしてこの時間に――。
嫌な予感がした。そうでないにしても、なにか重大なことだ。
恐る恐る、緑を押した。
「もしもし……沢辺ですが?」
返ってきたのは、抑揚のない声だった。
耳に残って離れない声。三か月前にバーで聞いたあの声だった。
「ソーブルーの平です」

驚きが声にならずに口から漏れた。

何と返せばいいのか、分からない。ライブを観てくれた礼か。欠点を指摘してくれた礼か。あれから何の連絡も取らなかった無礼についてか。

先に声が、届いた。

「今、話しても大丈夫ですか？」

「は、はい」もう、自分の声は裏返っていた。

「一週間前、君のバンドの宮本君が店に来てくれました。話しかけたら、僕の名札を見て、お世話になってます、と言ってくれました」

大からは、何も聞いていない。

「僕が、沢辺君はどうしているか尋ねたら、とっても明るい顔をしてね」

尋ねたんだ。気にしていてくれたんだ……。

「もうすぐ乗り越えるから大丈夫だと、力強く言っていました」

乗り越える……。

そうかもしれないし、そうじゃないかもしれない。

でも大が、そう言ってくれた。

「それで、電話しました」

それで、って？

乗り越えたかどうか、わざわざ尋ねるために？

まさかこの人はそんなことをする人じゃない――。

「フレッド・シルバーを知っていますね？」

抑揚のない声から、今をときめくジャズマンの名が出た。ニューヨークで活躍している黒人アルトサックス奏者だ。まだ若手なのにレジェンドたちにも認められる実力があり、モダンジャズの系譜を辿りながら最新の音を創り出しているスタープレイヤー……。

たしか、もうすぐ来日するはずだ。

「は、はい」

今、ここでそんな知識など意味はない。

質問の真意も分からないのだから。

「今週末の日曜から、ソーブルーで公演があります」

誘われているのか？　観に来いと？

たしかに、そのあたりはＪＡＳＳのライブもない……。

「そのフレッドのピアニストが、帯同していません。高熱を出し、アメリカを出国できませんでした」

ただ事実だけが淡々と語られていた。平さんが、何を言おうとしているのか分からない。

無意味な話をする人じゃないことだけは、分かっている。

「代打のピアニストを、探しています」

たくさんいるはずだ。

思いつく名前はいくつもある。

「沢辺君、出演してみないか？」

暗い部屋にいるのに、目の前が真っ白になった。

青黒い海の前で吹いていた。

いつもの橋より二キロほど下流、東京湾に面した公園に、大はいた。

運河の黒い水が海に流れ込んで、照明が消えたレインボーブリッジのシルエットを呑み込んでいる。海面の向こうには品川方面の灯りが見える。

大は、その海面を割ろうとでもするように激しく吹いていた。

二キロ走って上がった息を整えようと思って、階段に座って大の練習を見る。

上下左右に揺れる大の背中が、一つ音を出す度に大きくなっていくように見える。

深夜なのに一分に一人ほど、大の後ろをランナーたちが通り過ぎていく。ダンスでも踊っているように動く大に、目を向ける人も向けない人もいる。

二十代の男性ランナーが、足を止めた。正確には足踏みしながら、大の後ろで音を聴いていた。

二分ぐらいすると、ランニング用のリュックからペットボトルを一本取り出して、大に近づいた。

その時になって、見えた。それまでサックスケースのシルエットに紛れて気付いていなかった。

大の足元に、缶とペットボトルが並んでいた。ランナーはそれに一本を加えて、また走り出した。

前に練習を覗いた時には、そんなものはなかった。皆、怪訝な表情を浮かべて走り過ぎるだけだった。あれから一年経って、皆が大の音に気付いたのだ。

これは、特別な音だと。

恐れがなく。

――俺は、恐れている。

真っ直ぐで。

――俺は、揺れている。

強い。

――俺は、どうしようもなく弱い。

大の音が止まった。

振り向いた瞬間、足元の差し入れに気付き、おおっ！　と声を上げて、一本を手に取った。キャップを開け、サックスを首にぶら下げたまま、口を付ける。

腰に手を当てて、ラッパ飲みした。

極めてダサい姿のはずなのに、それが、なぜか格好よかった。

大は、絵になる男になり始めている。ジャズマンとしての階段を上がりながら、男としての魅力を増している。

ふと、下手な考えが頭に浮かぶ。

いつまで、俺と組んでいられるのだろうか――。

頭を横に振って、腰を上げる。

「大！」

「おお！　なに、誰？　あ、雪祈か！」

「電話出ろよ！　何回かけたと思ってんだ！」

「えっ、マジで？　ゴメンゴメン、サックスケースに放り込んでて気付かなかったべ」

スマホなんて気にもしない。それも俺と違うところだ。

毎晩、猛練習をしてそれを当然だと思っている男に、自分より遥かに凄いプレーをする男に、用件を告げる。

近づくと、大の輪郭は汗に縁どられていた。

「で、ナニよ？　こんな夜中に。急用？」

「ソーブルーに、俺一人で出てもいいか？」

大の輪郭が、少し揺れた。

「平さんから連絡があった。フレッド・シルバーのピアニストが急病で来日できなくなった。その代打として、なぜか俺に声が掛かった」

大の目が、暗闇に光っている。

「なぜかは分からない。大が、平さんに俺のことを話してくれたからかもしれない。他のピアニスト全員に断られて、奇跡的に回ってきたのかもしれない。とにかく、俺にお呼びが掛かった」

大の体の輪郭が、大きくなったり小さくなったりしている。

「――それで、なんて返事したんだ？」

「向こうも急いで探してるみたいだったけど、三時間待ってくれって言った。もう二時間半経ってる」

「――なんで、待たせた？」

「ソーブルーはトリオの目標だ。俺が言い出したんだ。その俺だけが先に立つのを二人に黙って決めるなんて、できなかった。お前と、玉田に話してから決めたかったからだ」

「バカ野郎」

怒りがこもった低い声でそう言って、大は踵を返した。サックスのケースに向かっている。

スマホを取り出し、操作しながらまた近づいてきた。

大が、いきなりスマホの画面を突き出してきた。

そこには、チケット購入完了、という文字があった。

「あっぶねえ。ギリギリ買えたべ」

日曜日の日付があった。FIRST SETと書いてある。

大の歯が白く光って、輪郭がぼやける。

「……いいのか？」

「当たり前だべ。そういう時はな、すぐ返事しろ」

「俺一人で出て、いいのか？」

「俺が怒ってんのは、俺らに気を遣ってチャンス逃したら、ぶっ飛ばすぞってことだ。まさか、俺らが反対するとでも思ったのか？」

「いや……」

そうじゃない。

止められるなんて、思っていなかった。

「じゃあ、いい報告をしに来たんだな？」

大が、右手を差し出した。

その手を握る。大の手は、熱かった。

そうだ、これがしたかったのかもしれない。

「雪祈、風邪ひくとマズいからすぐ帰れ。曲も覚えなきゃだべ？　つーか、わざわざこんなとこまで来んな。玉田には俺から言っとくから」

頷いて手を離し、大に背中を向ける。

背中に声が届いた。

「かませ、雪祈」

タクシーをつかまえようと、道に出て歩いた。

大はまだ吹いていた。さっきより、強く吹いている。

大の音が遠くなっていく。

それが、怖かった。

2

メールに楽譜が届いた。

ジャズの楽譜は、一曲につき一枚か二枚だ。

合計十二枚の楽譜をコンビニでプリントアウトして、部屋に持ち帰る。

フレッドのアルバムを流し、楽譜と照らし合わせる。

できれば、ステージには楽譜を持ち込みたくない。

カルテットの他の三人が持っていないのに、自分だけが楽譜を見ていては客の気も散ってしまうだろう。

ただでさえ、代打なのだ。

ただでさえ、一人だけ日本人なのだ。

ただでさえ、無名なのだから。

右耳のイヤフォンでライブ動画の音を流し、左耳のイヤフォンを電子ピアノに繋ぐ。

目は、楽譜に注ぐ。

曲を覚えながら、カルテットのニュアンスを摑んでいく。

フレッドのジャズは、ＪＡＳＳとは全く違っている。ＪＡＳＳを豪快とするなら、フレッドは緻密で豪華。ホルモン焼きと——食べたことはないが、エイジングビーフの高級ステーキぐらい違う。

今となってはホルモン焼きが自分の性(しょう)に合っている気がするが、高級ステーキ店でもなんとか給仕ぐらいはこなせるはずだ。そのために百貨店で靴を売っていたんだから。

夜も昼も、なくなった。

頭痛がし始め、限界が来たと思ったら、短時間だけベッドに横になる。その間もイヤフォンでフレッドの音を流し続けた。

二日間、それを繰り返した。

土曜の朝、シャワーを浴びた。脂と汗でベタついた髪と体を洗い、清潔な下着に替える。

そして、青山に向かった。


昼の光の中でソーブルーを見るのは初めてだった。

夜とはまったく違った建物に見える。

黒だと思っていた建物の外枠は実際はグレーで、扉脇の木の壁はダークブラウンではなく薄茶色だった。

まるで大物女性歌手が化粧を落とした姿だ。スターの顔から、素の顔になっている。夜は一流のサービスで客をもてなすジャズクラブの、本当の姿……。

平さんの底なしのような瞳が、それだ。

平さんの抑揚のない声が、それだ。

その建物に、今から飛び込む。

悪い夢のような気がしてきて、扉横に貼られたスケジュールに目を凝らすと、確かにフレッドの公演予定がある。しかも、確かに、明日から。

深呼吸して、まずは中に入ろうと扉を押すと、鍵がかかっている。慌てて平さんにメールすると、右側の路地の奥に裏口があるから、とすぐに返ってきた。

裏口は、コンクリート打ちっ放しの細い階段だった。

少しでも緊張をほぐそうと、下りながら段数を数える。

一、二、三、四、五……。

十八段で鉄製の扉の前に立った。

あと一歩だ。

緊張、恐怖、萎縮、喜び——胸の中で感情が渦巻いている。整理しようとするが、いくら時間があってもできない気がして、ドアノブに手を掛ける。

最後の一歩を、踏み出した。

そこに、平さんが立っていた。

スーツを着て、手を腰の前で組んでいる。その顔には、表情がなかった。

「あ……」言葉が出ない。

「ようこそ。フレッドたちは予定より早く着いています。まず挨拶しましょう」

ビジネス口調だった。

過去のことなどまるで意に介していない口ぶりだった。

頷いた平さんが細いバックヤードを大股で先に歩く。

「はい」そう返事をするのが、やっとだった。

前を向いたまま、語り掛けてきた。

「沢辺君、英語はできるか？」

「いえ……でもジャズ用語なら理解できると思います」

英語だけは授業をしっかり受けた。海外の映像もかなり観てきた。アメリカのセッション、ステージ、フェス、録音風景、練習の映像。ジャズ用語を学ぶためだ。

きっと、この時のためだ――。

「それさえ理解できれば何とかなる。困ったら通訳するので言ってください。ここが楽屋だが、今日の演者が使用するので、フレッドたちはステージにいます」

薄茶色の楽屋の扉を横目に、厨房の横を通り過ぎる。四人ほどの料理人の姿が見えた。

「鴨」「白身」「仕込み」「パン」「スペシャル」「味見」「ソース」――大きな声が飛び交っている。

プロの、仕事場だ。

胸の中の緊張が、一気に増してくる。

めまぐるしく働くこの人たちが作る料理さえも、この店の主役ではない。主役は音楽で、自分が演奏をしくじったなら、彼らが丹精を込めた料理も台無しになるのだ。

厨房と客席を隔てるのは、大きな扉だった。

これまで、客席側から何度も目にした扉だ。

ステンレス製で、銀色――。

その前で、平さんが立ち止まって振り向いた。

「フレッドたちに君のことは話してある。音を合わせて駄目だったら、それまでだ。いいですね？」

頷くことしかできない。それでも、せめて首を大きく縦に振る。

扉が開いた。

目の前に、あの会場が広がった。

客席の椅子がテーブルに上げられ、床に掃除機がかけられている。

左側の隅で、十人ほどのウエイターが集まって打ち合わせをしている。

ステージの上には、フレッドたちがいた。

軽く音を出している。

ドラマーのスティーブ・サリバンが見える。ベーシストのダレン・ルイスが見える。二人とも有名ミュージシャンだ。

そして、もっと有名なジャズマンの姿が中央にあった。アルトサックスを吹いている。

「ガイズ！」平さんが三人の注意を引いた。
トッププレーヤーたちの目が、自分に注がれる。
これから、音を合わせる……。
駄目だったら、それまで――。
平さんが流暢な英語で、自分を紹介した。
自分の口からは、「……H・i」としか出てこない。
フレッドが手を差し出して、君か、よろしく、と英語で言った。
震えないようにと願いながら右手で握手して、顔を見る。
目は穏やかな光を湛えているが、これがどう変わるか分からない。
続いてスティーブとダレンが、握手を求めて来た。
フレッドが、言った。
「OK、レッツ　ジャム」
ピアノ椅子に座る。
今まで弾く中で、最も高価で最も大型のピアノが目の前にある。
目を上げると、何度も、何千回も想像した景色があった。
この角度だ……。
ドラマーの顔が見える。ウッドベースの弦が見える。サックス奏者の横顔が見える。
――この角度だ。
フレッドが頷いてカウントを始めた。

最初の音だけは外さない、それだけを肝に銘じる。

演奏が始まった。

三人が明らかに五割程度の力で演奏しているのが分かる。自分に気を遣っているのか、通常のルーティーンなのかは分からない。

とにかく、自分は、ただ懸命に弾く。

遅れないように走らないようにミスらないように――。

「ヘイ、ユキ!」

顔を上げると、フレッドがこっちを見ている。

「リラックス! リラックス!」

リラックスなんて、できるわけがない! そう思いながら唾を飲み込んで、頷く。

三人がソロのタイミングを計る。

ごく短く、形だけのソロを回していく。

自分のソロは、あるのか、ないのか――。

「ピアノソロ、ユキ!」フレッドが声を上げた。

ソロに入る。三人に合わせ、形だけのソロがいいのか……。

思い直して、全力で弾く。

自分を誤魔化したくないから。嘘もつきたくないから。

そう思っているのに、与えられた時間が、短い。一気に上げようとするが、リハの低めのテンションが天井になって頭がぶつかる。

それでも精一杯、飾らずに弾く——。

フレッドが、マウスピースから口を離した。

リハーサルが終わった。

新たに得た情報で頭がいっぱいになる。

フレッドたちは細かなタイミングの入れ替えや強弱、小さな休符で音の質を高めようとしていた。おそらくカルテットの最新の活動で生まれたアレンジだ。いざとなれば、きっちり指に染み込ませなくてはならない。

鞄から楽譜を出し、書き込みを入れる。

ずっとステージ下にいた平さんが、フレッドに声を掛けた。

二人で何やら話している。

——やれることは、やった。

どういう答えが出ても、仕方がない。

「沢辺君」

「はい」

「フレッドが、君でいいと言っている」

抑揚のない声が耳から入って、全身をゆっくりと下りていった。

それが足先に届いた時、気付いた。

客席ではウエイターの人たちが机から椅子を下ろし、セッティングを始めている。そこより、自分は一段高い場所に立っている。

ステージに上がる階段を、いつの間にかのぼっていた。

そして、明日も、ここに居る。

ガタン、バタンと、椅子が並べられる音がしている。

茫然とそれを聞いているところに、平さんの声が割って入った。

「沢辺君……あの日のことなんだが」

抑揚がある声だった。

「君たちトリオは、面白かったんだ。……だからこそ、年甲斐もなく苦言を呈してしまった。あんな言い方をして、すまなかったと思っている」

もう、ビジネス口調じゃなかった。底なしの黒い目はうつむき加減になって、声が小さくなっている。

それを聞いた自分の頭が、下がっていく。どんどん、自然と下がっていった。

そして、ステージの床を見ながら、言った。

「こちらこそ申し訳ありませんでした。無礼で、生意気で……平さんに、本当のことを教えてもらったと思っています」

本音だった。ずっと、言いたかったことだった。

「今回どうして自分を選んでくれたのか分かりません。ただ、自分の精一杯で弾きます。だから――」

いつの間にかのぼってしまったステージの床を見ながら、言った。

「もう一度、俺を値踏みしてください」

平さんの革靴の先が見えている。

光っていた。一分の隙もなく磨き上げられていた。

でも、なおも続けた。

「以前、テナーとドラムは悪くないと言ってくれました。だから、もし僕が良い演奏をしたら、もし僕のピアノが良かったら、もう一度、可能性をください。JASSに、このステージに立つ可能性はまだ残っていると、言ってください」

革靴は微塵も動かない。

「君の言う、良い演奏とは……?」

「内臓をひっくり返すような、ソロです」

できるかどうか、分からない。

ただ、それをしなければ、道は拓けない。

ソーブルーで演奏する——。

明日、叶う。

でも、それは、もう目標ではなくなっているから。

大と玉田と立つ。

それこそが、目標だから。

革靴の先が少しだけ動いて、頭の上から声が届いた。

「……分かった」

その声は、また抑揚を失っていた。

プロの声だった。

3

書き込みを入れた楽譜と、スマホで録音したリハ音源を照らし合わせる。

公演は一日に二セット。ファーストとセカンドでは、内容がまったく違う。同じ客が連続して観ることもあるからだ。

アンコールを合わせて、十曲を演奏する。

その全てを再確認する。

電子ピアノで、リハで得たニュアンスを指に覚え込ませる。それでも本番ではもっと変化するはずで、対応するためにはこの時点でかなり弾き込んでおく必要がある。

明日の公演のミュージックチャージは一万円を超えていて、つまりそれだけの質を求められるということだ。客のほぼ全員がフレッド目当てだが、自分が足を引っ張っては公演自体が台無しになってしまう。

ソーブルーの看板と、平さんの顔に、泥を塗ることになる。

ＪＡＳＳにも、永遠に拭えない泥を塗ることになる。

しかも、フレッドは自分にソロの時間をくれる。

なのに、それを練習する時間は、ない。

本番に賭けるしかない。

スマホがメッセージの着信を知らせた。
玉田から、二件——。
【聞いたぞ、フレッドのお眼鏡にかなったってな。さすが、ＪＡＳＳの雪祈だ！】
玉田らしいメッセージだ。
【夢が叶うんだ。思い切ってな！　客席から応援するから！】
夢が叶う……とてもそんな心境じゃない。
思い切って……その通りだ。
窓の外を見上げると、月が見えた。
大からメッセージは、来ない。

予定の三十分前に、扉の前に立っていた。
昨日から二時間しか経っていない気がするし、三日ぐらい経った気もする。
時間感覚が不安になって扉横のポスターを確かめると、新しいものに変わっていた。
フレッドが一人で写る白黒のポスターだ。
その下に、名前が印刷されていた。
スティーブの名、ダレンの名、その下に、書かれていた。
PIANO　YUKINORI SAWABE——。
写真を撮る気なんか、起きなかった。
「頑張ってください」

「噂の沢辺さんですね」

「この店では史上最年少の演者さんだと思いますよ」

「若い人が出てくれて、嬉しいんです」

「演奏、楽しみにしてますから」

ソーブルーの階段を降りると、受付の人が、ウエイターたちが自分にそう声を掛けてくれた。格式ばった言葉も表情もなく、皆が仲間のように扱ってくれている。その一つ一つに礼を言いながら、楽屋の薄茶色の扉を開けた。

十畳ほどの部屋にはダイニングテーブルとソファがあった。テーブルの上には軽食とフルーツが並んでいて、コーヒーのポットと水のペットボトルが置いてある。今までの楽屋とは比べ物にならない空間だった。

ソファに目をやる。数々のレジェンドが座った場所だ。彼らはどんな心境で座ったのか。きっと心臓の音なんか気にもならなかっただろう。きっと顔が紅潮することなんかなかっただろう。手が震えることなんてなかっただろう。とても腰かける気は起きなかった。

「ヘイ、ユキ！」

明るい声と共にフレッドたちが入ってくる。

「フレッド、スティーブ、ダレン、アー……ハウ　ユー　ドゥーイング？」英語で挨拶をかわす。昨日より、少しだけ話せていた。

「アイム　ベリー　ナーバス」緊張を打ち明けると、三人が「イージー、ユキ」「リラックス」と肩を叩いてくれる。

フレッドに促されて、リハーサルに向かう。

ステージは昨日と違っていた。スティーブ専用のドラムが鎮座している。タムとシンバルが倍の数に増えている。玉田のミニマムなセッティングとは訳が違う、圧巻のセッティングだ。ダレンのベースの木目が楽器の年季を主張している。世界を旅したベースだ。世界中で賞賛を受けたベースだ。ピアノだけは昨日と変わらなかった。でも、その足元にはスピーカーがある。見ていると、声が掛かった。

「PAの内山です。沢辺さん、それがモニターでピアノ音やベース音が出ます。音量、デカすぎたり小さかったら言ってください」

「はい、ありがとうございます」

昨日より力が入ったリハーサルが始まった。


リハーサル終わりから開演までは二時間、そのうちピアノを触ることが許されたのは一時間だけだった。

一度ホテルに戻るというフレッドたちを見送って、一人でステージに残る。

ソロの、インプロの手がかりを摑みたかった。

そう思って鍵盤を叩いてみたが、何も出てこない。

横ではウエイターたちが客席をセットしている。椅子が整然と並べられ、テーブルが丁寧に拭かれ、その上に置かれたロウソクに火がともされる。頭上のライトが、少し照度を落とした。

ピアノから、ロウソクの灯りが見える。

実家が停電になった夜、ロウソクをつけてピアノを弾いたことがあった。たしか、幼稚園の年長ぐらいだった。母親が横にいて、簡単な曲を弾いていた。それでも鍵盤が見えなくてミスを繰り返すと、母親が目をつむって弾いてみたらと言った。瞼を閉じたら、暗闇が迫ってくるようで怖くなって、それでも鍵盤を叩いていたら、そうだ――。少しだけ、明るくなったんだった……。

「沢辺君」

振り向くと、平さんがいた。

「お客さんが入ります。楽屋に戻りましょう」

返事も返せず、ただ頷いて楽屋に向かう。

そこからは、また時間の感覚がおかしくなった。

楽屋の壁掛け時計を見る度に、吐き気と昂揚感が押し寄せる。どちらが正しいのかを考えているうちに、時間が経っている。開演時刻が迫ってくると、壁掛け時計そのものがちゃんと動いているか不安になって、何度もスマホで確認する。

開演五分前、メッセージが届いた。

大からだった。

開封する気がしない。大のことだから、ありきたりな応援の言葉なんか送ってこないだろう。この瀬戸際で妙なことを言われたら受け止める余裕がない。今、ギリギリの状態だから。

大なら、今この楽屋でどうしているだろうか?

ニヤニヤしているかもしれない。日本一のステージに立てる喜びで笑っているかもしれない。この楽屋に入るのはこれが最後かもしれないとどこかで思ってしまっている自分とは、種類が違う人間だから。
大だったら……。
開封した。
【ピアノで死んでも、いいぞ。つーか】
意味が分からなかった。
死ぬ？　ピアノで？　それで、いい？
【ぶっ倒れて、死んでこいよ】
意味が、分かった。
扉が開いて、平さんが顔を出した。
「客席満員です。ステージ三分前！　ガイズ、スリーミニッツ！」
フレッドたちがソファから立ち上がった。
手が震える。
楽屋を、出る。
料理人たちが拍手で見送る厨房の横を、歩いていく。
手が震えている。
客席に続く大きな扉が見える。
手を握っては開く。
だけど、震えは収まらない。
平さんが、銀色の扉に手をかける。

恐怖で震えているのか、武者震いなのか、分からない。

だって、俺は今から、死にに行くのだ。

死ぬほど弾くのだ——。

4

最後尾でステージに向かう。

銀の扉から近い場所で発生した拍手が、二百五十人を超える客が入った会場全体に広がっていく。通路の脇に立ち上がっている客の姿も見える。

先頭を歩くフレッドが、客とハイタッチしている。ダレンが大きく手を振っている。スティーブがスティックを掲げている。

大と玉田を探したいが、会場を見渡す余裕が、ない。

観客同士の話し声が聞こえた。

「あのピアニスト、いくつだっけ?」

「十九よ」

「ホントかよ」

「わっか!」

声の間を、震える手を隠しながら歩いてゆく。

ステージに上ると、拍手が止んだ。

静寂の中、ピアノ椅子に腰を落とした瞬間、積んできた時間も、流してきた汗も、全部が吹き飛んだ。

素っ裸で座っているようだった。

初ライブの、玉田だ。分かったつもりでいたが、分かっていなかった。

その時、場違いな声が響いた。

「雪祈ー！」

玉田の声だ。

玉田が、名前を呼んでくれている。

「ワン、ツー……」

フレッドが、カウントを始めている。

指の震えが、止まっている。

「ワンツー」

その指を、動かす。

なんとか最初の音を合わせた。気持ちが昂ったまま、テーマを弾き続ける。合っているか、ついていけているかさえ、分からない。額から汗が噴き出すのだけが分かる。嘘みたいに目が上げられない。白と黒の鍵盤から目が離せない。顔が上げられないなら、せめて音だけ拾おうと耳に無理矢理意識を向ける。ドラム音が……する。次にアルトサックスの音が届いた。ベース音が……聴こえる。

そこで、一つ音を外した。

しまったと思って、反射的に顔を上げる。だけど、フレッドもダレンもスティーブも、ピアノに目もくれない。気付いているはずなのに、何もなかったように演奏を続けている。ミスがあろうと言い訳などしない、それが一流の振る舞いかと思った瞬間、フレッドが客席を向いたまま小さく頷いた。ソロを合図している。

フレッドがインプロを吹き始めた。高音の調べがめまぐるしく展開する。客に見えないように手を握って開いて、硬くなっている指に血を通わせてからフレッドを支えようとする。それなのに、入れない。フレッドのソロは、リハーサルを、予想を、遥かに超えていた。まずボストンで学んだ音がした。それにシカゴで揉まれた音が重なって、ニューヨークで熟成された音が木霊（こだま）している。経験という息がサックスに吹き込まれて、最新の音になって飛び出している。観客たちの吐息が聞こえてきそうだった。それぐらいゴージャスなソロだった。

客全員の拍手と、いくつもの歓声がフレッドを包む。

その喧騒の中でスティーブがソロに入った。全てのタム、全てのシンバルを惜しみなく使って、高低強弱長短、あらゆる技を立体的に展開している。ドラムだけで二時間聴けると思わせる豊潤な音。まるで生まれたばかりの馬が成長して草原を駆け回っているようだった。蹄（ひづめ）の音が客の耳を昂揚させて、ダレンのソロに移る。柔らかい人柄を表すように、左手の指が滑らかに弦をなぞって、右手が弦を優しく弾（はじ）いている。それなのに音はくっきりとして一切くぐもらない。まるでベースが喋っているようだった。客席に語り掛けるようにコードが展開されていく。客のうっとりとした視線がダレンと楽器に注がれている。三人とも、一流だ。間違いなくトップレベルのソロだ。

フレッドが、自分を見た。

バンドリーダーの目が、次はキミだぞと言っている。

あと十秒で始まる。

大のメッセージは、【死んでこい】だった——。

あと五秒で始まる。

賢太郎の顔が浮かぶ。

あと一秒で始まる。

何も、浮かばない。

左手が動いた。勝手にダレンの音を引き継いでいた。右手がそれに続いた。今までやってきたことが無意識に出ている、つまりこれは今まで弾いてきたソロだ。指が高速で動いている、つまり何度も弾いたフレーズだ。これじゃダメなのは分かってる、でも手を止めるわけにもいかない。扉に辿り着きかけたソロを思い出す。アオイちゃんの姿、子供の頃の彼女、でも、それも他人の真似でしかない。

ここから何を出せばいいのか。

何もないんだ。自分には何もない。

尋常じゃない量の汗が腕を伝っている。

真っ白な砂の上にいるようだ。いつかテレビで観た、アメリカの白い砂漠だ。そこにピアノと、自分だけがいる。汗を出し尽くしたら死ぬだけだ。白い砂に白い鍵盤と黒い鍵盤だけ、他の色はない、まるで自分みたいに何もない。このステージで一番下手くそで一番汚いのが自分なのだ。肘(ひじ)から汗の粒が滴(したた)った。それが乾燥した砂に落ちて無意味に消えていく。

何かないかと必死で探す。

白い世界で——胸の中にあるはずの、何かを——。

突然、現れた。

汗が落ちた場所に小さな染みができていた。白に薄っすらと茶が混じっている。茶色だ。指がいつものフレーズから一つ外れた。次に芽が現れた。黄緑色の芽が出て、若菜色の双葉になった。指がフレーズから二つ外れる。顔を真上に向けると、空が目に入った。水色の空間が広がっていて、右手が一オクターブ上に動く。右の小指が鍵盤を捉えると同時に、双葉が砂漠を覆い尽くした。左手が一オクターブも下に動くと、双葉から花が咲いた。赤、黄色、オレンジ、紫。そこに茶色が混ざっていくつもの樹になった。指が和音を捉えた瞬間、無数の実がなっている。何かが、結実した。果物なのか、色だけが鮮やかな物体が自分の周りを囲んでいる。

もう、五線譜も音符も音階もなかった。

そこで、景色が消えた。

あらゆる色だけが残って、明滅した。

いつか見たことがある、そんな気がした。

ずっと探していた答えだ、そう確信した。

指を動かして音を色にしていく。色を高速で繰り出しながら混ぜ合わせてみる。三原色に黒を足して白で薄めて銀色と金色で縁取っていく。いつか見た頃には知らなかった色も加えていく。使い込まれたグローブの色、汚れたユニフォームの色、大のサックスの色、玉田のスティックの色、裏口のコンクリートの色、平さんの目の色が加わる。

最後に挨拶に来た日のアオイちゃんの服の色が見える。見学した授業のドッジボールの色が見える。実家のピアノの色、音楽室のピアノの色、松本のバーのピアノの色が、電子ピアノの色が見える。もうそこからは色が先になった。

指が色を追いかけている。

目の前の空間に無数の色が叩きつけられている。

懐かしい色もあって怖いぐらいに新しい色もある――。

もっと良い色が出せるはずだ。いや、良い色である必要なんてなくて、自分らしい音であればいいだけだ。

きっと、それを出せば――。

「イエア！」

あまりの大声に、我に返った。

大の声だ。

ハッとして目を上げると、フレッドが笑っていた。

左に目を向けると、スティーブとダレンが頷いている。

右に目を動かすと、客席が見えた。

いつも大に向けられていた表情が並んでいた。

その一番奥に、拳を振り上げている大と玉田の姿が見えた。

その手前も奥も、色で覆われている。

ソロが終わる。

本当のソロが、終わった——。

アンコールを求める手拍子が、楽屋まで届いてきた。

フレッドたちは汗だくになった服を脱ぎ、手早く着替えている。着替えの用意などなかったので、ぼうっと見ていると、フレッドが言った。

「ユー　プレイド　グッド、ユキ」

スティーブとダレンが、ハイタッチを求めてくる。

おそらく彼らは分かっている。自分がついさっき、壁を破ったことを。

手を合わせて、サンキューと答える。

これまでで一番心を込めて、それを言った。

ステージに戻ろうと楽屋を出ると、平さんが立っていた。

「沢辺君」

何を言われるのか、分からなかった。

もしかして、怒られるかもしれない。

それなら仕方ない、とは思わなかった。全部を出したのだから仕方ないとは思えなかった。そうだったら、もっと良い演奏をするだけだ。

平さんは、何も言わなかった。

ただ、右手を差し出していた。

力を込めて、その手を握った。

「僕は、内臓をひっくり返していましたか……？」

平さんの手に、力がこもった。

「いいものを見せてもらった」

ステージに戻ると、今度は僅かに客席を見渡す余裕ができていた。

一番遠い席にいる大と玉田が、ブンブンと大きく手を振っている。

まるで場にそぐわない姿だった。

田舎者丸出しだった。

最高に嬉しい姿だった。

フレッドたちとの公演は、残り五ステージある。だけど、大たちが来られるのは、このセットだけだ。

もう、大丈夫だから——。

安心してもらうために、アンコールを全力で演奏した。

ステージの上で四人で肩を組み、深々と一礼する。

床が、拍手と歓声と照明を鈍く反射していた。

立ち上がって拍手している観客とウエイターの横を抜けて、銀の扉をくぐる。厨房の人たちが大きな拍手で迎えてくれる。

楽屋に入る前に、トイレに向かった。

一人になりたかった。

個室の鍵を閉めると、胸の深いところから息が漏れた。

息が出切ると、また手が震え出した。

もう、恐怖でも武者震いでもなかった。

両手をぎゅっと握り合わせるが、震えは止まることなく体をつたって、涙になった。

誰にも、見せたくない涙だ。

だから誰にも聞こえないように、小さな、小さな声で自分に言った。

どうしても、言ってやりたかった。

「できたぞ……」

五分だけ、そうやって座っていた。

5

最終日の打ち上げは、青山の小さな和食屋の座敷席だった。

フレッドたち三人と、平さん、ＰＡの内山さん、それにホールの責任者が参加した。

まず、内山さんの横に座った。

「沢辺さん、良かった。すげえ良かったよ」

ビールのジョッキを持った内山さんが少し赤い顔で言った。

ソーブルーの人にそう褒めてもらえるのは、踊り出したいぐらい嬉しいことだが、納得がいくソロを弾けたのは、半分ほどだった。

「まだまだです。ホントまだまだなんです」

内山さんがジョッキを飲み干した。

「このフレッドのライブさ、全セット来てた人もいるんだ。まあ常連さんなんだけど、毎回俺に感想を送ってくるんだよ」

「俺についても、何か……？」

「どんどん良くなってたって。三日目には、フレッドじゃなくて君ばかり見ていたって」

スティーブが隣にやって来た。

人懐っこい顔で、いつアメリカに来るんだ？　と訊いてくる。

トリオをやっているからしばらく日本にいると返すと、早く来た方がいいぞ、と言って笑顔で去って行った。

焼き鳥を頬張るフレッドの隣に移って、ソロの感想を尋ねる。

トッププレーヤーの口から、エモーショナル、という単語が出た。

それに期待以上だった、とも。

向かい側に座っていた平さんは、背筋を伸ばしたまま目をつむって会話を聞いていた。

フレッドが言った。

「キープ　プレイング、ユキ」

平さんが、ゆっくり目を開いた。

和食屋の明るい照明の下で見る瞳は、底なしの黒色ではなかった。だし巻き卵の黄色も、トマトの赤も映り込んでいる。

いや、今だから、そう見えるのかもしれない。

すこし白髪が交じった髭が動いた。

「沢辺君」

「はい」

「ありがとう」

「こちらこそ、ありがとうございます」

「いい演奏だった」

「ミスが、たくさんありました」

「それでも、いい三日間だった」

平さんが氷と焼酎が入ったグラスを傾けた。

自分も、緊張で渇いた喉を烏龍茶（ウーロン）で潤す。

「僕にとっては、いい数か月間でした。バーで平さんに言われて、考えました。内臓をひっくり返すようなソロ……ろくに挨拶もせずにバーの席についた無礼……バーテンさんへの態度、一方的にメールを送り続けた厚かましさ。全部言ってもらえたから、見直せました。それが今回の演奏に繋がったと思っています」

話すほど喉が渇いていく。

烏龍茶をあおって、続けた。

「それで……」だけどその後は、怖くて訊けなかった。

平さんが、広めの額を指で掻いた。

「ＪＡＳＳの、可能性の話だね……？」

本題だ。

正座した足に力を入れる。

「……僕たちに、可能性はまだ、あるんでしょうか？」

「ソーブルー東京が開業してから三十五年、演者の中で沢辺君が最年少です。実際、業界ではかなり話題になっています。だが、それも緊急事態のサポートという立場だったから成立した話です」

「分かっています」

痛いほど、分かっている。

「十代のトリオによる単独公演。そうとなれば、話はまったく別です。話題性はあるだろう。だが、本質的な問題は、ソーブルーの客の耳を納得させられるかどうかだ」

きっと、納得してもらえるはずだ。

大が吹き始めれば――。

俺がもっといいソロをやれば――。

平さんが、グラスを置いた。

「実際、可能だと思っている」

烏龍茶のグラスを、握り潰しそうになった。

「ウチの公演は多様です。もう最後の来日かもしれないというレジェンドの公演もあれば、ニューヨークの最先端を行くバンドも演奏する。ヨーロッパからも来るし、日本のシンガーも歌う。上質で安心して聴けるクオリティーがあるのは間違いない。だが、それだけがジャズじゃない」

「タイラー、ワット　アー　ユー　トーキング　アバウト？」それまで黙っていたフレッドが会話の内容を尋ねた。

平さんが英語で説明する間、両手でグラスを握りしめながら、会話を反芻する。

可能かもしれない、と言った。

上質なだけが、安心できる音だけが、ジャズじゃないと言っていた。

フレッドが、平さんに尋ねた。

ユキのトリオは、いつソーブルーでやるんだ？　と。

平さんが一つ、二つ間を置いて、答えた。

「ＡＳＡＰ」

エーエスエーピー、もし自分の知識が間違っていなければ……。

できるだけ早く――。

平さんは、そう答えた。

それからは英語の会話が頭を素通りしていった。

ヒューミリティーとかアロガントと聞こえた気がするけれど、頭の中で意味を成さなかった。

烏龍茶を、何度もお代わりして、がぶ飲みした。

頭と体を、胸を、冷やしたかった。

6

公演後はメッセージが入り続けた。

ソーブルー出演を耳にした人たちからだった。

ジャズ研の連中、松本の店長、松本で一緒に演奏した中年プレーヤーたちから、アオイちゃんから、豆腐屋の人からも。

一つ一つに返信した。

母親からは電話が入った。

「なんで言ってくれないのよ！」

「急だったんだ。チケットも売り切れだったし」

「私、生徒さんから聞いて知ったのよ！　知らなかったで済むわけがないじゃない。息子がソーブルーに出るって一大事なんだからね！」

「ごめんごめん、悪かったよ」

「それで、どうだったの？」

経緯と、ソーブルーの人たちの仕事ぶりとホスピタリティーを話した。

楽屋が豪華だったことも、フレッドたちが温かったことも。

アオイちゃんのことも。

「えっ、あのアオイちゃん？」

「元気だった。今は東京で働いてる」

「あらそう！　良かったあ……」

電話から深い息が漏れるのが聞こえた。母親が心配し続けてきたことが伝わってくる。

「それとさ、ピアノ、続けてたって」

今度は、母親は黙った。

そのままで待った。色んな思いがあるはずだから。もしかしたら、ピアノを続けてと言ったことをずっと後悔していたのかもしれない。それが間違っていなかったと、今思えているのかもしれない。泣いているのかもしれない。

母親が、小さく鼻をすすった。

その母親に、色のことを訊いた。

「アオイちゃんが言ってたんだけど、おれはちっちゃい頃、音が色に見えてたの？」

「そうよ。一音一音を頭の中で色にして覚えていたの。それもピアノの音でね。きっと生徒さんが弾いていたのを赤ちゃんの時にずっと聴いていたせい。だから、ドレミって教えた時は嫌がってね。でもしばらくしたら、いつの間にかドレミって言うようになってたの」

思い出せる気もするが、思い出せない気もする。

「ずっとね、気になっていたの。あなたが楽譜を難しい顔で読むのを見る度に。その後、ジャズを始めてからは特に思ってたの。自由な音楽をやるなら、もっと自由に弾かせれば良かったかもって」

いつも明るくて、でもその陰で静かに悩んでいる、そういう人なのだ。

「母さんは別に間違ってないよ。何も間違ってない」

母親が、また鼻をすすった。

その姿が目に浮かぶ。

きっといつものように赤いカーディガンを着て、黒いパンツを穿いている。足にはベージュのスリッパをひっかけて、薄緑色のソファに座っている。

　茶色の髪を揺らして、鼻をかんでいる——。


「載ってるじゃん！　載ってるじゃん！」

「玉田、二回言うな。頭悪そうに見えるから」

「だってすげえよ！　雑誌に載るなんて」

　焼き肉屋の座敷で、玉田がジャズ専門誌を高く掲げた。

　トピックスのページにフレッドの公演が紹介されている。四人の写真に加えて、自分がピアノを弾いている写真も大きく掲載されていた。記事は、十九歳のピアニストが躍動、トッププレーヤーに引けを取らないインプロを披露した、という内容だった。

　あえて、当然だという顔を作ってみる。

「まあ、僕ぐらいになると、フツーに載りますな」

「く〜、かっこいい！　雪祈かっこいい！」

「玉田、それより肉焼いてくれよ」

　玉田が激安キャンペーン中と謳われたカルビを網に乗せた。桃色の肉がじわじわと白くなり、縁から薄茶色に変わっていく。玉田は金でも精製するように目をくっつけてそれを注視している。大は、受け取った雑誌を食い入るように読んでいる。

　三人でのライブは、今日で四十回を超えた。初ライブの打ち上げは缶ジュースだったのに、今は焼肉屋で牛の肉を焼いている。一皿千円もしない店だけど、大と玉田は肉より米ばかり食べてしまうけれど、それでも凄いことだ。

　大が雑誌を閉じた。くすくす笑っている。

「どうした、大？」

「雪祈が出たなら、俺もソーブルーに出るべなあ。雪祈が雑誌に載ったなら、俺は表紙になるべって思ってな」

「お前らしいよ、大」

　それに、そうなりそうな気にさせるのが大だ。

「焼けたぞ」

　玉田が手際よく肉を皿に移した。七輪の網がドラムに、トングがスティックに見えてくる。実際、玉田が焼いた肉は美味い。

「玉田……肉焼くのホント上手いよな」

「焼肉は、リズムだ。曲と同じで、肉も部位によって焼ける早さが違う。それを捉え続けるんだ。もっと大事なのは音。ピアノに合わせるみたいに、小さな変化を聴き逃さずにひっくり返す。それにテンポだな。お前らの箸の動きに合わせて仕上げる」

「うまっ！　さすが玉田だべ！」

　大が肉を口に入れたまま、米をかき込んだ。

「大、お前、そんなに食って大丈夫か？」

「何がよ？」

「この後、橋の下に行って、最後はあのラーメン屋だろ？」

大の顔が七輪の炭の色になった。

「心配してんだよ。フラれたらお前、音もへこむから。で、進展してるのか？」

さっきまで自信満々だった大が、箸を置いてうつむいた。

「……少し、話せるようになった」

「どれぐらい？」

「……ライブ、来てくださいって言えるぐらい」

「音楽やってるって言ったのか！　それで？」

「……仕事が忙しいって」

「お前、ちゃらちゃら音楽やってるように思われてるんじゃないか？」

「……世界一のジャズプレーヤーを目指してるって、ちゃんと言ったもん」

大が声を小さくして、肩を落としている。いじり甲斐がある姿だ。

「きっと、信じられないんだろうな。君の言葉には説得力がないんだよ、僕みたいに雑誌に載るぐらいにならないと」

「この野郎～」

「冗談だよ。ほら、ラーメンのために腹を残しとけ。もう肉食うな」

すかさず玉田が焼けた肉を大以外の皿に置いた。

「ちょっ、食うよ！　肉くれよ！」

「大、恋するお前のためを思って、こっちも心を鬼にしてるんじゃん。分かってくれよ」

「玉田、俺たちの肉追加しようぜ。ロース」

「特選ロースにしちゃおう」
「ううう」大が下唇を噛んだ。
隣の席やその隣から、にぎやかな笑い声が届いてくる。
玉田と大が話している。肉の焼ける音がする。
改めて玉田と大の顔を見る。
この三人で、実際にソーブルーに立ったら――。
そこで、もっと良いソロが弾けたら――。
それより凄いことなんて、ない気がする。
ふと、考えが、一つ浮かんだ。
すぐに頭を振って、それを脳から追い出そうとした。
肉を続けざまに口に放り込んで、血液を胃に集めて忘れようとした。
なのに、しばらくは消えなかった。
もし三人でソーブルーに出たとしたら、その後は、どうなるのか……？

大型書店に行って、色の辞典を買った。
アパートで電子ピアノを弾き続けた。
現代美術館に行って、常設展を観た。
テイクツーで、インプロにもっと深く入る方法を探した。
公園に行って、花壇を見た。

三人で、音を合わせ続けた。
熱帯魚店で、蛍光色の魚と水草のことを教えてもらった。
二日連続のライブで、一日、色が現れた。
小さな動物園に行って、鳥の羽の柄を目に焼き付けた。
一人で、深夜のセッションに参加した。
バイトの前に、昼間の海を見に行った。
中堅カルテットのライブを研究した。
玉田の家で、三人で笑いながら過ごした。
二日連続のライブで、観客が総立ちになった。色が綺麗に見えた日だった。
家に帰って、ひたすらピアノを弾いた。
アオイちゃんと、ピアノリサイタルを聴きに行った。
家に戻って、朝までジャズを弾いた。
日本のレジェンドトランペッターの公演を、三人で観に行った。
アパートで、もっと激しいソロを弾こうとした。
植物園に行った。
テイクツーで一週間連続で練習した。
三人で公園に座って、落ち葉を見ながら缶コーヒーを飲んだ。
もう、このままで、いい気がした。
玉田の発案で、練習後にテイクツーを掃除した。

三日連続のライブで、二日間、色が現れた。
スタジオを借りて、一人でピアノを弾き続けた。
三日連続のライブで、三日間、色が自分を囲った。
もう、他に何も要らない気がした。
ライブに、豆腐屋の人が奥さんを連れてきた。
奥さんが笑っていた。
三人で、色紙にサインを書いた。
もう、目標なんてこのまま忘れてもいい気がした。
客席に、顔が知れたジャズマンの姿がちらほら見えた。
もう、頂点に立たなきゃ坂を下ることもないと思い始めていた。
たくさんの立ち見の人の中に、平さんの姿を見た気がした。
底冷えする日、テイクツーで三人の体から湯気が立った。
大が、ボロボロのセーターを捨てて、新品を買った。
紺色のセーターだった。
それを茶化している時、スマホが震えた。
連絡が、来た——。

「ついに、ソーブルーの人から……」
アオイちゃんが、カプチーノの泡を唇につけたまま言った。

「そう、来たんです。明日、会うんです」

「用件は？　用件は何なのっ？」

「会ってみないと分からない。やっぱり実力不足だとか、知名度不足だからって言われるかもしれない。実際、今の集客数はソーブルーのキャパの三分の一ぐらいだから」

「でも立ち見もたくさんいるし、大きな会場になったら、もっと入るかもしれないよ」

「確かにね……」

「きっと、いい話だよ」静かにそう言って、アオイちゃんはまたカプチーノを啜った。

頷き返して、カフェオレを飲む。

自分もいい話だと信じたい。

だけど、大にも玉田にも、連絡が来たことも明日会うことも伝えていない。

話せなかった。だから、こうして残業終わりのアオイちゃんをファミレスに呼び出して話を聞いてもらっている。

「ユキちゃんさ、ちょっと怖くなってる？」

「え？」

目の前の人との食事はもう十回を超えている。なのに、思いを伝えられない。伝えるべきなのかも分からない。怖い、のだ。ソーブルーに関しても同じだ。口に出せない種類の怖さがある。

「三人でさ、目標達成しちゃうのが、怖い？」

その通りだった。

反応できない自分を見て、アオイちゃんは続けた。

「そうかあ。でも、目標達成したら、また次の目標が出て来るでしょう？　ほら、海外とかさ」

確かにもっと大きな目標となったら、海外だ。ニューヨークには老舗ジャズクラブがいくつもあるし、ヨーロッパでも大規模なジャズフェスが毎年いくつも開催されている。

ただ、問題がある。

「……それを玉田に強要するわけにはいかないんだよ。あいつは、これから先ジャズで食べて行こうなんて思ってないから。ただ、今俺たちと演奏していたいだけだから」

「そっか」

アオイちゃんがカプチーノの泡をスプーンで回した。泡が液体に溶けてゆく。

玉田がいなくなったトリオなんて、もう想像できない。玉田は精神面でも演奏面でもトリオの土台になっている。先に組んだのは大と自分なのに、玉田が抜けたら、二人が組み続ける理由さえなくなってしまう気がする。

「ユキちゃん、玉田君が正しいかもだよ」

正しい……って？

「今、演奏していたいって気持ちが正しいってこと」

今……？

「前にユキちゃん言ってたじゃない。十代での出演にこだわる理由」

確かに、話した……。

「若くしてソーブルーに出たら、話題になって、同世代の人たちがジャズに振り向いてくれて、ジャズをもっと聴いてくれるようになるかもって」

確かに言った。そう思っていたからだ。今も、思っている……。

「それ聞いて私、ジャズ業界のためなんて凄いなあって思ったんだ。でも少し経ったら、そんなこと考えなくていいんじゃないかって思ったの」

ジャズのためじゃなく……？

「私、ピアノ業界のために弾きたいって思ったことないもの」

確かに、あの頃、彼女はただ、弾いていた。

「ただ、思いっきりやればいいんだよ」

最高に楽しい、ただそれだけで弾いていた。

運ばれたブラックコーヒーがまだ揺れているうちに、告げられた。

「日程は、ピンポイントでこの日。平日のワンデイです」

揺れが収まると、平さんの顔が映り込んだ。

「セットはファーストとセカンド。つまり二公演」

平さんの四角い輪郭と目が浮かんでいる。

「通常なら三日間で六公演だが、東京でしか知られていない君たちが三日間席を埋めるのは難しいと思っています。だからワンデイを提案します」

顔を上げて、本物の顔を見る。

「それでも合計五百の席がある。知っていると思うが、我々は客集めをしません。ホームページで告知するだけ。つまり、ガラガラになる危険性もある」

真っ黒なはずの平さんの目に、茶色い虹彩が見える。

「公演まで全力でファンを増やしてもらいたい」

平さんの目が、揺れ始めた。

「ウチは音響には絶対の自信がある。だから音にも磨きをかけて欲しい」

いや――。

「それで構わなければ」

揺れているのは、自分の目だ。

「この場で正式にオファーしたい」

強く瞬きして、揺れを抑えようとする。

それだけで精一杯だった。

「ウチとしては型破りなオファーだが、そちらの宮本君も型破りだ」

怖さはどこかの陰に隠れていた。

「真っ直ぐな玉田君をステージに上げるのも、ウチとしては勝負と言っていい」

目の前の人は、リスクを負っているのだ。

平さんが、リスク承知で自分たちを日本一のステージに上げようとしてくれている。

「一体どんなライブになるのか、想像ができない」

大が剛速球を投げるんだ。そうに決まってる。

「だからこそ、新しいジャズとして客に聴いてもらいたい」

玉田がそれを受けるんだ。一球も捕りこぼさずに。

「そして何より、私が、それを聴いてみたい」

俺が全力で弾くんだ。

この人のためにも——。

「若い君たちが今ウチで公演することは、とても、大きな意味がある」

怒ってくれたこの人のために。戻ってきてくれたアオイちゃんのために。母親のために。ハット帽の人のために。豆腐屋の人のために。ジャズ研の連中のために。安原さんのため、川喜田さんのために。今までライブを観てくれたお客さんのために。

「——はい」

二文字しか、出なかった。

それで充分な気がした。

「コーヒー、冷めるから飲んだ方がいい」

揺れないように気を張りながらカップを持ち上げて、初めてコーヒーに口をつける。

訊きたいことがあるのに、もう訊いちゃいけない気がしていた。喋りたいことがあるのに、うまく伝えられそうにない。

平さんは、そんな自分をただ見ていた。

受け止める時間をくれていた。

コーヒーを飲み終えた時、平さんが伝票を摑んで、言った。

「沢辺君、フレッドから伝言がある」

フレッドから……？

「君の演奏は素晴らしかったと。ただ、一つだけ気になるところがあるらしい」

気になるところなんか、いっぱいあるはずだ。

「君の謙虚さは良かった、次はもっと、自分自身を押し出す君と会いたいと」


気が付くと、花屋の前に立っていた。

花なんか、買ったこともないのに。

バラが見える。赤もピンクもある。

ユリが、白く大きな花びらを開いている。

他は名前も知らない花ばかりだ。

でも、どれもが咲いている。

飾ってくれる誰かのために色をつけているんだろうか。

花粉を運ぶ虫のために、鮮やかなのだろうか。

それとも、自身が花であるために綺麗なんだろうか。

「あら、プレゼントですか？」

目を上げると、無地のエプロンを着けた三十代の女性が扉から顔を出していた。

「あ、いや……」

「誰かに花をあげるのなら、早い方がいいですよ」

「そうですか……」

「中にどうぞ」

中に入ると、もっと色が増えた。

紫や赤や黄色や青が、濃く薄く混ざり合って並んでいる。

「どういう方に贈られますか？　あと、ご予算ですね」

「ええと……六十代の人に」

「おばあさま？」

「あ、そうじゃなくて……」

「じゃあ、お世話になった人かしら？」

「そうです」

「ご予算は？」

「ええと……そんなに大きくなくていいんです。飾りやすい感じとか……」

「分かりました。あとは、何色っぽい感じ、とかご指定下されば」

お任せします、と言いかけて、止めた。

「赤を……赤を基調にして、紫と白を少し入れてください」


早く着きすぎたので、花束をピアノの奥に隠す。

十分後にやってきた大と玉田は、タン派かカルビ派かで揉めながら入ってきた。

「玉田、お前には心底がっかりしたべ。仙台人の気概はどこに行っちまったんだ？」

「大、お前こそいつまで仙台を引きずってんだ。ここは東京だぜ？」

「ぜ、ぜ、ぜって言ったべ、今！」

「当たり前だぜ。生まれた時からカルビ好きだぜ」

「タンだべ～！　仙台名物、仙台牛タン、あれ以上の肉はないべ！」

「お前、まさかあれ、仙台の牛だと思ってる？」

「えっ……違うの？」

「あれ、だいたい輸入牛だぜ」

「うそだべ！」

報告する気も失せる会話だ。

さっきまで、あの平さんが二人のことを話していたというのに。

「雪祈、時間だ。始めっぺよ」

「おう、そうだけど、ちょっと待て」

「なんだよ、いつも時間に厳しいのに」

玉田が怪訝な顔をした。

「さっきアキコさんに連絡したら、もうすぐ顔出す予定だって言うから」

「なんでアキコさんを待つのよ？」

「いーからいーから。お前らも楽器触らずに、神妙な顔で待ってろ」

五分後に、アキコさんは現れた。相変わらず気怠い雰囲気を纏（まと）っているが、その姿を見ると妙な安心感を覚えてしまう。

「あら皆さん、おそよう。で、沢辺君、どうしたの？」

「アキコさん、おはようございます。実は報告がありまして」

「なぁに？」

「僕たちのソーブルーでの公演が決まりました」

アキコさんの体から、気怠さが消えた。

「えっ」という声が玉田の口から弾ける。

「マジで……？」という声が大から漏れた。

アキコさんは、棒立ちになっている。

「ちょっと待て！　今なんて言った？」大が声を張った。

玉田は全身で固まっている。

「だから、ＪＡＳＳがソーブルーに出るんです。二セットだから、合計四時間になるな。俺、もう一つ二つ曲を作っておくわ」

「はあ？　ソーブルーって、お前、なんで今言うんだよ！」

「一番世話になった人に最初に報告すべきだろ。俺たちがこんなに練習できたのはアキコさんのおかげだから」

アキコさんの口の端が、ゆっくり上がった。

「良かったわね……」

一言だけ残して、キッチンの奥に消えていく。

「雪祈、それいつ決まったのよ？」

「今日です。さっき平さんと会ってました」

「あれ？　玉田？　おい、しっかりしろ！」

大が大声を出しながら、玉田の肩をつかんで揺さぶっている。

キッチンの奥から、水道の音が聞こえた。

洗いものなんかないはずなのに。

何かを流している。

アキコさんは黙っている人だ。嬉しくても悲しくても、いつも顔に出さずに店に立っている。それでも、誰より優しい。俺たちなんかを信頼して、店を自由に使わせて、鍵まで持たせてくれている。ライブの後は、さり気なく集客数と出来を尋ねてくれる。ずっと心配してくれている人だ。

やっぱり、さっき花束を渡さなくて良かった。

アキコさんの気怠い顔が崩れるところなんて、見たくもない。

帰り際に置いていこう。

そして、ソーブルーの一番いい席に招待するんだ。

7

ソーブルーのホームページ告知と同じタイミングでＳＮＳにアップする。

フォロワーから、すぐにメッセージが入った。

青天(せいてん)の霹靂(へきれき)、快挙、朗報、奇跡……。

驚きと喜びの声が並んだ。

キャパが大きいので、ぜひお友達も誘ってください、と各々にお願いしておく。

松本の人たちには直接メッセージを送った。

バーの店長が興奮した声で電話をかけてきた。

「今回はサポートじゃないんだろ！　ウチの店からとんでもないプレーヤーが出たってことだぞ！」

「本当に店長によくしてもらったおかげです」

賢太郎がメッセージを寄越した。

【やったな！　大学休んで必ず東京行くから！】

ありがとう。東京でキャッチボールやろうぜ、と返しておく。

母親は何を着て行こうかと騒いでいた。

アオイちゃんは二セットとも観ると言ってくれた。

三時間をやり取りに費やして、スマホを置いた。

ヘッドフォンをかけて、電子ピアノに向き合う。

松本から持ってきた薄茶色の相棒は、電源を入れるといつも赤いランプをつけて挨拶してくれる。安価なモデルだし、もう十年弾き続けているから塗装もところどころ剝がれている。

電子ピアノでは上達しないと言う人もいる。確かにそうかもしれないが、電子ピアノが生み出してくれるものも多いはずだ。こんなに壁が薄い部屋でも練習できるし、作曲もできる。幅百四十センチの物体で、地球の反対側まで届く曲だって作れる。

いざ作曲しようと鍵盤を押した時、異変に気付いた。

八十八の鍵盤のうち、右側半分から音が出なくなっている。

電源プラグを抜き差ししたが、直らなかった。

「それで、そのキーボード買ったのか」

橋の下で、大が持ち手がついた段ボール箱を指さした。

「そう。痛い出費だ」

「何言ってんだべ。サックスは常に金かかるんだぞ」

大がマウスピースからリードを外しながら言った。

サックスは正式には、トランペットのような金管楽器ではなく、木管楽器だ。まず、植物の葦製のリードという板を息で振動させ、それが楽器全体を伝わって音になる。リードは消耗品で、大ぐらい吹くと頻繁に取り換えるはめになる。

「しかもリードは、結構当たり外れもあるんだべ」

「そういえば、サックスのメンテは？」

「本格的なのはずっとやってなかったから、楽器屋さんで相談してきたべ。ライブの合い間の三日間で何とかやってくれるってよ」

「そうか、良かったな」

「その間、代わりのサックスも貸してもらえるから、練習もできる」

薄暗い橋の下で、大のテナーサックスは鈍く光っている。もともと金色だったものが、日光や手の脂の影響で、色が変わっていく。今は、飴色だ。

そのネック部分には、Sの文字が浮かんでいる。

「そういえば、そのセルマーってメーカー、かなり高価だよな。お前、どうやって手に入れたんだ？」

「兄貴がな、ポンと買ってくれた」

「ポンって、五十万以上する楽器だろ！　どんな兄貴だよ？」

「あれ？　前に話さなかったか？　三つ年上でな、高校卒業してすぐ就職したべ。早く独立して、家に金を入れたかったみたいだ。その初給料日にな、突然ピカピカのこれを持ってきて高校に入ったばかりの俺に渡してきたんだ」

「なんで、突然……」

「俺がやりたいって言ってたからだべ。母親がいなくてもちっちゃな妹がいても、お前は何も我慢するなって、俺が稼ぐからやりたいことやれってさ。初任給握り締めて、楽器屋行って、三十六回ローン組んでさ」

「そうか……」

楽器を演奏する条件を、大は与えられたのだ。それを強い意志で、運河の橋の下で保ち続けているのだ。

「だから、兄貴をソーブルーに招待するんだ。兄貴、有休取るってよ。妹と親父は平日だから来られないけどな」

大が、立ち上がった。

練習を再開する合図だ。

「邪魔したな、大」

「別に。休憩時間がうまく潰れたべ」

「それから――」

「何だ？」

「他に招待する人は、いないのか？」

「ま、まだ、決めてねえべさ」

大が運河を向いて、吹き始めた。

いつもと違った様子はない。

実は玉田からの連絡を受けて、あえてここに来たのだった。

つい先週、大はラーメン屋の南川さんをソーブルーでの公演に誘い、その勢いで告白したらしい。

その返事を貰うのが、まさに今夜なのだ。

からかいに来たはずなのに、思いがけず兄弟の話を聞いてしまった。

しかも、いい話だった。

いい話は、続くはずだ。


「玉田、本当に店の裏でいいんだよな？」

「俺の情報に間違いはないぜ。南川さんの休憩時間に店裏で待ち合わせてるはずだ」

「今どき、ＳＮＳでやらないか？」

「そうじゃないところが大じゃん。あいつは、恋を電波には乗せない。真っ直ぐアナログでぶつけるんだ」

「うーん、確かに大らしいけどな」

ラーメン屋の裏は住宅街だった。身を隠す場所は自動販売機の陰しかない。ラーメン屋側から見れば死角だが、逆方向から見たら、かなり怪しい二人だ。

「雪祈、あと五分だぞ!」

「玉田、肝心の大はラーメン食べてるのか?」

「ああ、スープも飲み干してるだろうな」

「そうか……アイコンタクトして店を出るわけか。……なんか、いいな」

「ああ、頼むから成功してくれ! 彼女を作って、その子の家に入り浸ってくれ! 家賃も払わないのに、毎晩うちに帰ってこないでくれ!」玉田が両手を合わせている。

「って、玉田はこれを見て、どうするつもりなんだ?」

「何だよ、見に行こうって言ったのは雪祈だろ。お前こそどうするつもりなんだよ?」

「歴史的瞬間を見逃したくないって思っただけだ」

「歴史的って、どっちの意味だよ。成功するってことか? それとも……」

「大も馬鹿じゃねえんだから、勝算はあるはずだろ」

「大は馬鹿だぞ、雪祈」

「それもそうか。あっ、来たぞ玉田……」

まず、大が現れた。手足に力が入っていて、歩き方もぎこちない。

「ああっ、見たことないぐらい緊張してる……」

次に南川さんが現れた。

少し、うつむいていた。

大が「ども……」と言って、頭を掻いた。

南川さんは、顔を上げなかった。

「玉田、嫌な予感がする」

「バカ、そんなこと言うなって」

南川さんの声が小さく聞こえてきた。

「すみません、五分しか時間がなくて」

「じゅ、充分です。それであの、ソーブルーの件は、どうでしょう？」

「行けません」

大が小さくのけぞった。

「や、やっぱり、休みが取れなくて？」

「いえ。そうじゃなくて、私、この店を辞めるんです」

「あらっ、そう、そうですか、他の店に移るとか……？」

「ずっと、ラーメン屋を始めるのが私の夢で」

南川さんは、うつむいたままだった。

「……子供の頃、近所に素朴なラーメン屋さんがあって、美味しくて、みんながホッとできる場所だったんです。だから、同じような美味しい店を作りたくて。周りからは笑われたけど、私は真剣でした」

「真剣なのは、よく分かります」

大は後ろ姿しか見えないが、おそらく真剣な顔で言っている。

「宮本さんは、世界一のジャズプレーヤーになるんですよね？」

「はい、そのつもりです」

「私は、ラーメン屋になるのを、諦めるんです」

玉田が、民家の壁に額をつけた。

自動販売機が、小さな振動音を立てていた。

「四年やりました。でも、私じゃ無理でした。男性ばかりの世界でも絶対どうにかしてやるって思っていたけど、業者さんからも業界の人からも、ずっと軽く見られ続けて。ずっと遊びだと思われ続けて。頑張って、そうじゃないんですって言ってきました。実際、女性のラーメン職人だっているからって。でも、それを四年続けて……もう限界なんです。私じゃ、やっぱり無理なんです」

「あ……」

大が、何か言おうとして、言い淀んだ。

「毎晩、疲れ果てている宮本さんを見て、不思議に思っていたんです。どんな仕事してるのかなって。でも、練習って聞いて……凄いと思いました。世界一を目指してるって聞いて、本気なんだと思いました」

大の肩から、力が抜けた。

「宮本さんが世界一になるの、なんとなくですけど、信じています。だから、無理です。自分を信じられない私は、そばにいられません」

大が、空を見上げた。

「私が、辛いからです。すみません、これで失礼します」

南川さんが、店に戻ろうと足を踏み出した。

「ちょっと、待って」

大が、止めた。

「……なんでしょう？」

「南川さんがよそってくれたラーメン、めちゃくちゃ美味かったです。俺が頑張れたのも、そのおかげです」

大が、自分の腹をポンと叩いた。

「だから、俺が世界一になったら誰かに言ってやってください。私のラーメンがあったから、あいつは音を出せてるんだって、自慢してください」

そう言って、大が頭を下げた。

深々と、頭を下げていた。

「本当にお疲れさまでした。ご馳走さまでした」

真っ直ぐ自分の汚い靴を見たまま、続けた。

「もし良かったら、ライブだけでも来てください」

南川さんは何も言わずに、店内に消えた。

大も、消えていた。

ずっと自動販売機に額を押し付けていた玉田が、声を震わせた。

「ダメだあ……。なんか泣ける」

しばらくは、何も言えなかった。

震える声を玉田に聞かれたくなかった。

玉田が額を離した時に、言った。

「さあ、帰ろう。……明日も練習だ」


それから、大の音は凄みを増した。

まったくと言っていいほど迷いがなくなった音だった。

それでいて、どこか優しい響きが加わっている。

そのせいか女性客の数も増えて、ソーブルーに出演予定だと知ったジャズ好きも加わって、集客数が大きくなっていた。立ち見客が壁沿いに並ぶ姿も当たり前のようになっている。

賑(にぎ)わっているのは嬉しいことだけど、それでもまだソーブルーを埋める公算はない。

ライブ一か月前、ソーブルーＰＡの内山さんから連絡が入った。

「伝えようか迷ったけど、なんだか言いたくなって」

「どうしました？」

「平さん、集客はしないって言ってただろ？」

「言ってました。ホームページのスケジュール欄にちょっと紹介文が載るだけだって。確かにその通りに載ってますよね」

「それがさ、平さん、あっちこっちに電話してるんだ」

電話を？　どこに？

「まず、紙やウェブの音楽記者に。ジャズ関連だけじゃなく、ポップスやロックの有名媒体にも声をかけてる。それから、中堅プレーヤーや重鎮にも。音大の先生とかにまで電話してるんだ」

あの平さんが、自分たちのために動いてくれている。

「で、でも、それだと招待された関係者ばかりになってしまうんじゃ……」

招待客からは金を取れないはずだ。公演が赤字になる可能性もある。

「それでも何割かしか来ないさ。それに普通にミュージックチャージも貰う予定だから。絶対に損させないから、とにかく観に来いって言ってたよ。俺が今まで嘘をついたことがありますか、って念を押してさ」

連絡の礼を言って電話を切り、目を瞑って冷静になるのを待った。

平さんの行動の大部分は、優しさからだろう。

でもそれだけじゃないはずだ。席を埋めるのはビジネスのためでもある。ミュージックチャージを取って、その中から演者に出演料を渡し、経費を払って、料理を食べてもらってドリンクを飲んでもらって儲けを出す。客の人数が多くなければ成り立たないし、従業員も雇用し続けられない。客も、行くべき場所を失ってしまう。

演者にとっても同じことだ。

つまり、きっと文化だ。

平さんも、ジャズという文化を担っている一人なのだ。

フレッドはその平さんを通じて、傲慢さの必要性を伝えてきた。だけど、あれはフレッドの言葉を借りた平さんの意見のようにも思えてくる。

そうでなければ伝えないはずだから。

でも、傲慢になんて、なれそうにない。

ジャズを知るほど、ジャズに関わる人を知るほど、謙虚になっていく自分がいる。


駅前の不動産屋の前で足が止まった。

楽器相談可、ピアノ可、という文字に目が吸い寄せられる。

もちろん今のアパートより家賃は高い。二十四時間ピアノを弾いていい物件となれば、かなり高くなるだろう。それでもこの三軒茶屋を離れれば、都心から離れていけば、どこかに払える額の物件があるはずだ。元々、この街に住み始めたのは、見栄を張るためだった。

もう見栄なんか必要ないし、ライブのギャラも安定し始め、金銭面では少し楽になっている。バイトを掛け持ちする必要もなくなったので、近々警備員のバイトは辞めようと思っている。

だけど、ソーブルーでのトリオ公演を果たすまで、生活を変えたくなかった。

何かを変えたら、何かが壊れそうな気がしたからだ。

浅緑色のラインがついた車両に乗り込んで、テイクツーに向かう。

もう何度、通ったんだろう。

あの店での練習は仕事のようでもあり、修行のようでもあって部活のようでもあった。

今日も、それをやる。

ワンデイ公演まで、練習はあと二回だ。

車内の人たちが今までとは違って見える。みんながお客さんになる可能性がある人たちだ。大が初ライブでビラを配った気持ちが、今になって身に染みてくる。

繁華街を歩いて、いつものように氷屋の配達車の横をすり抜ける。

皆に声を掛けたい気持ちを抑えて、いつものドアを目指す。

テイクツーのドアに手をかけて、目を閉じる。

ドラムの音が僅かに聴こえた。

手に微かな振動が伝わってくる。

新曲のリズムだ。

上手く叩けている。

大のテナーがハッキリ聴こえる。

新曲のテーマ部分を吹いている。

真面目に、クリアに音を出している。どうせ本番になったら崩すんだろうなと思うと、笑いが込み上げてくる。

通行人が、怪訝な目で自分を見た。

ドアに手をかけたまま笑っているのだから、確かに気味が悪いだろう。

それでも、構わない。

しばらく二人の音を聴いて、妙な幸福感に浸ってから、ドアを開けた。

「練習はあと二回しかないんだぞ、玉田！　しっかりしろ！」

「おうよ！」

「大は、もうちょっとグルーヴ感出せ！」

「雪祈こそノッてこいよ！」

「あー、うるせえ。やるよ！」

新曲を合わせ続けて二時間半経った時、三人で顔を見合わせた。

玉田の顔が、今良かったよな？　と言っていた。

大の顔が、今の凄えんじゃねえか、と言っていた。

自分は顔で、今のは合格だ、と伝えていた。

もう言葉も必要ない。

それでも、言いたかった。

「玉田、お前、上手くなったな」

「はあ？　どうした、雪祈！　ストレートに俺を褒めるなんて……」

「上手くなったよ」

言っておきたかった。

玉田は、気持ち悪いなと顔をしかめながら、複雑に笑った。

帰り道は、大と一緒だった。

「大、俺は作曲が好きだ」

「ああ、お前の曲はいいもんな」

「だろ？　自分の才能が怖くて眠れないぐらいだ」

「バーカ、言ってろ」

「真面目な話、メロディーを作って、細かく練ってさ、また分解して再構築する。そうやって一音一音を繋いでいくのが面白いんだよ」

それを三人で演奏して、客の喜ぶ姿を見る。

さらにそれが世間に広まってくれれば、言うことはない。

世の中に、それ以上良いことなんかない気がしている。

「まあ、俺も作曲はしたことあるけど、得意とはまでは言えねえべ」

「大は、考えるな」

俺みたいに考えちゃダメなんだ……。

「客の前で、死ぬほど吹くのが大だ」

いつかお前みたいなソロを弾きたい、お前みたいに全力を出し切りたい、そう思わせるのが大の役割だから。

「死ぬほど、か――」

「ダイって英語で、死だろ？」

「ああ、アメリカに渡る日が怖えよ。すげえ変な目で見られるんじゃないかって」

「考えてみたんだが、ジャズマンなら逆にいい意味になる。安心しろ」

「どういうことだ？」

「死ぬほど演奏するヤツってことになる。名前通りだってな」

大が、そんなもんかな、という顔をした。

アメリカに渡る日。

今、確かに大はそう言った。

トリオでなのか、一人なのか、それとも自分と二人でなのか。何をイメージしながら、それを口にしたのか……。

訊けなかった。今日、訊くことではない気がした。

「……じゃあここでな、雪祈」

右手に持ったダッフルバッグに、大の目が留まった。

「あれ？　雪祈、これからバイトか？」

「ああ、現場の棒振りだ。今日で最後だけどな」

「そうか、じゃあ、また明日」

「明日」

そう言って、別れた。

8

いつもと同じ作業だった。

紺色の長袖ジャケットを身に着けて、黒い安全靴を履いて、白いヘルメットを被る。

二車線のうち一車線を封鎖して、片側交互通行にする。

地中工事の前後に一人ずつ立って、車を止めて、通して、また止める。

来る車の台数を聞いて、行く車の台数を伝える。朱色に光る誘導灯を横に持って車を待たせて、車を通過させる時は振る。

いつもと違うとしたら、月が綺麗なことだ。

月はどこか黄色くて、どこか白い。

目を凝らすと、茶色まで認識できる。

月に浮かぶ茶色なんて、今まで肉眼で見たことがあっただろうか。

「五台通すぞ。先頭アルファード、ケツが古い個人タクシー、ラストナンバー八十」

「了解です。八十」

目の前をテールランプが流れていく。それだって車ごとにそれぞれ違う赤だ。LEDのケバケバしい赤もあれば、古びた柔らかい赤もある。八十のナンバーを付けた車が過ぎていく。

信号機の青だって、もちろん実際は緑で、それも白がかった薄緑だ。

目を移せば、無数の色が視界に入る。

全部が、違う色だ。

それはただ網膜に届いた波長であるだけじゃなくて、今は自分が生み出せる現象だ。

この色も、あの色も、音で作り出すことができる。

二日後、最高の色を出す。トリオであのステージに立てば、きっとこれまで以上の色を生み出せるはずだ。赤に黄色に青に黒と白を組み合わせて、濃くして薄くして、それに蛍光色も加わって、グラデーションになれば、無限の表現ができるはずだ。

自分は、それを許されたんだ……。

大と、玉田のおかげで——。

そう思った瞬間、目の前が銀になった。

視界が銀色で埋め尽くされている。

僅かに体が角度を変えた。
無意識にひねっている。
上半身に衝撃が激突した。
体が宙に浮く。
目が現場と作業員の顔と車を捉える。
トラックに撥ねられたと気付いた。
三角コーンが近づいてくる。
どこからか出た血が舞っている。
地面が近づく。
頭だけは守ろうとする。
腰から斜めに接地する。
だけど体は止まらない。
畳んだ養生シートが行く手を塞いでいる。
いや、あれに体を止めてもらうんだ。
体が、滑っていく。
足を回して、養生シートに向かっていく。
目を瞑ると、ドスッという音がして、体が止まった。
生きていることが分かる。
間違いなく生きている。

目が見えるかどうか不安になりながら、瞼を開ける。

最初に目に入ったのは右腕らしきものだった。

肘が逆に曲がっている。前腕にも肘がある。

形が、変わっていた。

爪がなくなっている。

指が、勝手な方向を指している。

袖口から、血が流れ出した。

反射的に腰のベルトを抜いていた。

腕の付け根に巻き付けて、止血する。

そこで気付いた。

左腕は動いている。指も動いた。

脳は、大丈夫だ。

襲いかかるように作業員たちが近寄ってくる。

「大丈夫か、沢辺！」

「うわっ！」

「救急車呼べ！　遅いなら作業車で運ぶぞ！　車用意しろ！」

「運転手押さえとけ！」

「止血するぞ、腕の他も見ろ！」

声が飛び交う中、声を出そうとした。

でも、声にならない。

電話しなきゃ、いけないのに。

「どうした、何を言ってる？」

作業員の耳が近づいてきた。

「スマ、ホ」

自分の声が、か細く聞こえた。

連絡しなきゃ、いけないんだ。

「スマホを……バッグから」

「スマホだな、分かった、すぐ出す！」

スマホが目の前に出された。

左手の指でロックを解除する。

「大、に、電話」

「ダイ、だな？　履歴にあるか？」

「おい、今電話なんて！」

「死ぬかもしれないんだ、かけてやろう」

そうなんだ、知らせなきゃ、いけないいから。

「よし、かかったぞ！」

スマホを受け取る。

メッセージを打つ余裕はない。

もうすぐ意識を失うから。

頼むから、出てくれ。

いつも、電話しても出ないけど、頼む。

一生のお願いだから、電話に出てくれ――。

「はいよ」

大の声がした。

「大」

大の名前を呼べた。

「……悪い」

謝れた。

「どうした？　どうした、雪祈！」

「事故った」

状況を、伝えられた。

「雪祈！　事故って！」

「ライブ……出られねえや」

用件が、言えた。

何がどうなろうとも、大事な話だったから。

「大丈夫か、雪祈！　今どこだ？」

大丈夫かは、分からない。

もうどこかも、分からない。

もう、声も出ない。

でも、分かってくれ。

お前なら、分かるだろう。

言葉なんかなくても、分かってくれるだろう。

「雪祈！　雪祈？　雪祈！」

大の声が聞こえたまま、世界が真っ赤になった。


白い世界で目を覚ました。

しばらくは、ただ白かった。

少しして、色が見えてきた。

物体も見えてきた。

乳白色の天井があって、赤い液体が流れるチューブが見えた。

水色のシーツが体を覆っている。

黒いモニター上に赤と黄色の数字が浮かんでいる。

純白のマスクをつけた看護師が現れて、何かを言った。

次に医師がやってきて、ゆっくりとした、諭（さと）すような口調で言った。

「大丈夫ですよ、命は大丈夫。内臓はちょっと腫れているけれど、破裂もない。骨折はあるけれど、うん、切断はしなかったから」

右を見た。
腕が、ギプスで真っ直ぐに固定されていた。
全部の指先から、金属の棒が出ていた。
感覚はない。
動きもしない。
だけど、右腕はある。
あんなに血が出ていたのに、止まっている。
体をくねらせたヘビみたいだったのに、真っ直ぐになっている。
反応しないけれど、指が、五本ある。
「できる限りのことはしたからね。また検査して、結果を見よう」
左を見た。
左手は、嘘みたいに、綺麗だった。
爪ひとつ割れていない。
あの時、体をひねった。
無意識に左側を守っていた。おそらく心臓を。
もしくは、この左手を。
「麻酔で眠くなるから、眠ってください。お母さんが来てますからね、安心して」
今は何日かと、尋ねたかった。
どうなったかと、尋ねたかった。

起こしてって、言いたかった。
起きなきゃって。
だって、左手は綺麗な肌の色のままなんだから。
なのに、視界が全部灰色になった。

インタビュー　平良三(りょうぞう)

青山の静かなエリアにソーブルーはある。アジアで最も有名なジャズクラブだが、建物自体はかなり小さい。重厚な扉を開けて階段を降りる。地下一階に、その人はいた。タートルネックのセーターにジャケットを重ねている。髪と口を囲む髭には、白いものがかなり見受けられる。ただその目は、しっかりと黒い。数千というアーティストを見つめてきた目だ。さらに地下に降り、ステージ前に椅子を置いて、話を聞く——。

名前と、現在の肩書きを教えてください。

「ソーブルー東京の平です。今は、エグゼクティブマネージャーという立場でやらせていただいています」

アクシデントがあったのは、彼が所属していたトリオのライブ直前だったそうですが。

「……宮本さんから事故の知らせを受けた時は、膝から下がなくなった感覚になりました。椅子に座っているのか、立っているのか分からなくなって、机に手を突いて体を支えました。いい年をして恥ずかしいことに、頭が真っ白になりました」

そこで、判断を迫られたそうですが。

「生きていると聞いて、右腕のことも聞いて……。また思考を止めようとする頭を、強引に動かしました。その時点で開演まで三十時間を切っていましたから。まず代打のピアニストという線を考えましたが、あまりに時間がない。それに、ＪＡＳＳは特殊なトリオでした。奇跡のようなテナーとピアノがいて、それを熱く支えるドラムがいてこそ成立するバンドです。急に誰かを入れても上手くいくイメージが持てなかった。だから、宮本さんに中止を申し入れました」

ですが、実際は――。

「宮本さんは、二人でやる、と。それがどういう決断なのか、すぐには分かりませんでした。テナーとドラムだけで勝算があるのか、長時間の公演に耐えられるのか、音楽として成立するのか。私は分かりませんでした。でも、宮本さんの声を聞いて、ライブをやらなきゃいけないと思いました。それが、沢辺さんのために……彼の回復に繋がる気がしたんです。何の根拠もありませんが、なぜかそう思いました。宮本さんの電話越しの声にも、そんな響きが込められていたと記憶しています」

彼の回復のために、中止を選択しなかったのですか？

「……音とは、振動です。空気を震わせて、人間の鼓膜を揺らします。このソーブルーのステージは地下二階ですから、物理的に地上まで音は届きません。でも、長年やっていると、音は物理ではないと思いたくなることがあります。物理を超えて、遥か遠くまで届く力を持っていてもいいはずです。病室まで届く振動があってもいいはずだと、あの時、そう願いました」

いわば非科学的な理由で、決行を選んだということですか？

「今でも、あの時のことを思い出します。状況的に見れば、やはり中止が正解でした。それを選ばなかった私は、あの公演の責任者として失格です」

でも、そのライブは一部では語り草になっています。

「ええ。正解より正しい答えだったと、今でも思っています」

第６章

1

銀色の下地を夜空の黒が塗りつぶして、その上に月の軌跡が黄色く走った。アスファルトの濃いグレーが点で現れたと思ったら一気に面積を広げて、そこに鮮やかな血の赤が小さなドットになって加わる。三角コーンの朱色が端々に見えては消えて、シートの青が真ん中に四角い形で現れた。右には紺色の波線が見える。腕だ。その先に肌の色が現れた。全部ひしゃげている――。

いつの間にか目を覚ましていた。

今度は、ハッキリと病室の中が見えた。

母親が横にいた。

久しぶりに見る母親が、何度も何度も頷いている。

「……悪いね、母さん」

母親の耳になるべく元気そうに聞こえるように声を出した。

「全然」返ってきたのは、絞り出すような声だった。

「いつ、来たの？」

「今朝早く。連絡を貰って飛んできた」

じゃあ今はまだ事故の翌日だ。

あれから十二時間ほどだろうか。

「先生が言ったこと、覚えている？」

「ああ……何となく。内臓は大丈夫とか」

「うん、良かった。精密検査がまだだけど、命は、大丈夫だろうって」

右腕を見る。

やっぱりギプスで固められ、指先からは金属が出ている。

「……骨は手術で繋げてくれたの。七時間かかったのよ。この大学病院に運ばれて運が良かったって。腱は移植することになるかもって。神経はまだ、何とも言えないって」

「そっか……」

「治るかもしれないって。もしかしたら、治るかもしれないって」

母親は、両目から涙を流して、それを拭こうともしない。

いくらでも出るから拭いても無駄だと思っているみたいだ。

生きていてよかったという涙と、右腕が潰れたことを嘆く涙が交互に出続けている。

自分は、泣く気にはなれない。

「……大は？　大からは？」

母親がスマホを持ち上げた。

「宮本君、一時間おきに連絡をくれてる。意識は戻ったか、急変してないかって」

「……今、どこに？」

母親は涙を流したまま首を振った。

「分からない。私が来る直前まで、玉田君とこの病院にしばらく居てくれたみたい。でも、腕のこと命に問題はないって聞いて、それ以上は親族にしか話せないって言われて、どこかに行ったって」

「ハッ……」思わず、笑ってしまった。

さすが大だ。さすがあいつだ。

やっぱり、分かってくれたんだ。

「何がおかしいの？」

「……練習してるんだよ、二人で」

「えっ……まさか……」

間違いない。

テイクツーで音を合わせている二人の姿が浮かぶ。

大が、必死にリードしている。

俺の分も、吹こうとしている。

玉田が、覚悟を決めた顔で叩いている。

俺の穴を、埋めようとしている。

そこで、涙が流れた。

「母さん……連絡して。もう心配するなって」

無言で頷いた母親が、大にメッセージを送った。

すぐにスマホが震えた。

メッセージの着信を知らせている。

母親がスマホを、顔の前に掲げた。

「見える？」

ショートメッセージの吹き出しだった。

【良かった！　本当に良かった！】

メッセージが続いて表示された。

【雪祈に伝えてください】

【こっちも心配しなくていいぞって】

そうだ——。

それでこそ、大だ。

それでこそ、玉田だ。

ライブに、出られない。

それは、俺だけの話だ——。

画面に、メッセージが続いた。

【二人だけど、ソーブルーに出るぞって】

きっと分かってくれると思っていた。

ステージに立ってくれると思っていた――。

最後のメッセージが届いた。

【最高の演奏をするからって】

一晩中、微睡みながら考えて、眠って、また考えていた。

ライブは、今日の夕方から始まる。

大と玉田だけで、やる。

冷静さを取り戻すと、それがどんなに難しいことか分かってきた。

ピアノが出す音は多彩で、和音も出せればリズムもとれる。その音を失うということは、カメラの三脚のうち一本が、いや二本がなくなったような状態だろう。

曲のアレンジも大幅に変える必要がある。

ピアノの音を抜いて、テナーサックスとドラムだけの構成にする。音に厚みがない状況で、なおかつ単調に聴こえるのを避けなくてはいけない。

一曲をアレンジし直すことさえ、至難の業だ。

それが二セット分、合計で八曲ある。

さらに、プレー時間の問題がある。

一セットは九十分、アンコールを入れれば百十分になる。

つまり、二セットだと二百二十分。

大は、その全てを、休みなく吹くことになる。

サックスは息継ぎが絶対に必要な楽器だ。ピアノ分を埋めるとなれば、息継ぎは短くなって吐く息の数が増える。

肉体的に、大がもつかどうか分からない。

とてつもなく大きな課題が、三つもある。

今、二人は必死にそれをクリアしようとしている。

できれば力になりたい。横に座って助言したい。

二人のそばに行きたい。

杖をつけば、歩けるはずだ。

車椅子を押してもらえば、行けるはずだ。

左手を見る。

右腕なんか見ない。

失ったものなんかには、目もくれないぞ。

大と玉田も、そうしてるんだから。


明るくなると、看護師が現れた。

「あら、沢辺さん、眠れました？　顔色は良いですね」

そう言って血圧を測って、採血した。

「担当の先生に、会いたいんです」

看護師がバインダーを開いて、言った。

「えーとね、今日はね、午前中精密検査をして、その結果が出たら会えますからね」

「今日、大事なライブがあるんです」

「はい？」

「ライブです。行きたいんです」

「何言ってるんですか、死にかけたんですよ！　脳や内臓が腫れ出しているかもしれないし、とにかく安静です」

「お願いです。なんとかして、行きたいんです」

「あのね、ライブなんて言ってる場合じゃないの。ご両親から言ってもらいますね。お父さん、お母さん、いいですよ」

病室の入り口に父親の顔が見えた。

「父さん」

「おお、思ったより顔色がいい！」

声を張った父親は右腕を一瞬見て、すぐに目を逸らした。

「父さん、仕事あるのに、悪いね……」

「いいや、今日明日は休むって会社に言ったから問題ない。それより、痛いか？」

「あんまり。自分でも驚くぐらい元気なんだ」

実際は、痛かった。

点滴の麻酔が減ったせいか、右腕以外の全身が痛み出している。

でも、右腕のことにも今夜のライブのことにも触れない父親には、そう答えるのが自然な気がした。

母親は黙ったまま、父親の袖を摑んでいた。

二人に見送られて、車椅子に乗せられて検査室に向かう。

痛む体をひねられて、レントゲンを撮った。

ＭＲＩの台に乗せられた。

眼科に行って、眼球に光を当てられた。

「右目は毛細血管が破裂して赤くなっているけど、すぐ治るから。眼球がちょっとだけ傷ついているから、薬をつけてガーゼを当てます」

右目が、ガーゼで塞がれた。

耳鼻科に行って、聴力を測られた。

「左右とも、聴力には問題ありませんね」

検査を終えて、車椅子で病室に向かう。

外来の患者や見舞いの人たちが、不自然に吊り下げられた右腕に目を向けてくる。入院服を着た患者たちは、そんな姿には見飽きているのか気を遣っているのか、目もくれずに通り過ぎていく。

エレベーターに乗り込むと、閉まり始めたドアの間から、一人の子供が滑り込むように入ってきた。ランドセルを背負った、小学三年生ぐらいの男の子だ。包帯が巻かれた自分の頭と右目と右腕を、興味津々な顔で見ている。

その顔のまま尋ねてきた。

「どうしたの？」

「悪いトラックがいてさ」

「ハネられたの？」

「逆だよ。頭に来たから、俺が体当たりしたんだ」

「すげえ。どうなった？」

「向こうは、粉々になってた」

少年がクスクスと笑った。

「誰かのお見舞いで来たのか？」

「そう、おじいちゃんの。じゃあお大事に」

少年がエレベーターを降りて行く。ガーゼのない左目でその姿を追った。半ズボン姿で、走りたいのを自制するように歩き出している。

羨ましいぐらいに、元気だ。

その左手に、何かが揺れていた。

横長の、プラスチック製のケースだった。

病室に戻ると、しばらくして昨日の医師がやって来た。

林（はやし）です、と名乗って、ゆっくり続けた。

「今日のライブに行きたいって言ってるみたいですね」

「そうなんです」

「有り得ないのは、分かりますよね？」

「分かってます」

林医師と目が合った。

左目だけでは、説得できる気がしない。

「検査の結果が出ましたから、お父さんとお母さんを呼びますね」

父親が入ってきた。

「検査、お疲れさん」

母親も入ってきた。

「痛くない？」

大丈夫、大丈夫だよ、と答えると、林医師がタブレットを出して説明を始めた。

「じゃあ沢辺さん、体の上の方から状態を言いますね。頭の傷は十針縫っているけど深くはなかったから問題ありません。傷は残るかもしれないけど、髪の中だから目立たないでしょう。ちなみに脳に腫れは見られません」

「右腕ですが、肩は脱臼(だっきゅう)していましたが、肩の骨折はありませんでした。問題は、その先ですね。複雑骨折、粉砕骨折、それに開放骨折もありました。骨は繋ぎましたが、腱はまだ繋がっていません。あと二回か三回の再手術が必要になるはずです」

レントゲン写真に写る骨は、新たに関節がたくさん生まれたようだった。

おもちゃの、ヘビみたいだ。

「それから、右の肋骨。この四本にね、ヒビが入っています。折れてはいないようですね。これは自然治癒を待つのみ。それから腰。右の張り出している部分にヒビが見えます。これは少し様子を見ましょう。他は全身の打撲と裂傷。目は眼科医の言う通り、すぐ治りますから安心してください」

母親の口から、安堵の息が漏れるのが聞こえた。

自分には安堵している暇はない。

「先生。それで、いつ退院できますか？」

「一か月後か、二か月後か。右腕次第ですね」

「今日、退院させてくれませんか？」

「何言ってるの、雪祈！」

母親の安堵が怒りに変わった。気持ちは、よく分かる。

「有り得ません、沢辺さん」

「五時間だけでいいんです」

「絶対に、無理です」

「じゃあ、二時間」

「そんなにライブが観たいなら、リモートでなんとかなりませんか。ルール違反かもしれませんが、お友達にビデオ電話で繋いでもらうとか」

「そうじゃないんです。父さん」

父親に、助けを求める。

ずっと黙っていた父親が口を開いた。

「雪祈、どうしたらいい？」

「急いで四階に行って、小学生を捜してきて。ランドセル背負った半ズボンの子」

理由も聞かず、父親は言った。

「分かった。行ってくる」

父親が足早に病室を出ると、林医師が、タブレットの電源を落とした。

「沢辺さん、悔しい気持ちは分かりますが、仕方ないんです」

「ライブを聴きたいわけじゃありません」

「え？」

「ジャズのライブに出たいんです」

「出るって？　この状態で？」

「先生、俺の左手、動くんです」

左手を掲げる。

ずっと鍛えてきた左手だ。

「まったく無傷で滑らかに動くんです。それなのにここに居るなんて、有り得ないんです」

「こちらには、患者さんの命を守る責任があるんです」

「分かっています。とても感謝しています。でも、聞いたことがあります。自主退院という方法があるって。書類に署名すれば、無理やり退院できるって」

「まさか、そんな方法を取るつもりなんですか？」

医師の顔が曇った。

「取りたくありません。だから、納得して欲しいんです」

父親が、戻ってきた。

男の子を連れていた。

「あ、やっぱりさっきのスーパーお兄ちゃんだ」

「少年にさ、お願いがあるんだ」

「なに？」

「その鍵盤ハーモニカ、ちょっとだけ貸してくれ」

「いいけど……」

少年が、プラスチックのケースをベッドの端に置いた。

「先生、ジャズなんです。青山のソーブルーっていうクラブで、僕らのライブが二時間後に始まるんです」

ケースから、水色の楽器が現れた。

「ずっと一緒に、死ぬほどやってきた仲間と立つステージなんです」

少年が、ホースを繋いだ。

「全部とは言いません。一曲だけ、一曲だけでいいんです」

林医師が黙った。

病室で、大人が鍵盤ハーモニカを鳴らそうとしている。

前代未聞なはずだった。

なのに、医師は止めない。

肺や肋骨の状況を確かめるためかもしれない。自分に、やっぱり無理だと分からせるためかもしれない。

少年が、鍵盤ハーモニカを差し出した。

「母さん、母さんがいい」

厳しい顔を崩さない母親に向かって言った。

「一定の息でいいから、吹き込んで」

母親が、顔を崩さないまま、頷いた。

息子を諫める表情なのか、息子を後押しする表情なのか、分からなかった。

それでも母親は唄口を咥えた。

鍵盤を腿の上に置く。

鍵盤が見える。

もう何億回も見た白と黒の鍵盤だ。

父親と少年が見つめている。

医師と看護師が見つめている。

「先生、判断してください。もし、いけると思ったら、力を貸してください」

医師は、頷かなかった。

「ワン、ツー……」

鍵盤ハーモニカから出たのは、場違いに明るくて間抜けな音だった。

それでも構わなかった。

ジャズを弾いた。

新曲だ。
全身全霊で、間抜けた音を出した。
もしかしたら、フレッドとやった時以上に弾いた。
左手で、両手以上の演奏をしようとした。
音量だって、大きくなかった。それでも構わなかった。
医師に届くように、弾き続けた。
痛みも、揺れる鍵盤も、何もかも構わなかった。
場違いなのも、分かっている。
状況を無視していることは、知っている。
でも、謙虚でなんて、いられなかった。
平さんが言っていた意味が分かった。
俺は、傲慢だ。
傲慢に、一心不乱に、ソーブルーに行こうとしている。
弾き始めて三分ほど経った時、林医師の手が動いた。
手のひらをこちらに向けていた。
「そこまでで。怪我に障(さわ)ります」
母親を見た。
相変わらず、厳しい顔をしていた。
父親を見た。

父親は天井を見ていた。

何かがこぼれ落ちないように我慢しているみたいだった。

少年が言った。

目を大きく開けていた。

「ほんとに、スーパーじゃん」


病室には、父親だけが残った。

椅子に座った父親は、顔の前で両手を組んで、壁を見続けたまま言った。

「すごくなったな」

「右腕がダメだけどね」

「それでもすごくなった」

「鍵盤ハーモニカの方が向いてるのかな」

いつもなら冗談で返す父親が、姿勢も表情も崩さない。

「雪祈、始まったな」

「え?」

「ライブが始まった」

十八時だ。

大と玉田が、戦い始めている。

「弁護士をやってる友達に連絡を取った」

「え？」

「お前の言う通り、患者には退院する権利があるそうだ。医者の免責を保証する書類に署名すればいいと言っていた。あの先生がゴーサインを出さないなら、弁護士から電話させる」

父親は、初めて見る顔をしていた。

「もちろん、この病院には戻れない。紹介状もなしに他の病院を探すことになる。でもな、お前から、それぐらいの覚悟があるって、伝わってきた」

強い男の顔だった。

「ライブ終わりに間に合う、ギリギリの時間まで待つ。林先生は夜勤らしい。先に帰ることはないから安心しろ」

父親の顔だった。

「……母さんは？」

「さあ、どこかに行った」

時間が過ぎていく。

何もできないまま、時間だけが過ぎていく。

御茶ノ水にあるこの病院から、青山までは車できっと三十分ぐらいのはずだ。

もう少しだけ、時間がある。

父親の腕時計の分針が、無慈悲に回転した。

もう、ファーストセットが終わった時間だ。

楽屋で、大があのソファに倒れ込んでいる。

玉田が、冷水で手を冷やしている……。

銀色の文字盤の上を黒い針が滑って、セカンドセットが始まる時間になった。

もう、時間がない——。

父親がスマホを持ち上げた。

「弁護士に電話する」

その時、病室のドアが開いた。

林医師がいる。

横には母親がいた。

母親の顔に、もう厳しさはなかった。

医師が言った。

「行きましょう」

2

タクシーの前の座席に、林医師が乗った。

後部座席の真ん中に痛む体を押し込む。

林医師が目的地を告げる。

「運転手さん、青山のソーブルーまで急ぎでお願いします」

「青山。なら、明治大学の前を下って代官町から首都高に乗りますね。この時間だとその方が早いんで」

「それでお願いします」

車が動き出した。

助手席の人が、後ろを振り返った。

「遅くなって申し訳なかった。急患が入ってオペしてました」

コートを羽織った林医師は、さっきまでの医師の顔ではなくなっていた。

「いえ、先生、ありがとうございます」

「お母さんがね、オペ室から出たら、いるんですよ。終わるのをずっと待っていて、僕の顔見るなり、お願いしますって。なんとかお願いしますって」

横にいる母親が、照れたような顔をした。

「異例ですが、散歩、という形にします。僕はただの付き添いです」

「先生、でも、どうして？」

後部座席の三人が口を揃えた。

「どうしてでしょう……？」

林医師は、そう言って、姿勢を前に戻した。

タクシーが坂を下り始めた。

楽器街だった。

道路を楽器店が囲んでいる。

エレキギターが無数に吊るされている。ロックやポップスで使う形だ。

六弦楽器の濃い森の奥に、サックスの姿が見えた。

テナーサックスが、金色に煌めいていた。

まるで、ジャズもあるぞと言っているようだった。

その通りだ、と思った。

今日だけは、日本で一番のサックスは、大のテナーだ。

最高の場所で、最高に苦しい演奏をしている。

それでも、大の音は最高のはずだ。

どんな悪い条件より、想いが勝つはずだから。

それが、ジャズだ。

「実は僕ね」

助手席から、声が届いた。

「ジャズが好きなんです」

後ろを振り返らずに喋っていた。

「ずっと好きで、今でも毎日聴いています」

車が、スピードを上げた。

「だから、散歩したくなったんです」


タクシーが首都高速に乗った。

皇居の横を抜けていく。広大で深い森は、夜になっても周囲の光に照らされてまだ緑色を放っていた。

一段高くなった道で六本木を走り抜ける。目を引く広告の黄色が、看板の鮮やかな赤が、駆け抜けていく。

高速を降りると、渋滞で車が止まった。

「運転手さん、大丈夫ですか？」

「ここはすぐ抜けられますから、大丈夫です」

言葉通りすぐに混雑を抜けた車は、骨董通りに入った。

あの信号を曲がると、それがある。

ついに、着く。本当の意味で、辿り着く。

タクシーが停まった。

セカンドセットが始まってちょうど一時間が経った頃だった。

ソーブルーの前にいた。

父親と林医師に支えられて、降車する。

右半身が痛んだ。

「痛みますか？」

「いえ、大丈夫です」

扉の横のポスターが目に入った。

三人のモノクロの写真の上に、ＪＡＳＳの文字とそれぞれの名前がある。

それに、メモが貼ってある。

ピアニストが急遽出演不可能になった旨が書かれている。
それでも、来たぞ。
これから扉を開けるんだ。
ふと、後ろを振り向いた。
「どうしたの、雪祈？」母親が言った。
「ほら、急がなきゃ」父親が急かした。
五秒だけ欲しかった。
猫の姿を探していた。
あの時の猫だ。
あの夜、本心を黙って聞いてくれた猫だ。
大のソロに現れた猫だ。
まさか、と思った。
シルエットが見えた。
道路を挟んだ壁の上に、いる。
耳を立てている。
目が光を緑に反射している。
その猫が口を開けた。
叫んでいるように見えた――。

レジェンドたちの写真に見守られながら、階段を降りる。

左右を父親と林医師に支えられながら、地下一階まで行った。

受付の女性の目が、丸くなった。

「えっ」と言って駆け寄ってくる。

「沢辺さん！　重体だって！」

「ご迷惑かけてすみません。お医者さん同伴なんで大丈夫です。下に、降りてもいいですか？」

受付の人は、もちろんと言って頷いた。

そして、付け加えた。

「下、凄いですよ」

ステージに、地下二階に続く階段のドアが開いた。

いきなり、テナーの大音量が鼓膜を揺らした。

めちゃくちゃに、吹いている。

壮絶な音が、ここまでする。

階段を昇った音が、外まで飛び出そうとしている。

テーマだった。

新曲のテーマだった。

段差を降りなきゃいけないのに、足が動かない。

もう目が見えなくなっている。

涙が止まらない。

「沢辺さん、どうしました？　痛みますか？」
「……すみません、すみません」
それしか言えなかった。
鼓膜を、新しい音が揺らした。
バスドラムの音だ。
玉田の足の音がする。
力強く進むような音だ。
それに手の音が加わった。
狭い階段の中を、ドラム音が跳ねまわった。
玉田のソロだ――。
もう、めちゃくちゃに、叩いている。
玉田が、ソロを叩いている。
リズムがテンポが打音がうねって、昇っていく。
階段にへたり込んだ。
もう、歩けなかった。
父親も母親も、医師も、階段で止まった。
なのに、玉田の音と、涙が止まらない。
それぐらい凄いソロだ。
離れた場所からでも、はっきりと分かる。

ステージにいたら、絶対に叫んでいる。
玉田の名前を叫んでいる。
実際、玉田の名前が耳に届いた。
観客たちの声だ。
観客たちが、玉田の背中を、足を、腕を、押してくれている。
立ち上がって、階段を下った。
一番下の段を降りても、ステージはまだ見えない。
音は、さらに大きく聴こえている。
大と玉田がテーマに戻っている。
音に厚みがなくなるなんて、思い違いだった。
二人の音が、爆発するように響いている。
銀の扉が見える。その前に、平さんが立っていた。
自分を見て、全身が固まっている。
大きく開けた口を、わなわなと震わせていた。
「沢辺君！」
黒い瞳が、透明の膜に覆われた。
この人が、心配してくれていたことが分かる。
この人が、闘っていたことが分かる。
「すみません、平さん」

「いや、沢辺君……」

潤んだ瞳が、右腕を見てもっと潤んだ。

そのまま言葉を失っている。

「演奏の邪魔になると思うんで、裏に」

息を呑み込んだ平さんが言った。

「分かった」

銀色のドアを通る直前、ステージが目に入った。

二人の姿があった。

観客たちが大声を掛けている。

立ち上がっている人が何人も見える。

異様な興奮の中、二人は照明に包まれながら見たことがないぐらい激しく演奏していた。

玉田が、紫の照明の中にいる。

大が、青く光っている。

林医師がステージを振り返って言った。

「すごいな……」


平さんが、両手の中指を使って目頭をピッと弾いた。

「沢辺君、まさか来るとは……」

二人の演奏が、扉を突き破って届いてくる。

二人だけでも充分な音かもしれない。

だけど——。

「アンコールに、出るつもりです」

平さんの眉間が、皺で割れた。

その下にある目が、できるはずがないと言っていた。

そう見えるのも当然だ。左手だけなんだから。

平さんは、ソーブルーのステージの責任を負う立場なのだから。

「平さんに、許して欲しいんです」

平さんが、医師を見た。

「担当医の林です。五分ほどなら可能かと。何かあったら私が止めます」

太い指が、顎鬚を撫でた。

重傷者をステージに上げるなんて有り得ないことだ。エンターテインメントとしても、店の格式という観点でも、あってはいけないことだ。観客の反応もどうなるか分からない。この常軌(じょうき)を逸したステージの、興奮が冷める危険性もある。

きっと、そう考えている。

「平さん……」

髭が、動いた。

「公演直前、私がマイクを取りました」

異例のことだとすぐに分かる。

平さんがマイクを握るなんて、見たことも聞いたこともない。

「沢辺君は重体だと、説明をしました。状況を知らなかった誰もが驚いていました。その直後、宮本君と玉田君が入って行きました。観客は、二人をね、ウチのお客さんは二人を、受け入れてくれました」

髭が、濡れた。

音が聴こえる。

ドラムが大をリードしている。

テナーが跳ねるように音を放出している。

大の名を叫ぶ観客の声が聞こえる。

割れるような拍手が聞こえてくる。

「だから、沢辺君が出ても理解してくれる。その意味を、きっと理解してくれます」

「ありがとうございます」

平さんと林医師を置いて、壁を伝って楽屋のトイレに向かう。

用を足したいからではない。

右目のガーゼを取る。

左手で水道をひねって、左手で顔を洗う。

涙の跡なんて、死んでも見せたくない。

あんなにも音を出している二人には、死んでも見せられないから。

厨房の前を歩くと、中の人たちの視線を感じた。
皆が、手を止めて自分を見ている。
目の中で、心配と驚きが綯い交ぜになっている。
小さく会釈して銀の扉に戻ると、平さんの姿は消えていた。
少しだけ扉を開けて、二十メートル先のステージを見る。
二人が、セカンドセット最後の曲を演奏していた。
大が、高らかに腿を上げて、高らかに吹き上げている。
足先が横を向いた。
着地すると、激しく音を出したまま、玉田の方に寄って行く。
ステージには、二人しかいない。
グランドピアノがあるが、無人だ。
近い距離に寄りたくなるのも当然だ。
そう思った瞬間、大が逆を向いた。
ピアノに寄っていく。
大はピアノに向かって吹いていた。
まるで誰かが座っているように、誰かに語り掛けるように、ピアノを見て吹いていた。
誰かが、叫んだ。
「沢辺ー！」
玉田が見えないほど速く左手を動かしていた。

なのに右手のスティックがゆっくり動いて、ピアノを指し示した。

誰かが、叫んだ。

「ユキノリー！」

ああ、ダメだ――。

今、洗ったばかりなんだ。

他の誰かが叫んだ。

「ジャスー！」

やめてください――。

ちゃんと見たいんだから。

二人の姿を、見たいんだ。


最後の一分は、壮絶だった。

二人は、体の内側の大事な何かを燃やすように演奏した。

赤い照明が二人を包む。

激しさを表していた。

玉田の歯が見えた。

食いしばっている。

その顎が上がった。

天井を見ている。

見たこともない姿だ。
大も限界を超えている。
三秒ごとに息継ぎをしている。
それでも音を繋いでいる。
それでも強い音を出している。
大きく息を吸った。
玉田のドラムが隙を作らない。
最後のフレーズを、大が吹き始める。
玉田が上がらない腕を上げてシンバルを掻き鳴らした。
大が、大きくのけぞって、全てを、サックスから放出した。
ダンという玉田の音が、した。
観客が一斉に立ち上がった。
ほとんど全ての人が立っているように見える。
全ての人が頭の上に両腕を掲げて、手を叩いている。
大は、両膝に手をついて屈んでいた。
背中が大きくうねっている。
玉田もうなだれて、ドラムセットに倒れ込みそうになっている。
駆け寄りたい衝動をこらえる。
銀の扉の前に立つ父親の姿が見えた。

ハンカチで口を押さえている。

母親が見えた。

両手で顔を覆っていた。

平さんが見えた。

背筋を伸ばして、自分と同じ衝動を我慢していた。

目を横に振ると、ウエイターさんたちが見えた。

トレイを胸の前で強く握り締めている人がいる。

手で口を覆っている人がいる。

横を向くと、林医師が泣いている。

大が、ゆっくり上半身を起こした。

一歩前に出て、マイクを握った。

止まらない歓声の中で、天井を割るような拍手の中で、跳ねる息を整えた。

「ドラムス」

左手で玉田を指している。

「玉田俊二」

大の声に被せるように観客が叫んだ。

「タマダー！」

「玉田！」

「ソロ最高だったぞ！」

「玉田ー！」

ドラマーは、スティックを上げて応えた。

「テナー」

大が、頷いた。

「宮本大」

「イエア！」

「ダイー！」

「ミヤモトー！」

「宮本君！」

「大！　大！　大！」

「お前、最高だ！」

「宮本！」

「宮本！　宮本ー！」

男女の声が、若い声もそうじゃない声も、あらゆる声がした。

拍手が、今までソーブルーで聞いた中で最も大きく、最も長く鳴り響いている。

「それから――」

大の右手が動いた。

「今日演奏したほぼ全ては」

右手がピアノを示していた。

「沢辺雪祈が作った曲です」
自分の名を呼ぶ声が聞こえる。
雪祈、と呼ばれている。
ユキノリ、と叫ばれている。
連呼してくれる人もいる。
県営球場の時みたいだ。
俺は、名前を叫んでもらっている。
それも、たくさんの人に。
玉田が歩き出して、ステージ中央に立った。
その肩に、大が腕を乗せた。
玉田が、大の肩に腕を乗せた。
「ありがとうございました！」
二人が頭を下げた。
「ＪＡＳＳでした！」
同じように、扉に額をつけて感謝する。
来てくれたお客さんたちに。
大を、玉田を支えてくれた人たちに。
公演させてくれた平さんに。
父親に。母親に。医師に。

ＪＡＳＳの二人に。

目を上げると、引き揚げてくる大と、玉田が見えた。

覚悟を、決めた。

もうすぐ、終わりだ――。

3

万雷(ばんらい)の拍手の中、二人が歩いている。

大が先頭を歩いている。

少し遅れて、玉田が続く。

二つのシルエットが近付くにつれて、記憶が蘇ってくる。

――トイレで大と出会った。テイクツーで演奏を聴いた。玉田がやって来た。全然叩けなかった。

二人の顔が、よく見える。

――音を合わせた。ひたすら練習を繰り返した。初ライブをした。缶ジュースを握った。喧嘩した。またライブをした。

前を歩く汗まみれの大が、平さんに向かって頷いた。消耗しきった顔の玉田が、なんとか笑顔を作っている。

――フェスに出た。欠点を指摘された。また喧嘩した。それでも信じてくれた。

平さんが、銀の扉を指し示した。

――大がフラれた。泣いた。

少し開いていた扉が、動いた。

――焼き肉を食べた。三人で笑った。

大が見えた。

視線が、合う。

その瞬間、大の顔が重力を失った。

太い眉が、口の端が、目尻が、垂れ下がった。

まるで小さな子供が泣き出す直前の顔だった。

それまで背負ってきたものが、弾けそうになっていた。

痛いほど、俺を心配してくれていたんだ。

それを必死に頭から追い出して、懸命に準備したんだ。

異常な重圧を背負って、演奏してたんだ。

思いが、一気に伝わってくる。

でも、頼むから、泣かないでくれ。

俺も、子供みたいに泣いてしまうから。

世界一のプレーヤーは、そんな風に泣かないはずだから。

頼むから――。

大が、瞼をギュッと閉じて、鼻に深く皺を寄せた。

目と鼻に力を込めて、息を止めて、こみ上げるものを押し戻した。

ブハッと息をついて、大が言った。

「雪祈……」

「よう」

割れるような観客の拍手が、手拍子に変わった。

アンコールを求めている。

「……悪かったな、大」

大が、乾いて割れた唇を噛みしめて、頷いた。

「雪祈！」

玉田は、声を上げた。

ドラマーは、泣かなかった。

目を大きくひん剝いて駆け寄ってくる。

「よう、ドラマー」

「お前っ、お前、大丈夫なのかよ！」

「見ての通り大丈夫じゃないけどな、来たよ」

玉田の目が、左下に動いた。

「右腕は……？」

「どうなるか分からない。とりあえず、ちゃんと肩についてる」

玉田は悔しそうに黙って、もう握力なんてほとんどないはずの両拳を握りしめ、震わせた。

手拍子は、大きくなっている。

扉が震えるようだった。

隙間から観客席を見ていた平さんが、自分を見た。

「アンコール、俺も出るから」

大と玉田が、言葉を失った。

「左手だけでも、弾ける」

玉田が、堰を切ったように叫んだ。

「雪祈、無理することないって！　また来られる！　腕を治してまた三人で出ればいいんだ！」

「そうじゃないんだよ、玉田」

「え？」

「これで最後だ」

「最後、って……？」

玉田の声が小さくなった。

でも、伝えなくちゃいけない。

「ＪＡＳＳは、解散だ」

玉田の体が、沈んだ。

膝が崩れそうになるのを、耐えていた。

その姿勢のまま、大を振り返った。

「どういうこと……？」

大は、うつむいたままだった。

大の姿を見て、自分と同じ気持ちだということが分かる。それが、嬉しかった。

寂しさが、吹雪みたいに襲ってくる。

だけど、嬉しさに寄り添おうと思った。

だからこそ、大なんだから。

俺の、自慢の仲間だから。

「大を、待たせるわけにいかないんだ」

「えっ……待てばいいじゃん。雪祈の腕が治るの、ずっと待てばいいじゃん。トリオなんだからさ……」

手拍子の音がする。

演奏しろと、手を打ち鳴らしている。

「治るかどうか分からないんだ。何年かかるかも。それに、これはジャズだ。ずっと組むわけじゃないって言っただろ」

大は、黙ったままだった。

玉田が、大の腕を掴んだ。

「大、お前もそうなのかよ?」

詰め寄られても、大は答えなかった。

「玉田、大は世界一のジャズプレーヤーになるんだろ？　だからここまで吹いてきた。ここで俺が、俺たちが止めちゃいけないんだ」

玉田が、口を大きく開けた。馬鹿みたいに大きく開けた。

あー、と小さく、微かに叫びながら、両目から大きな粒をボロボロとこぼしている。

観客の手拍子が、少し小さくなった。

もしかして戻らないのか、と言っている。

大が、顔を上げて、口を開いた。

「やるぞ」

交互にメンバーを見て、言った。

玉田が、顔を上げた。

「雪祈、玉田」

「最高の音を、出そう」


玉田に支えられながら、扉をくぐる。

大が先頭を歩いている。

その背中が、いつもより大きく見える。

父親が、頑張れ、と言った。母親が、雪祈、と言った。平さんと医師が、手が痛くなるような拍手で送り出している。ウエイターさんたちも同じだった。

「沢辺だ」

近い席の観客が、自分の姿に気付いた。

拍手にどよめきが加わる。

「嘘だろ！」

照明に自分の姿がさらされた。

「ひどい……」

「雪祈ー！」

「右腕……」

「ああ！　ああ！」

悪いことをしている気分になる。

まずいものを見せてしまっているかもしれない。

玉田が、顔を上げて言った。

「前向け、雪祈」

頷いて、観客を見る。

「沢辺ー！」

「雪祈……！」

叫んでくれる人がいる。

「沢辺君！」豆腐屋のおじさんが、つま先立ちして叫んでいる。

川喜田さんの姿が見えた。茫然としている。

ハット帽の人がいる。帽子を振り回している。

ジャズ研の連中が遠くに見えた。皆が絶叫している。

安原さんが見えた。拳を高く掲げている。

松本のジャズバーの店長がいる。顔を覆っている。

アキコさんがいる。椅子から立ち上がれずにいる。
賢太郎がいる。両手を口にあてがって、下の名前を叫んでいる。
南川さんがいる。何かを決意したような顔で見ている。
アオイちゃんが見えた。泣いているのに、あの頃みたいに笑っている。
ステージの前に着いた。
「玉田。大丈夫だ、上がれるから」
この階段だけは、自分の力で上がりたかった。
特別な三歩なんだ。
「分かった」
玉田が支えていた手を離した。
一歩目は、右腕が治ることを願った。
二歩目は、みんなに、感謝した。
三歩目は、ソロのことだ。
今から、俺は最高のソロをやるんだ――。
ピアノ椅子に座る。
三人が、いつもの位置についた。いつもの位置だ。
観客が一斉に沈黙した。
「ワン」
大がカウントしている。

「ツー」

もう何万回聞いたことか。

「ワンツー」

これで、最後だ。

「ファースト・ノート」が始まった。

大のテナー、玉田のドラム、左手だけのピアノが一斉に響く。

玉田の視線を感じる。

左手だけで、テーマを弾く。いつもより遥かに音が足りない。でもないよりはマシだと思いながら、形になる方法を必死に探す。両手分をカバーできるわけがないとすぐに気付いて、ないものを嘆くのを止める。

ギプスの重さで傾き始めた体を、無理矢理左に倒してバランスを取る。

嘘みたいに軽い左手だけを、純粋に音に溶け込ませていく。

やっとコツを摑んで、顔を上げた。

玉田と目が合う。

ドラマーが、力強く頷いた。

大丈夫だ、弾けているぞ。目でそう伝えてくる。

大に目を向ける。

大は、ピアノに目もくれず、前を向いている。

ステージ上で、メンバーの心配なんて、しない。

それが大だ。

最初から、それが大だった。

テーマの二周目が終わろうとした時、初めて大が自分を一瞥した。

ソロを吹く合図だ。

大が、始めた。

膝を曲げて深く前傾した大が、地響きのような低音とそれを割る高音を交互に鳴らした。まず、嵐から始まった。どす黒い雲が現れて、一気に頭の上まで降りて来る。激烈な雷を伴っていた。上から下に横に、稲妻が走る。光が先か音が先か分からないぐらい近い距離だ。いつの間にか地面が水面になっている。大が体を左右に大きく振って、音を横に放った。猛烈な風が吹いて波が現れた。絶望的なほど小さな船の上にいて、背丈を超える大波が周りを囲んでいる。船は木の葉のように揺れている。雨が粒ではなく線になって真横から体を叩く。思わず船底に伏せて、頭を抱えて目を閉じて何かに祈りたくなっている。大が、屈んだ体を少し起こした。人の姿が、見えた。手にオールを持って、動かしている。何をしているのか分からない。何をしようとしているのか分からない。それでもその人は、身を乗り出して手を動かして黒い海面にオールを突っ込んでいる。大が、同じ音だけを、繰り返し吹いた。高低も強弱もなく、ただ繰り返した。オールが動いている。効果なんてないはずなのに、音が、オールが同じ動きを必死に繰り返している。その人がまるで英雄のように見えてくる。ただひたすら大がそれを繰り返すと、雲が、高くなった。オールの動きが雷を遠ざける。手が、風と雨を止めた。大がさらに体を起こした。音のテンポが速くなる。船が進み始めた。空が明るくなって、その人の顔が見える。英雄なんかじゃなかった。ただの普通の人だった。その人が、覚悟と力を込めて漕ぎ続けている。目は真っ直ぐ前を見たまま、周囲には海面しかないのに迷いもなく一方向だけを見ている。そっちに陸があると知っているわけではない。ただ、信じている。大が体を完全に起こして真っ直ぐ背筋を伸ばした。連続させた音が残響する中、スーッと大きく息を吸った。オールが海面から露出する。またマウスピースを咥えた大が、一音を出した。今度は一音だけを、ひたすら長く出し続ける。船が、海面を滑り始めた。また動き出したオールの推進力が、船を進めている。ただ信じているだけなのに、ただ手を動かしているだけなのに、速度が増していく。しかも真っ直ぐに。北なのか南なのか、方角も分からない。ただ、ある方向に向かって大の音が続いている。息の限りに同じ音を出し続けている。メロディーも強弱もない。もはや音楽なのかも分からない。それなのに、観客が叫んでいる。大の名前を叫んでいる。何十秒経ったのか、何百秒たったのか分からない。推進力は大の息で、止まったら船が止まることだけが分かっている。陸地は見えない。大が顔をしかめた。苦しくなっている。なのに、吹くのを止めない。オールはめまぐるしく動いている。もう陸地を目指していないのかもしれない。ただ漕ぐのを止めないことこそが目的のように思えてくる。大の首に血管が浮かんだ。足が、震えている。それでも吹き続けている。信じて諦めない。ああ、そうかと気付いた。俺の腕は、治るんだ、そう思った。大が、そう言っているからだ。客席から地鳴りのような音がする。声を出して手を打ち鳴らして、大に、船に必死に手を差し伸べている。いつか息が切れることは分かっているのに、切れることは確実なのに、なぜか頑張れと叫んでいる。大が、踵（かかと）を上げてつま先立ちになる。頭の先から足先までの全てを音に変えようとしている。陸地が、見えたような気がした。観客が待つ地が、見えた気がした。そこから、信じられないことが起きた。大の音が、大きくなった。体をのけ反（ぞ）らせて、目を見開いている。何もかもが、可能だと言っていた。

大が、青く見える。

光が、青く輝いている。

大の足が、一歩前に出た。

倒れる体を支えるためだった。

マウスピースから、口が離れた。

サックスから音が止まった瞬間、観客たちが立ち上がった。

全員が両手を突き上げている。

呼応するように、ドラムが音を立てた。

それでも観客の目は体をくの字にして動かなくなった大から離れない。

誰かが、玉田の名を叫んだ。

ハット帽の人の声だ。

観客の視線が玉田に移った。

玉田は、左側を叩いた。ドラムセットの左側だけを使っている。右手がスネアドラムを叩いて、左手が左のシンバルを激しく鳴らしている。前に突き進むようなリズムだった。大の船を後押しするような音だった。いや、船ではなく大そのもののことだとすぐに気付く。音がブレずに強く、前に前に進んでいるからだ。玉田が、動けずにいる大を一瞥する。その瞬間、音量が上がる。大の域まで行こうとしている。そうやって大を讃えようとしている。玉田の腕が消えた。スティックの残像だけが残っている。音が、視覚を超え始める。玉田が歯を食いしばった。あまりに速すぎる、あまりに強すぎる。始まったばかりなのに、もう限界を迎えてしまうと思った瞬間、二本のスティックが右に走った。縦に大きく動いていたストロークが、横に斜めになっている。細かな音を速度を落とさないままに出し続けている。さらにいくつかの技が出た。誰かが、ＪＡＳＳだと叫んだ。ピアノだと声を上げた。そうだ、俺の、ことだ。右上のトップシンバルが高音を出して右下のフロアタムが応える。タムが低音を出してシンバルが応える。それがさらに速くなっていく。玉田の額から汗が落ち続けている。頭から汗を出し続けている。玉田は拭こうともせず、頭を振って汗を飛ばす。歯と目がストロークの残像の奥で光っている。細かい音が登りつめていく。客席からイエア！という声がいくつも上がる。突然、玉田の手が動きを止めた。両腕がだらりと下がっている。限界を超えてしまったかと思った直前、耳に音が届く。バスドラムだった。まだ、玉田の足が動いていた。右足が出すバスドラムが不規則に鳴った。続いて左足がハイハットを鳴らす。足だけで叩いている。二つの音がズレている。玉田自身の、ことだ。観客が玉田と叫んだ。それでも、音は噛み合わない。玉田はうつむいて歯を剥いたまま、初めてやるように、おそらく本当に初めて足だけで演奏している。必死に、足を動かしていた。また誰かが、玉田の名を叫んだ。その時、リズムが、生まれた。バスドラムの低音が腹に響いてハイハットの金属音が耳を貫く。それが精度を増し、恐れを知らない勇敢な速度で玉田が成長していく。玉田が、顔を上げた。客席に顔を向けて、どうだ、と観客たちを見た。歓声が轟いた瞬間、右手と左手が動いた。三人に、なった。左手が激しく、右手が速く動いている。三つが噛み合って、怒濤のような音が、嵩を上げていく。玉田のアゴが上がっていった。歯を食いしばったまま、首を伸ばして全身の腱を引き攣らせている。さらに音が上がっていく。玉田が、泣いている。何人もの観客が立ち上がって雄叫(おたけ)びを上げている。泣きながら放つ音がその音が、もうすぐ到達する。
床を突き破って、そこから噴出しているようだった。それが、フロアにいる全員に降り注いでいる。

ここに。

ソーブルーに到達するんだ。

俺の番が、来る。

演奏できるか。

左手だけで、ソロができるか。

大がステージ中央で体を起こしていた。

楽器から手を離している。

大の目が、サックスで支えなくていいなと言っている。

邪魔しないぞと言っている。

あと、三秒。

大は信じてくれている。俺はやれると信じてくれている。

玉田が限界以上のソロで俺に繋ごうとしている。

やる。

そのために、来たんだ。

あと、一秒。

玉田が、打音を高く高く噴き上げる——。

弾く。

左手の指を鍵盤の左から右へ、低音から高音に高速で滑らせていく。

指は動く。

高音から低音に滑らせていく。

全部の音が、使える。

もう怖いものなんか、ない。

右手にも何にも頼らずに弾けるはずだ。

目を閉じると、暗闇が見えた。息も、できない。左手が低音域を探っている。暗い音がどろどろと出続けている。だけどもう、ただ黒い世界じゃないことは分かっている。船は必ず辿り着いて、三人は必ず到達するのだから。息を止めたまま、色を探す。必ず見えるはずの色を探す。前を見る。後ろだけは見ないようにして右を見る。左を見た時、何かが光った。白っぽい残像だ。左手が高音に移る。よく見ると肌の色が、腕が見える。玉田の腕だ。左手が、速度を上げる。玉田の手の表皮がいつもめくれている。ピンク色の真皮が見える。血が、滲(にじ)んでいる。絆創膏が見える。テーピングの白が見えて、それがすぐに汚れる。左手が、走り出した。テイクツーのドラムが赤く煌めいている。スティックの木目が見える。玉田のリュックの色が見える。笑った時の茶色い瞳が見える。左手の指が交差した。大が、いる。飴色のサックスが橋の下で鈍く光り、海の前で月の光を反射して、テイクツーの電球の色を溶かしている。夏に、大が笑う。顔は日に灼(や)けて歯だけが白い。初ライブの照明に大の汗が光っている。左手が、何かが乗り移ったように動く。体の痛みは、もうない。自分を、弾く。もう気付いている。全部に色があったと知っている。あらゆる色が蘇ってくる。母さんの髪の色が見える。ただ大きく開いた左手が鍵盤を叩く。アオイちゃんの白いブラウスが見える。和音を弾く。野球のユニフォームが見える。泥のように弾く。音楽室のピアノが見えて、薄茶色の電子ピアノが見える。指が左から右に大きく飛ぶ。アパートの階段が見える。左端を弾く。アキコさんの赤い爪が見える。左手が黒鍵を押さえる。川喜田さんのギターが見える。左手が複雑な音を放った。ソーブルーの扉が見える。手は恐れることなく動いている。平さんの瞳が見える。左手が温かく動く。そこからは、手が先に動いた。色と音、どちらが先なのかも分からなかった。ただ、手が止まらない。色が目の前に現れて凄まじいスピードで体の横を通り過ぎてゆく。三原色も蛍光色も自然色も人工色も金も銀もある。飴色と空色が混ざり始める。鉄の階段とコンクリートの階段が溶けていく。アオイちゃんのカプチーノと玉田のスティックが融合する。左手が踊っている。理論が、飛び去った。スケールもコードも定石もなくなった。その代わりに毛穴から何かが出始めている。汗であって、音だった。それに、色だ。自分自身から生まれている。歓声が耳に届く。そうだろう、と思う。そう思ってもらって、当然だから。汗がこめかみを伝う。それだってきっと照明を反射する。ギブスがピアノ椅子に当たる。右腕だってその中で治癒を始めている。口が開いて勝手に声が出ている。声にもならない音だ。それだってきっと色がある。俺の全部から、音が出ている。技術なんか超えて事故なんか凌駕(りょうが)して恐怖心なんか飛び越えて、今、自分は弾いている。これ以上誇らしいことなんてない。それぐらい、色が見えている。玉田が叫んでいるのが聞こえる。ああ、分かってる。大の声が聞こえる。大丈夫だ、色はもう奥行きさえ持っているんだから。血の赤が見えて遠ざかっていく。シンバルの色が近づいて遠ざかってまた近づく。サックスの飴色が周囲を回っている。鍵盤の白と黒がもっと色をつけろと近づいてくる。あとは、見せたい色を出すだけだ。皆に見せたい色を――。

何かを必死に求める色を出す。
不安で意地になる音を出す。
うまく伝えられない色を出す。
真摯に続ける音を出す。
誰かを信じたくなる色を出す。
勇気を出したいのに出せない音を出す。
負けたくないという色を出す。
誰かに助けられた音を出す。
ついに乗り越える色を出す。
皆に感謝する音を出す。
非情な出来事に負けない色を出す。
何も恐れず、自分だけの音を出す。
目を開ける。
涙でよく見えない。
鍵盤が見える。
その上を動く左手が見えた。
それが、青く見える。
照明のせいかもしれない。
自分が生み出した色かもしれない。

とにかく、青く見える。
腕も、青い。
初めて大の音を聴いた時の色だ。
ずっと憧れた色だ。
目を上げる。
大が泣いている。玉田が泣きながら叫んでいる。
観客が何人も、何人も立ち上がっている。
アキコさんも、豆腐屋の人も、アオイちゃんも。
全部、青く見える。
ああ、そうだ。
俺が、青くなっているんだ。
やっと青くなれたんだ――。

＊＊＊

窓の外に、山が見える。

山がこんなにも複雑な色をしているとは、思っていなかった。雲と日差しと湿度と温度、それに季節が加わって、目に無数の色を見せてくれる。街を歩けば、東京にも負けない色が溢れている。有名美術家のオブジェもあれば、公園の遊具だって鮮やかだ。遊具の表面に浮かんでいる錆だって見事な色をしている。お堀の水も、それを囲む植物だって。

目を落とせば、アームホルダーに収まった右腕がある。脳から指令を送ると、中指がピクリと動いた。親指も動く。他の指はまだだけど、治るのは分かっている。そうに決まっているからだ。

左手で鍵盤を押すと、薄茶色の電子ピアノが音を出して応えてくれる。東京から一緒に戻ってきたピアノだ。修理に出したら、すぐに直って戻ってきた。

故障前より、調子が良いぐらいだ。

自室の定位置に帰ってきたこのピアノで、できることをする。

作曲だ。

アイデアは溢れるように出てくる。それを左手で音にしてから、五線譜に音符を置いていく。その音符だって、かつてこの部屋で見たそれとは違っている。

ただの黒いマークじゃない。

色を音符にしているんだから。

スマホが鳴った。

玉田からだ。

「よう、玉田」

「雪祈、大がさっきバスに乗ったぞ」

「乗ったか。でかいスーツケース持って？」

「いや、リュック一つとサックスだけ。俺ん家に押し掛けた時とまるで一緒だ。あいつ、この二年で何も増やさなかったな」

「大らしいな。サックスさえあれば何も要らないんだな。じゃあ、玉田もやっと一人暮らしができるな」

「そう！　上京して二年で、やっとだぜ！」

電話からは明るい声が聞こえている。あの部屋から大の荷物が消えたら、寂しいはずだ。大の歯ブラシが消えて、壁にかかっていた服が、大きないびきが、消える。玄関にスペースを空けて靴を脱ぐ必要もなくなるだろう。

何より、大の音が聴こえなくなる。

「……良かったな、玉田」

ちょっと間を置いて、玉田が答えた。

「ああ……これで良かったんだ」

バス乗り場で電話している玉田の姿が浮かぶ。

手にはもうテーピングも絆創膏もない。

「大学はどうだ？」

「ああ、ちゃんとした学生生活ってやつにやっと慣れてきた。楽しいぞ」

「ドラムは？　ジャズ研行ってみるって言ってたよな？」

「行ってみたけど、入らなかった。なんか、なんかな、なんつーかな……」

分かる気がする。きっと、まだ楽しくジャズを叩く気になれていないのだ。ソーブルーのステージはそれぐらい特別だった。あの場にいた記者たちが、関係者が、レーベルの人が、解散と聞いて地団太を踏んだらしい。多くの観客たちはSNSにライブの感想を上げてくれた。泣いたとか、まるで信じられないライブだったと書いてくれていたが、短い言葉ではあのステージを表現し切れないという歯痒(はがゆ)さも伝わってくる文章だった。

「雪祈、腕はどうだ……？」

「リハビリやってるぞ。あとは、気合いとか根性とかが必要らしい。どうも俺には向いてなさそうだから、スマートにやるさ」

「確かに、歯を食いしばる雪祈は見たくないわ」

実際は食いしばっている。玉田もそれを分かっている。

「来月な、俺、松本行こうかなって思って」

「何しに？」

「えっ……そりゃ、観光かな」

「来るな来るな。お前みたいな大学生が観光で来るところじゃねえから。変な気を遣うな」

「そ、そうか……？」

「俺だって腕が落ち着いたら東京戻るんだから。わざわざ会いに来るなんて、気持ち悪いんだよ。

もう切るぞ、玉田」

「あ、ちょっと待って」

何よ？　と訊くと、ドラマーが声のトーンを落とした。

「さっきな、大は何も増やさなかったって言ったけど……」

「……分かってるよ」

大は、大きくなった。全部を吸い込んだみたいだった。玉田の努力も、南川さんにフラれたことも、何杯食べたか分からないラーメンも、俺の苦悩も成長も、あの運河の水も飲み込んで、行こうとしている。

「じゃあな、玉田」

「またな、雪祈」

電話が切れた。

俺も同じだ。大と玉田から、色んなものを貰った。

いつ披露できるのか分からないのに、ひたすら作曲しているのもそのせいだ。

目の前に、五線譜がある。半分が音符で埋まっている。

もう少しでできそうだ。

あのステージを表現する曲だ。

ピアノがいる。

ドラムがいる。

テナーがいる。

全部が高温になって、赤を通り越して、青になる曲だ。

タイトルはもう決まっている。

ＢＬＵＥ　ＧＩＡＮＴ――。

左手で弾く。

左手で音符を書く。

消しゴムに持ち替えて、それを消す。

鍛えておいてよかったと思う。

無駄なことなんて、何一つなかったんだ。

群青色になった山を、月が照らしている。

ついに書き上がった瞬間、電話が鳴った。

大からだった。

きっと、搭乗口からだ。大の目に、ヨーロッパに向かう機体が見えているはずだ。何の伝手もなく、飴色のテナーサックスだけを持って、一人で行く。

世界一になるために。世界のジャズを吸い込むために。

吸い込んだ後は、一体どんな音を出すのか。

言ってやろう。

頑張れば、俺に追いつけるかもなって。

それと、バーカって。

ありがとうなんて、言いたくないから。

お前と、お前らと組めて良かったなんて、死んでも言いたくないから。

インタビュー　宮本大

ブルックリンのサンセットパーク近くに、そのアパートメントはあった。一階でベルを鳴らすと、ドアのロックが開いた。小さなエレベーターで目的の階まで上がる。稀代のテナーサックス奏者がエレベーターの前で迎えてくれる。簡素な室内に通されると、すぐにコーヒーメーカーに向かい、バラバラのマグカップに注いでくれた。ひとしきり最近の活動を聞き、インタビューに移る——。

では一応、お名前をお願いします。

「宮本大です。ジャズプレーヤーです」

あなたの演奏にも彼の影響があるそうですが、どんな出会いだったんでしょうか？

「いや、もうね、とにかく憎たらしいヤツでしたよ。ちょっとピアノが上手くて、すげえ知識があって、背が高くて押し出しが強くて。だから何だよっていつも思ってました。なおかつ、あいつはいっつも正しいんですよ、正論ばっかりで。普段からちゃんと考えているからなんですけどね、そこが俺とは違ってて、よく喧嘩しましたね」

二人のその関係は、徐々に変化したのですか？

「未経験のドラマーが入って、そいつがどう成長するか、あいつは毎日やきもきしてました。あえて冷たい顔しながらね、教えるんですよ。こういう本まだ読んでないのかとか、あの映像観てないのかとか、そういう言い方でね。事前に、初心者ドラマーの育成方法を一生懸命調べちゃってるわけです。もうバレバレなんですけどね、俺も知らない振りして。あいつは、フン、って鼻を上げながら、懇切丁寧に教えちゃうんです。そういうのを知っちゃうと、やっぱりどんどん変わりますよね」

彼の性格や、なにか印象的なエピソードがあれば教えてください。

「あのトリオで一番苦労したのは、もしかしたら、あいつだったかな。一番、優しかったから。それでいてプライドが高いから、面倒くさいやつなんです。一回ね、俺と玉田が、豆腐屋に連れて行かれたことがあったんです。あれ、これ国際映像でしたっけ。トーフって分かるかな。あ、分かりますか。そう、早朝に集められて豆腐屋さんに行って。トリオのお客さんのお店だったんですけど、雪祈が豆腐を三丁買って、今ここで食えと。醤油はって訊いたら、何もつけずに食えって怒って。

旨かったんですけど、なんで豆腐なんだって思ってたら、あいつ、俺たちはこれ以上の演奏をしなきゃいけないって言ってました。深いんだか浅いんだか分からなかったけど、言いたいことは分かる気がして。三人でそのまま練習に行きました」

ソーブルー東京での最後のライブの時は、何を思ったんでしょうか？

「ソーブルーにあいつが現れた時はね、うーん……俺も感情が溢れそうで。何とか抑え込んで、三人でステージに上がって。俺が前を歩いてて、めちゃくちゃ後ろを振り向きたかったんですけど、前向いて歩いたんです。やっぱりプロとして、変な同情を貰いたくなかったんです。雪祈も来た以上は同じ気持ちだろうって思って。あの時は左手だけでしたから、プロの演奏ができるかどうか分からなかったんですけど」

観客の心に刻まれる演奏になったと聞いています。

「あいつ、すげえソロを弾いたんです。左手だけであらゆることをしていました。できるはずがないのに、やったんです。俺も、我慢してた涙がボロボロ出てきて。ステージの上でドラマーと一緒に泣いて、その時点でプロ失格なんですけど、お客さんも泣いていました。でも、全身怪我だらけで左手だけで弾く姿に泣いたんじゃなくて、音がね、すごかったんです」

具体的には、どんなプレーだったんでしょうか？

「あいつは、スケールとかフレーズとかそんなのをどこかに放り投げて、左手だけで純粋な音の塊を創ったんです。それが割れて会場全体に広がって宙に留まって、そこでまた強くなって。その音が、また多彩で。あらゆる照明が雪祈に向いていて、でも、それが照明じゃないって気付いて……。そんなね、ソロでした。世界中で演奏してきましたけど、あんなのは……あれだけでした」

彼と活動していたことは、あなたの中でどんな意味を持つのでしょうか？

「あいつの横に居られたのは、なんて言うか……幸せでした。だって、あいつがもがいている姿は、美しかったんです。カッコつけながら、実際は泥だらけで、それでもカッコつけて。誰が何と言おうが、あいつはずっと輝いていたんです。それを間近で見ていたんですから、幸せでしょ？」

最後に──、彼というピアニストの魅力は何でしょうか？

「もがくことを、続けられる。だからあいつは成功するんです」

世界各地を回るテナーサックス奏者が、窓に目をやる。窓の外は、茶色と灰色のビルの屋上で埋め尽くされている。彼の目線が少し上がり、薄い青をまとった空が見えた。向き直った彼は目に嬉しそうな光を湛えて、付け加えた——。

「あいつの『BLUE GIANT』って曲があるでしょう。あまりにいい曲だからどうやって作ったのか訊いたんです。そしたら、青く輝く星をイメージしたって。熱は高温すぎると青くなるんですってね。青は未熟な色じゃなくて究極の色なんだって。それを聞いてね、なぜか負けねえぞって思いました。……もっと青くなりたいって、強く思ったんです」

本書は書き下ろしです。

南波永人（なんば・えいと）

漫画原作者・編集者・脚本家。「BLUE GIANT」の誕生から石塚真一氏と二人三脚で作品を世に送り出してきた。NUMBER8名義で「BLUE GIANT SUPREME」「BLUE GIANT EXPLORER」のストーリーディレクター、「BLUE GIANT MOMENTUM」の原作を担当。映画「BLUE GIANT」では脚本を担当した。2024年、原作を務める「ABURA」で第7回さいとう・たかを賞を受賞。本作が初小説。

2023年3月4日　初版第1刷発行
2024年4月2日　第4刷発行

著者　南波永人
発行者　三井直也
発行所　株式会社 小学館
〒101-8001
東京都千代田区一ツ橋2-3-1
電話／03-3230-5961（編集）
03-5281-3555（販売）
印刷所　TOPPAN株式会社
製本所　牧製本印刷株式会社

 ISBN978-4-09-386676-7